मृदुला बिहारी
की
लोकप्रिय कहानियाँ

मृदुला बिहारी
की
लोकप्रिय कहानियाँ

मृदुला बिहारी

प्रभात प्रकाशन, दिल्ली
ISO 9001:2015 प्रकाशक

प्रकाशक • **प्रभात प्रकाशन**
4/19 आसफ अली रोड,
नई दिल्ली–110002

संस्करण • प्रथम, 2019
मूल्य • तीन सौ पचास रुपए
मुद्रक • आर–टेक ऑफसेट प्रिंटर्स, दिल्ली

MRIDULA BEHARI KI LOKPRIYA KAHANIYAN
Published by Prabhat Prakashan, 4/19 Asaf Ali Road, New Delhi-2
e-mail: prabhatbooks@gmail.com ISBN 978-93-5322-360-1
₹ 350.00

अपनी बहन **प्रीति**

एवं

अपने भाइयों **प्रकाश, प्रताप, प्रशांत व प्रणय**

के

नाम

भूमिका

इस संग्रह की कहानियाँ एक मन:स्थिति का सत्य हैं, एक दौड़ती लहर का गति चित्र। किंतु ये केवल घनीभूत क्षणों का संप्रेषण नहीं, उनमें निहित मूल्यों की कहानी भी हैं।

इन कहानियों का स्रोत मेरे ही भीतर है। मेरे गहरे अंतस्थल में एक निर्जन द्वीप है। इस द्वीप का आकाश अनंत है और यहाँ रोशनी है। यहाँ भीतर-ही-भीतर एक आदिस्रोत भरता रहता है। उन सारी कथाओं का उद्गम यहीं है, यहीं से भावनाएँ निकलती, यह रास्ते की खोज में भीतर चला गया है। मानव के भीतर एक जादुई संसार है।

वास्तविकता के संसार के साथ कल्पना का एक समानांतर संसार बनता चला जाता है, जो इस संसार से संबद्ध है और अपनी निजता में स्वाधीन भी। यहाँ कोई कानून नहीं होता, किसी का प्रतिबंध नहीं, लेकिन यहाँ अंत:करण है, संस्कार है, संस्कारों के दबाव हैं। अकसर ऐसे अवसर आते हैं, जब ये संस्कार मेरी कलम रोकते हैं या मेरी अबाध अभिव्यक्ति में बाधा डालते हैं। दरअसल संस्कृति हमको इतना गहरे ढालती है कि हमारे विचार और आचरण पर भी अपनी छाप छोड़ देती है। हम बदल भी जाएँ पर इनको बदलना कठिन होता है। अत: अंतर्द्वंद्व का प्रश्न अपने स्व के सामने आकर ठहर जाता है। तब इनको मैं कहाँ तक तोड़ पाती हूँ, यह उस कथ्य की मूल दृष्टि पर निर्भर करता है।

इन कहानियों में मैंने कहीं जानबूझकर दार्शनिक होने की कोशिश नहीं की, न ही सिद्धांत बघारने की। मैंने कोई मुद्रा भी अख्तियार नहीं की। ये कहानियाँ हृदय की अनुभूतियों को प्रतिफल हैं, इसलिए इनका प्रतिवादन सीधे एवं सरल ढंग से हुआ है। इन सभी कथाओं में आत्मीयता का भाव है। यह आत्मीयता मेरा शिल्प है। यह शिल्प मेरे निज का है, किसी मतवाद का नहीं। यह तो जीवन से साझेदारी है। दूसरे का जीवन

में शामिल होना तथा अपने जीवन में दूसरों को शामिल करना।

मेरे लिखने की कोई पद्धति नहीं है। मेरे सृजन की अपनी प्रक्रिया है, जिसके अपने नियम और अनुशासन हैं। लिखने की यात्रा भावों, विचारों एवं अनुभूतियों से शुरू होती है, जिनकी अपनी एक लय होती है।

लिखना किसी अनजानी यात्रा पर जाने जैसा है। निकले थे पता होता है, लेकिन कहाँ और कब पहुँचेंगे यह नहीं मालूम। पर इस न जानने का सुख लिखने का सुख है। यह यात्रा जितनी बाहरी है, उतनी ही आंतरिक।

लेखन का प्रारंभ सोचे हुए से होता है, मगर आगे जाकर स्वत:स्फूर्त होने लगता है। धीरे-धीरे आप कथा को प्रवाह और प्रभाव में लिखने लगते हैं। यह विचार-यात्रा जिंदगी से अलग नहीं। जिंदगी निरंतरता है, अच्छे-बुरे अनुभव का सामुच्य है, यहाँ चुनौतियाँ भी हैं एवं स्वप्न भी। यह यात्रा ही मेरी मंजिल है।

साहित्य सृजन ऐसा कार्य है, जिसके लिए स्वयं प्रकृति अपना चयन करती है। शायद मेरे साथ ऐसा ही हुआ। बिना किसी पूर्व योजना के, बगैर मेरी जानकारी के, जाने कैसे मैं पाठक से लेखक बन गई। मैं किसी वाद या विवाद के चक्कर में नहीं पड़ी। मैंने कभी किसी विचारधारा का दबाव महसूस नहीं किया। चुपचाप लिखने और पढ़ने के आनंद के सामने इश्तिहारबाजी बेमानी है, यह बात मुझे काफी पहले समझ में आ गई थी। कोशिश यही रही कि कथा शुद्ध, निष्पक्ष हो तथा एक उत्तरदायी संसार हो और इनमें यथार्थ संवेदनाओं से छनकर आए। ये रचनाएँ तीखी-तर्रार रेखाओं से नहीं बनीं, इनमें हल्के-गहरे रंग के उमड़ते-घुमड़ते बादलों के से आकर एक-दूसरे में घुलते-मिलते रहते हैं।

मेरी हर रचना मेरे लिए शोध की प्रक्रिया से गुजरना है। यह शोध-कार्य साहित्य का पुरातत्त्व नही, जड़ों की खोज है। सार्थक हमेशा तल में दबा होता है, इसके लिए गहरा उतरना पड़ता है। यह जीवन का आडंबर नहीं, सच है। कहानी में घुला हुआ छोटा सा सच उसे हजारगुना विश्वसनीय बना देता है, किंतु फिर भी यह सत्य का उद्घोष नहीं अनुसंधान है।

इन कहानियों में अतीत, वर्तमान, भविष्य निरंतर एक साथ चलते हैं। समय हमारे सामने बह रही घटनाओं की नदी है। चीजें सामने आती हैं, फिर दोनों गायब हो जाती हैं। इन कहानियों में कल्पना एवं यथार्थ की बारीकियों में आवाजाही होती है। ये जीवन विषयक रचनाएँ अपने देशकाल की सारी मान्यताओं, अवधारणाओं तथा आस्थाओं को लेकर लिखी गई हैं।

इन रचनाओं का समय-विस्तार 1981 से 2017 तक का है। यह 35-36 सालों

का सफर है। पहले की रचनाओं को लिखते समय बहुत सी बातें आज से अलग हैं। भारतीय समाज की आंतरिक व्यवस्था बदल गई है। नई उपलब्धियों ने दुनिया को बदल दिया है, किंतु कहानी का दायरा बड़ा है। तब भी और आज भी जीवन को सुंदर बनाने का नाम साहित्य है। यह वह दृष्टि है, जो परतों के भीतर झाँक लेती है। साहित्य सृजन का कोई पाठ्यक्रम नहीं होता। हर कृति एक नया आविष्कार है। यह सत्य का अंशावतार है। फिर भी आज जब पलटकर अस्सी और नब्बे के दशक की कहानियों को देखती हूँ, तो समझ में आता है कि हम जिस समाज के हिस्सा थे, वैसा ही सोच रहे थे, जैसा समाज सोच रहा था।

कथाकार शून्य में रचना नहीं करता। जगत् की परिस्थिति से यह प्रभावित होती है, क्योंकि वह स्वयं जगत् का अंश है। मेरे भीतर एक सामाजिक प्रतिबद्धता है और वह प्राकृतिक है। लिखने के समय रचनाकार भले ही अकेला हो, किंतु रचना दूसरों के सामने आते ही एक सामाजिक प्रक्रिया हो जाती है। इसलिए विशेष अनुशासन अपेक्षित है। यह आभार नहीं, उपकार नहीं, मिथ्या आडंबर नहीं, यह रोज की जिंदगी का अभिन्न अंग है।

लिखते समय मैं कथानक के साथ प्रकृति के अनेक रूपों को महसूस करती हूँ। कहानी की सप्राणता भावना से है। भाव सर्वोपरि है। जैसा मन का भाव होता है, वैसा ही बाहर का मौसम हो जाता है। प्रकृति हमारे बोले हुए की ही नहीं सुनती, हमारे मौन को भी सुनती है। यह हमें किसी-न-किसी तरह से संदेश देती है। हम हर बार बिजली चमकने से रोमांचित होते हैं। सूरज का उगना, फूल का खिलना, घास का बढ़ना, नदियों का बहना, चिड़ियों का चहकना, पत्तियों का झरना हमें रोज एक नई कहानी सुनाता है। प्रकृति इसी तरह संदेश भेजती है। लेकिन जब हम प्रकृति के संदेश की अवहेलना करेगे तो वह भी मुँह फेर लेगी। ऐसे में यदि आप उससे बात करने के लिए उसका नंबर भी डायल करेंगे तो रिकार्डेड आवाज सुनाई देगी, "फोन इज आउट ऑफ कवरेज एरिया।"

अतः प्रकृति से संवाद करना ही होगा। प्रकृति सतत क्रियाशील है। सृजन एवं समाप्ति भी निरंतर जारी रहनेवाली प्रक्रियाएँ हैं। यहाँ जीवन रोज आता है, कहीं पूर्ण विराम नहीं, सभी स्वल्प विराम हैं। जिंदगी खुद ही सबसे बड़ी पाठशाला है। यहाँ मन, वचन, कर्म को एक स्तर पाना ही अपने समूचेपन को पाना है।

साहित्य हमारे समाज का अविभाज्य हिस्सा है। इस साहित्यिक परंपरा के निर्माण में हजारों वर्ष लगे हैं। वैदिक ग्रंथों से हमारे आदि साहित्य की एक शैली शुरू हुई। इस परंपरा में सौंदर्य-बोध के भौतिक स्वरूप से आगे बढ़कर उसके आंतरिक

सौंदर्य पर जोर दिया गया। इनका मुख्य तत्त्व था—समस्त प्राणिमात्र के कल्याण की कामना, लेकिन यहाँ साहित्य एवं परंपरा के आपसी रिश्ते कभी सीधे-सरल रास्ते पर नहीं चले। विरोध, विद्रोह, शंका, असहमति के स्वर भी सदैव रहे। यहाँ कभी विचार स्वातंत्र्य पर रोक नहीं लगाई गई। यहाँ का सूत्र वाक्य है, 'सत्यमेव जयते'।

तर्क से झूठ का सच सिद्ध कर सकते हैं, लेकिन साहित्य आत्मानुभूति है, यह सत्य का समर्थन करता है। सत्य की तलाश जीवन में सार्थकता लाती है, अध्यात्म का छोटा सा स्पर्श देती है।

आज बदलते समय के साथ समाज का परिदृश्य बदल रहा है। लाइक, डिसलाइक कमेंट, टवीट् तथा टी.आर.पी. के आधार पर यह तय हो रहा है कि कौन हारा, कौन जीता। ज्ञान भी सूचनाओं में सिमट रहा है। आज आस्था और तर्क के बीच टकराव है, लेकिन जब भी नई दृष्टि पुरानी दृष्टि से टकराती है, जीवन को नया अर्थ मिलता है। हर सार्थक रचना अपनी पारंपरिक सीमाओं का अतिक्रमण करने की क्षमता रखती है, यथास्थिति को भंग करती है। यहाँ सतत नए अर्थों की खोज होती है। यहाँ के समाज को नए तत्त्वों को आत्मसात् करने की अद्‍भुत ग्रहण शक्ति है। अनवरत प्रयत्न का नाम ही जीवन है। हमारे सामने आज जो समाज है, वह न जाने कितने ग्रहण और त्याग का रूप है।

साहित्य में शुभ संकेत आ रहे हैं। युवा लेखन व्यावसायिकता को दरकिनार कर अंत:करण की आवाज सुन रहा है। अपनी मातृभाषा में लिख रहा है। यों तो भाषा, शैली, शिल्प साधन हैं, साध्य नहीं, पर मातृभाषा वह साधन है, जिस पर हमारी संस्कृति, हमारे मूल्य यात्रा करते हैं। अब भारतीय भाषाओं के महत्त्व को समझा जा रहा है। इन दिनों हिंदुस्तान में ऐसी शक्ति का संचार हुआ है, जो लोगों के अंदर वर्षों से बंद पड़ी थी। हमारे सामने एक नई दुनिया है—अनंत संभावनाओं से भरी हुई।

मेरे इस संकलन की कहानियाँ धर्मयुग, सारिका, साप्ताहिक हिंदुस्तान, आजकल, नवनीत, हंस, साहित्य अमृत, ओजस्विनी, नई धारा आदि पत्रिकाओं में समय-समय पर छप चुकी हैं। ये रचनाएँ तीन दशकों में फैली हुई हैं। मैं अपने काम को बेहद खूबसूरत मानती हूँ। इनमें मुझे सार्थकता का अनुभव होता है, स्वातंत्र्य भाव की उपलब्धि होती है। अपने काम को निष्ठा से करने के बाद मैं शांति और शीतलता का अनुभव करती हूँ।

कथा पूर्ण होते ही कथाकार का लोप हो जाता है, लेकिन पुन: मेरे अंदर की शक्ति मुझे नई कृतियों के लिए प्रेरित करती है।

—मृदुला बिहारी

अनुक्रम

अंतर्यामी

जूली रसोई में रोटियाँ सेंकती-सेंकती सोच रही थी और सोचे जा रही थी। शादी के दो साल धाराप्रवाह बहता चला गया, इस बहाव में जिंदगी किस्त-दर-किस्त फिसलती रही। तो क्या जिंदगी एक आदत है? इसी आदत के सहारे जिंदगी कट जाएगी? जाने भीतर क्या था कि आस की डोर टूटती नहीं। वह अपने सपने को सपना बनाकर नहीं रखना चाहती। इधर कई दिनों के भूले गीत उसके होंठों पर जब चाहे आ जाते और वह गुनगुनाने लगती।

यादों के झरोखे से वह पटना के सुलतानगंज के गली-कूँचों में पहुँच गई। रेडियो संग गाती-गाती न जाने कब बचपन की दहलीज पार कर गई। नजर और चाल ऐसी कि सबको चुनौती देने को तैयार। उसकी आवाज बड़ी सुरीली थी। अपने स्कूल के वार्षिकोत्सव में गाकर वाहवाही बटोरती। स्कूल की अच्छी गायिकाओं में गिनी जाती। उसके गले के माधुर्य की चर्चा थी। वह संगीत की दुनिया में कुछ कर गुजरना चाहती थी। टी.वी. पर सारेगम के कार्यक्रम बड़े ध्यान से देखती। भावुक स्वप्निल मन और जादुई निमंत्रण, मानो जिसकी तलाश है, वह यही है। यही वह समय था, जब आँखें केवल आकाश की ओर देखतीं, नीचे की धरती दिखती ही नहीं। संसार स्वर और लय से पूर्ण संगीतमय लगता। स्कूल के पास 'सुर संगम' में जब भी संगीत कार्यशाला लगती, वह वहाँ चली जाती। वह अपने अहसासों को गीतों में पिरोना चाहती। उसके सपने बड़े होने लगे, जिसके सामने यह शहर छोटा पड़ने लगा।

विधुर पिता साहू के मुनीम थे। उन्हें अपनी इकलौती संतान से बहुत प्यार था। कभी जूली फिल्म देखी थी, उनको उसकी जूली इतनी भायी कि बेटी होने पर उसे वही नाम दे दिया। गीत-संगीत के लिए उन्होंने बेटी को कभी टोका नहीं, बल्कि बढ़ावा दिया। वे उसके गुणों से परिचित थे, पर उसे बेटी की हद से निकालकर आगे

की नहीं सोच पाते। उनके बाद उसका क्या होगा, यह चिंता उन्हें खाए जाती। हर वक्त उसकी शादी की फिक्र रहती। अपने मूल्य–मान्यताओं में विश्वास करनेवाले पिता के लिए यह स्वाभाविक था। सुमित्रा मौसी भी जब–तब आकर कहती, जमाना नाजुक है, बेटी की शादी कर फारिग होइए। बाद में उसका पति जाने, क्या करना है और क्या नहीं ? फिर वह उनसे वक्त पर शादी करने के फायदे और वक्त पर न करने के नुकसान गिनाने लगती।

जूली अठारहवें में प्रवेश कर चुकी थी। वह किसी खुले आकाश में किसी पंछी की तरह उड़ना चाहती थी। किसी नदी की तरह बहना चाहती थी। किसी सागर की तरह भावनाओं में उतरना चाहती थी। एक दिन जिला स्तरीय गायिका प्रशिक्षण चयन की प्रतियोगिता थी। वह पिता को बिना बताए वहाँ चली गई। उसे पूरी उम्मीद थी कि उसके गायन की संजीदगी पहचानी जाएगी। लौटते समय एक अनजाना–सा डर समाया था। अगर पापा ने पूछा तो झूठ नहीं बोल सकती।

घर पहुँची तो बाहर पापा चिंतित खड़े थे। अंदर सुमित्रा मौसी की नसें तड़क रही थीं। उसे देखने लड़के वाले आए थे। वह उन लोगों के सामने तमाशा बनी। अपने होनेवाले पति तिरबेनी के व्यक्तित्व में आकर्षण जैसा कुछ भी नहीं लगा। बस्ती जलालपुर में उनका 10–12 बीघा खेत था, पुश्तैनी मकान और पटना के एक प्राइवेट स्कूल में शिक्षक की नौकरी। पापा की दृष्टि में इतना पर्याप्त था। उनके मन में आश्वस्ति थी कि जूली को सँभालकर रखेगा। पान–फूल से बात पक्की हो गई। सगाई हो जाना यहाँ की लड़कियों के लिए गर्व की बात समझी जाती, पर जूली को अच्छा नहीं लगा।

महीने भर में शादी हो गई। वह जलालपुर आ गई। उसके लिए यह नए तरह का अनुभव था। इस बस्ती को एकदम गाँव तो नहीं कहा जा सकता, पर यहाँ पटना जैसी चहल–पहल नहीं थी। उसका यहाँ जी नहीं लगता और वह पटना चली जाती, घंटे–डेढ़ घंटे का रास्ता था। उसे देखते ही पापा के माथे पर परेशानी की रेखाएँ उभरने लगतीं। जैसे उसके आने से उनकी रोजमर्रे की व्यवस्था गड़बड़ा गई हो। सुमित्रा मौसी का आना–जाना बढ़ गया था। जूली की आँखों ने उनको बहुत कुछ छिपाते देख लिया। जज्बात बादलों की तरह घिर–घिर आते। वह रोने–रोने को हो आती।

वह वापस जलालपुर लौट आती। इस घर की दीवारों पर सीलन थी, पर उसके पुख्तेपन का भी अहसास हुआ। ससुर ज्यादा समय घर के बाहर ही रहते।

सास ऐसी कि उसकी जुबान से गालियाँ पतझड़ में झरने वाली पत्तियों-सी झरतीं। तिरबेनी अलसुबह पटना निकल जाता, देर रात तक लौटता। अपना भविष्य सँवारने के लिए वह बी.एड. के ईवनिंग क्लास जाता। वह जूली से भावनात्मक स्तर पर खुद को जुड़ा पाता, पर यथार्थ के धरातल पर स्वयं को उससे दूर पाता। उसको लेकर निरंतर द्वंद्व में उलझा रहता। यह शहरी लड़की क्या ग्रामीण पृष्ठभूमि में रह सकेगी? क्या माई के साथ इसकी पटरी बैठेगी? क्या वह उसकी अपेक्षाओं को पूरा कर सकेगा? इन तमाम सवालों से वह स्वयं जूझता रहता। सवाल और जवाब के बीच गहरी खाई होते हुए भी वह विसंगतियों को दूर करने का रास्ता खोजता। उसे पत्नी की देह में एक लय और ताल दिखाई देती। वह उसे ऊर्जा प्रदान करती। रात को वह महसूस करता कि उसकी आँखों में थोड़ी सी नींद और ढेर सारे सपने हैं। लगा रोशनी भी एक परदा है और अँधेरा भी एक आलोक है—किसी के मर्म में दाखिल होने का दरवाजा। उन दोनों के भीतर की ख्वाहिशें आकार लेने लगतीं—बी.एड. करते तिरबेनी का किसी अच्छे स्कूल में पढ़ाना, पटना में मकान लेना, जूली का गायन क्षेत्र में नाम रोशन करना—ये चाहत उन पर हावी हो जाते, कोई रहस्यमयी दुनिया उनको बुलाती—आओ मेरे पास। एक मदहोश गंध की तरह सपने उनमें समा जाते। मधुर सिहरन तन-मन में हिलोरे लेने लगती।

भोर होते ही दोनों अपनी-अपनी भूमिका में तब्दील हो जाते। माई के हाथ का बना खाना तथा नवोढ़ा पत्नी के हाथ परोसी थाली तिरबेनी को किसी जन्नत से कम नहीं लगती, लेकिन सारी कोशिशों के बाद भी जीवन गति नहीं पकड़ पा रहा था।

तिरबेनी के जाते ही ओड-ओड की आवाज सुनकर सास आ गई। जूली कलेजा थामे उल्टियाँ कर रही थी। सास उसकी पीठ को हथेलियों से दबाकर बोली, "हे गंगा मइया! पोता के मुँह देखइह।" आकाश में एक गिद्ध अकेला उड़ रहा था। उल्टी के साथ जूली की घबराहट बढ़ने लगी।

शाम को सूरज ढलने लगा, चिड़ियाँ घर लौटने लगीं, हवा ठंडी हो चली। माई की आवाज सुनाई दी, तिरबेनी आ गइल। उसने खिड़की से झाँका। सड़क आबाद थी। वह शरम से लाल हुई जा रही थी। रात अँधेरे में तिरबेनी उसके बगल में लेट गया। पत्नी के नरम पेट पर हल्के से अपना हाथ रखा। अजीब सी पुलक हो रही थी। उसने धीरे से कहा, "जूली!" वह उससे लिपट गई।

जूली ने सुबह खिड़की खोली। पत्तों के पीछे छुपी गौरैया शोर मचा रही थी। बहती हवा ने उसे हैरान होकर देखा—धूप में धूलकण नृत्य कर रहे थे। कमरा खुशबू

से भर गया। दिनोदिन उसका जिस्म भरने लगा, वह निखरने लगी, पर वह जैसा जीवन जीना चाहती थी, वैसा जी नहीं पा रही थी। असमंजस में थी। स्वयं को ढूँढ़ रही थी। उस सम्मोहन की दुनिया में जहाँ वह गा रही है, श्रोता भाव-विभोर हो सुन रहे थे। लेकिन अचानक सब खत्म। उसके चमकते भविष्य पर अँधेरे की छाया पड़ने लगती। रात कोई दुःस्वप्न देखकर पसीने-पसीने हो गई। मन किया, पानी पीए, पर उससे उठा नहीं गया।

तिरबेनी भी पिछली कई रातों से न सोया, न जागा। उसके मन में आगे-पीछे एक खींच-तान मची हुई थी। भीतर एक शीतयुद्ध छिड़ा था। वह आशंकाओं से घिरने लगा। एक जड़ता उसकी आत्मा को दबोच रही थी। इस बात से वह जितना भागने की कोशिश करता, वह उतनी ही ज्यादा घेरकर उसे आतंकित करती। क्या यह सही है ? बच्चे तो मध्यसेतु होते हैं, जिनके कारण चाहे-अनचाहे पति-पत्नी को साथ रहना पड़ता है। एक मन हाँ कहता, तो दूसरा न।

इस झमेले के लिए वह खुद को जिम्मेदार मान रहा था। अब तक तमाम ऊँचे-नीचे तजुर्बों से काफी कुछ सीखा था। पलायन ही एक रास्ता था, पर इस बात से उसकी नींद उड़ जाती। फिर वह खुद को समझाता, अब जीवन को मापने के मीटर और बाट बदल गए हैं। हर कदम पर रुपयों की जरूरत है, लेकिन यह आत्म-निरीक्षण भी ज्यादा देर नहीं टिकता। वही बातें दोबारा जन्म ले लेतीं। विचारों की मूसलधार शृंखला चल रही थी। बच्चे को लाना उसका धर्म तो है, लेकिन उसका भविष्य भी तो सुरक्षित होना चाहिए। यह भावुक होने का समय नहीं।

माई की आँखों ने बेटे की उलझन ताड़ लिया। सोचा, इतना पढ़कर भी बुद्धि धेला भर नहीं। उसकी आँखों में एक ऐसी चमक आई, जो बहुत निर्णायक क्षणों में किसी बिल्ली की आँखों में कौंध जाती है। उसने बेटे को सलाह दी, "पटना जा के सोनॉग्राफी करा ले, बेटा भइलत हम पोस देब, बेटी भइल त॑॑॑ ।"

तिरबेनी की गरदन झुक गई।

जूली ने भी सुना। उद्विग्नता की लहर दौड़ गई। कितना दुःख देती है जिंदगी भी। अजीब संक्रमण काल था—उदास धुन में बँधा हुआ। तभी अंदर कुलाँचें मारती एक आवाज आई, 'मुझे मत मारो।'

वह निःशब्द और गुमसुम।

'ऐसा मत करो, मैं आना चाहती हूँ, मुझे मत मारो।' पूरी कायनात कान लगाकर इस सरगोशी को सुनने लगी।

'मुझ पर रहम करो माँ! देखो, मेरे आने से प्रकृति कितनी खुश है!' उसने चारों ओर नजरें घुमाईं। पूरी कायनात बच्ची के आने की पुरजोर पैरवी कर रही थी। इस फूल की हिफाजत करने हवाओं ने अपना रुख बदल दिया। पौधे अपनी जड़ों से नमी लेकर उस तक पहुँचाने लगे। भौंरे कुछ ज्यादा ही शोरगुल करने लगे। वह चुप थी। उसकी चुप्पी क्रूर थी।

"क्या तुम्हारी कोई जवाबदेही नहीं?" जैसे उसने रोकर कहा।

उसका मन सुन्न हो चुका था। कोई असर था, जो बीत चुका था। सब अनसुना कर इस भयावह यथार्थ को झेलना ही था।

एक दिन जूली एवं तिरबेनी नियत समय पर पटना के डॉ. चंद्रा के क्लीनिक पहुँच गए। वहाँ बड़े-बड़े अक्षरों में लिखा था, "लिंग भ्रूण परीक्षण कानूनी अपराध है।" वहाँ रोशनी होते हुए भी मनहूसियत थी। एक बेंच पर कतार से गर्भवती महिलाएँ बैठी थीं। जूली अपनी जगह स्थिर थी, मगर पूरी कायनात उसे अपने इर्द-गिर्द घूमती दिखाई दे रही थी। अंदर की जान खौफ और दहशत में थी। उसकी हथेलियाँ पसीने से तर हो गई थीं।

लंबी प्रतीक्षा के बाद उसका नंबर आया। दो हरे परदे पार कर वह एक कमरे में पहुँची। नर्स सिरिंज से कुछ फुहारें छोड़ती उसकी कमर पर रगड़ने लगी। मानो उस पर हमले की तैयारी हो रही हो। इस बीच डॉ. चंद्रा आईं। वे बड़ी निर्दय-सी थीं। थोड़ी ही देर में सोनॉग्राफी का कष्टदायी कार्यक्रम संपन्न हुआ।

वह उठकर चलने लगी, तो लगा भीतर कुछ भरभराकर गिर रहा है। तिरबेनी सन्नाटे में था।

दोनों डॉ. चंद्रा के सामने बैठे थे। डॉक्टर के चेहरे पर कोई शिकन तक न थी। उसने उनके आगे रिपोर्ट सरका दी। बेटी होने की खबर थी।

"आपने लेट कर दिया। फीट्स बहुत ग्रो कर गया है।"

जूली को अपनी पीठ पर चींटियाँ सी रेंगती लगी।

डॉक्टर बच्ची का कत्ल करने पर आमादा थी, "आजकल फीट्स डिस्पोजल में बहुत खतरा है, कुछ डॉक्टर फीट्स को गटर में डाल देते हैं, पर हमें यह बड़ा ही डिसग्रेसफुल लगता है, हम इसको जमीन में दबाते हैं, पर इसके लिए कर्मचारी पैसे बहुत माँगते हैं, कम देने पर चैनलवालों को इन्फॉर्म करने की धमकी देते हैं।" वह कोख में कत्ल करने का तरीका बताने लगी। जिस ठंडे स्वर में उसने काटकर हटा देने की बात कही, दोनों विचलित हो गए।

"कल आ जाइए। ज्यादा समय नहीं लगेगा, छुट्टी भी कल ही मिल जाएगी। रुपए काउंटर पर जमा करा दीजिएगा।"

कोई प्रतिक्रिया दिए बगैर दोनों के कदम आगे बढ़ गए। पूरी रकम जमा कर दी गई। वे बाहर आ गए। बाहर आकर अच्छा लगा, नवंबर की धूप खिली थी। मगर बेचैनी कम न हुई।

जूली ने पति से कहा, "आप स्कूल जाइए, हम पापा के घर जाएँगे।"

वह सुन कहाँ रहा था, उसे देखता रहा, फिर जाते हुए रिक्शे को रोका। जूली को सहारा देकर बैठाया। वह चली गई। उसकी अंतरात्मा उसे कानों के पास आकर चेतावनी देने लगी। वह दुविधा के झूले पर झूलता रहा। कुछ देर बाद उसे अपनी उद्‌देश्यहीनता का बोध हुआ तो कदमों की रफ्तार खुद-ब-खुद तेज हो गई।

धीमी गति से चलता रिक्शा जूली के घर तक आ पहुँचा। उस घर तक जहाँ न जाने कितने गीत गाए थे, ख्वाब देखे थे। मगर आज घर पर अजनबीयत का घेरा था। बरामदे पर एक अजनबी मिला। जो कुछ उसने कहा, वह चौंकाने वाला था। पापा ने घर बदल लिया और नए घर का पता उस अजनबी को नहीं मालूम। आँखों की दहलीज पर आनेवाले आँसुओं का धकेला और लौट गई। भीतर समुद्र की लहरें पछाड़ खा रही थीं।

पिछले लम्हों की टीस, अपमान सदमे का हिसाब चुकता कर वह चलने लगी। वह क्या सोच रही थी, खुद उसको समझ में नहीं आ रहा था। जिस सड़क पर वह चल रही थी, वहाँ दोनों तरफ दुकानें थीं, चाय की टपरियाँ व गुटखों की लड़ियों से भरे ठेले खड़े थे। उसके चलने का किसी को पता नहीं चल रहा था। लगा वह कुछ चाहती है, पर क्या? उस चाहत का कोई नाम नहीं, पर तय था कि चाहत है। भीतर का उफनता आवेग ठहर गया, लहरें सम पर आ गईं। एक सुख था, जिसे वह महसूस कर रही थी। जिंदगी का हल खुद जिंदगी है, दूसरा कोई विकल्प नहीं। अँधेरा होने लगा। पाँव में चलने की शक्ति शेष न रही। मुसाफिरी समाप्त न हुई, पर उसके चलने का अंत हो गया।

बस-स्टॉप के किनारे एक हरसिंगार का पेड़ था और उस पेड़ के नीचे चबूतरा था। वहाँ रोशनियों का घेरा था। उसने इधर-उधर देखा, कहीं कोई नहीं। दिल तेजी से धड़का, पर सँभल गई। वह जाकर चबूतरे पर बैठ गई। थकान से उसकी आँखें मुँदती जा रही थीं। सूखे होंठो पर जीभ फेरते हुए देखा सब ठीक चल रहा है। अब उसे कोई हैरानी नहीं, सबकुछ अन्य दैनिक घटनाओं की तरह लगा। रात का

पहला पहर, सारी हरकतें सोने लगीं। आवाजें भी बंद। यह रात न जाने उसे किस मयावी लोक में ले गई। हरसिंगार के पेड़ सिर पर छाते की तरह तने थे। कुछ ही देर में नींद ने उसका साथ छोड़ दिया। देखा, अँधेरा और उजाला एक-दूसरे के गले मिल रहे हैं। उसने आँखें बंद कर लीं। किसी ईश्वर के ध्यान में नहीं, बल्कि इसलिए कि कुदरत के इस नतीजे को जो उसके पेट में है, पूरा का पूरा देख सके। सपनों ने पलटी खाई। नई-नई प्रवृत्तियाँ उसके अस्तित्व में जन्म लेने लगीं। वह हैरानी से इस आविर्भाव को देखने लगी। उसका मन हल्का होने लगा। चेहरे पर मुसकराहट थिरकने लगी। वह मधुर कल्पनाओं में खोई थी कि अंदर कुछ ध्वनियों की झनझनाहट महसूस हुई। वह बढ़ती गई, शरीर से आत्मा तक। वह गर्भस्थ हिली। जैसे दोनों के तार जुड़ गए। जूली उस अजन्मा के अदृश्य चेहरे के इबारत को पढ़ने की चेष्टा करने लगी। एक दिलचस्प अनुभव हुआ।

"बेटी, अब तुम इस दुनिया में आओगी।"

उसकी मुसकराहट गुस्से में परिणत हो गई, "तिरस्कृत जीवन जीते 3-4 महीने काट दिए, इसके पहले न आपको कोख की हूक सुनाई दी, न ममता जागी, अचानक यह बदलाव कैसे आया?" उसकी सरगोशी में व्यंग्य छिपा था।

जूली चुप हो गई। उसे यह चुलबुल करनेवाली अजन्मी नहीं, क्रोध से सनी कुछ और ही लगी।

"डॉक्टर आपराधिक गिरोह की तरह कोख में बेटी को मारने की सुपारी ले रहे हैं। इनमें एकाध को छोड़ अधिकतर डॉक्टर औरतें हैं। शायद बेटियों की माँ भी।" उसकी आँखें आक्रमण करती हुई प्रतीत हुईं।

"मेरी बच्ची मेरी ही बुनियाद में टेढ़ थी, दूसरे को क्या दोष दूँ?" कहते-कहते जूली की आवाज थरथरा गई।

"मेरी माँ! मरने से ज्यादा चुनौती जीने में है। घर-बाहर सब जगह असुरक्षा के कँटीले तार बिछे हैं। मैं कहीं सुरक्षित नहीं, न चाचा के पास, न मामा के पास। रिश्तों पर विश्वास नहीं। मैं कहीं भी अकेले होऊँ डर लगेगा—स्कूल में टीचर से, बस में ड्राइवर से, रास्ते में लोगों से—मेरी अस्मत मेरी जिंदगी है। क्या हर मोड़ पर मेरी अस्मत बचा सकोगी? फिर तुमको भी तो अपनी अभिव्यक्ति चाहिए, पहचान चाहिए, आजादी चाहिए। ऐसे में तो बेटी को मृत्यु दंडाज्ञा ही सही।"

"तुम्हारी नजर में मैं एक स्वार्थी इनसान हूँ। हाँ बेटी, मैं कमजोर थी, पर क्या कोई भी भाव सार्वकालिक होता है? ऐसा नहीं कि मुझे अपराध-बोध नहीं हुआ, पर

तब ज्ञान नहीं था।"

"ठीक कहती हो माँ! बोध और ज्ञान दो अलग वस्तु हैं। बोध का अर्थ है, जानना और ज्ञान वह है, जो विवेक में स्थित होता है। ज्ञान किसी को दिया नहीं जा सकता, केवल शिक्षा ही दी जा सकती। लेकिन बोध और ज्ञान से ज्यादा जरूरी है महसूस करना। मेरे माँ-बाप ने ही मेरे दर्द को महसूस नहीं किया तो आने की इच्छा ही मर गई।"

"ऐसे मत कहो।" जूली का उत्साह हाथ से गिरे गिलास की तरह चूर-चूर हो गया।

"सभी बेटे के लिए लालायित हैं। लड़की होने पर आँसू बहाते हैं। ऐसे में कोई लड़की आती है तो वह इनसान नहीं रह जाती, एक मशीन हो जाती है किसी खास काम के लिए। नहीं चाहिए तुम्हारा यह संसार, ऐसे ही चली जाऊँगी। चुपचाप चली जाऊँगी, किसी को पता भी नहीं चलेगा।"

"कैसे बताऊँ कि तुम मेरी जिंदगी हो। मेरे होने और जीने का कारण।"

"नहीं माँ! मेरा नहीं है यह संसार, मैं अलविदा कहने का मानस बना चुकी हूँ।" उसने ऐलान किया।

पूरब की ओर उगनेवाले नारंगी गोले के आने की अभी सिर्फ आहट थी। बस से उतरकर तिरबेनी चला जा रहा था। वह ऐसे चल रहा था, मानो किसी करार पर दस्तखत करने की जल्दीबाजी में हो। आज पहली बार उसे प्रकृति के स्पंदन का अनुभव हो रहा था। जिसे वह ख्वाब समझा था, वह ख्वाब नहीं हकीकत थी। वह दिखती तो नहीं, पर जकड़कर बाँधती है। दूर हरसिंगार के पेड़ तले उसे एक गर्भवती स्त्री दिखाई दी। उसमें उसे जूली की झलक लगी, वही मुद्रा, वैसा ही परिधान। एक अज्ञात मोहवश वह उसके पास गया। अपने बगल में किसी के होने का आभास पाकर जूली पलटी—"अरे! यह तो जूली ही है।" वह भी चौंकी। कुछ देर एक-दूसरे को ताकते रहने के बाद जूली ने इशारा किया। वह उसके पेट पर झुक आया। उसे अजन्मे की धड़कन सुनाई दी। बेहद अपनेपन से उसने कहा, "बेटी!"

लेकिन वह इस आत्मीयता को अनसुना कर तटस्थ बनी रही और खोखली निगाहों से अपने जन्मदाता को देखती रही। तिरबेनी ने उसके दर्द को महसूस किया और कहा, "तुम्हारा आना तय है।"

"पर मैं नहीं आना चाहती, आप तरसोगे मुझे देखने को, फिर बुलाने से भी नहीं आऊँगी।"

"तुम आओगी नहीं तो जीवन आगे कैसे बढ़ेगा?"

वह विद्रोह से तन गई, "रेडियो पर भी यही सुनती हूँ। लड़की न मिले तो कैसे मिले बेटे को बहू? क्या बेटियों का लक्ष्य सिर्फ बेटे की बहू बनने का है? उसका अपना कोई वजूद नहीं? रोज बेटियों की भ्रूण हत्या हो रही है। उनको कूड़ेदान में फेंका जा रहा है, इलाज बगैर मारी जा रही हैं। लेकिन सामाजिक मामला मानकर कोई हस्तक्षेप नहीं करता। करें भी क्या? लड़कियों का क्या, मरे या जिएँ?" वह नफरत से भरी थी।

जूली सिर उठाकर कुछ दुआ करने लगी। उसकी दुआओं में एक लय बनती जा रही थी।

"ऐसा नहीं कि सब नकारात्मक है, लड़कियाँ इंजीनिय , डॉक्टर, जज, वकील बन रही हैं। प्रधानमंत्री और राष्ट्रपति तक बन रही हैं।" तिरबेनी ने समझाने की कोशिश की।

"नहीं बनना मुझे सुपरवुमन।"

"तो क्या चाहती हो, बताओ हमें।"

"सुपरवुमन बनने से भी ज्यादा अहम मंजिलें हैं। उससे कहीं ज्यादा जरूरी है कि ऐसा समाज बने, जो न्यायसंगत हो, भ्रष्टाचार मुक्त हो, लोग एक-दूसरे को ईर्ष्या से नहीं, श्रद्धा से देखें। लड़कियों के सामर्थ्य से घबराएँ नहीं, प्रभावित हों। हम तो साधारण बातचीत में संगीत को भूल गए हैं। सफलता के सामने नैतिकता भूल गए हैं।"

तिरबेनी खामोशी से सुनता रहा।

"नैतिकता का खुशी से गहरा नाता है, नैतिकहीन आदमी संवेदनहीन हो जाता है। यही सांस्कृतिक सूनापन उसे थ्रिल के मार्ग पर ले जाता है। फिर ऐसे खराब जमाने में आकर भी क्या होगा?"

"जमाना खराब है या हम ही बेतरह डरे हुए हैं। जब चिराग में तेल ही कम हो तो हवा से क्यों शिकायत? हम ही जकड़बंद थे। हमारे ही विचारों का प्रवाह रुक गया था। पर एक आस्था है, इसी से आशा करता हूँ कि···

"आपकी ये आस्था और आशा यथार्थ के ठोकर लगते टूट जाएगी।" उसके स्वर में व्यंग्य था।

"मानता हूँ, आशा और आस्था की शक्तियाँ अपनी कोमलता में कमजोर लगती हैं, पर सच है कि ये बर्बर के हाथ हारती नहीं। इसलिए अपनी ये जिद छोड़ दो।"

"मेरा वजूद मेरा अपना है, फैसला भी मेरा होगा। मैं अलविदा कहने का मानस बना चुकी हूँ। मेरा ये आखिरी फैसला है।"

"आखिरी फैसला जैसा कुछ नहीं होता। आदमी मूलतः यथास्थितिवादी नहीं होता। हमारा भविष्य हमारे लिए अपने को नए सिरे से स्थापित करने की संभावना रखता है, मेरी आँखों की पुतली।"

अब तक यह अजन्मी अपने जन्मदाता के प्यार की सरगर्मियों से बेखबर न थी। वह उनके पछतावे को लगातार महसूस कर रही थी। उसने कहा, "मेरे होने से आप एक बेटी के बाप होंगे। मान लो, शादी में मेरा दूल्हा दहेज में कार लेने को अड़ जाए तो?"

"वह कार नहीं लेने के लिए भी तो अड़ सकता है। मेरी बच्ची! गुजरा वक्त वापस नहीं आएगा, लेकिन आनेवाले कल को बदलने की ताकत हम में है। जिंदगी की भागम-भाग के बावजूद हमारे दिल में प्यार जिंदा है और यही प्यार जीवन का नियामक है, सार है, हमारी मौलिक भावना है।"

जूली को इतना भर समझ में आया कि गुस्साई रोती बच्ची अचानक खुश हो गई। उसने हुंकारी भरी। उसकी हुंकारी में अमृत की बूँद थी।

यह प्रेम न बोला जा सकता, न बताया, न दिखाया, बस अनुभव किया जा सकता। यह प्यार अंतर्यामी था।

"मैं आ रही हूँ।" उसकी मुसकान में बचपना था।

फिजां का रंग बदल गया। सूनी जगह भर गई। सुख सौ गुना हो गया। सुबह की धूप में मनभावन ऊष्मा फैल गई। हरसिंगार के कुछ फूल गिरे। जूली हँसने लगी। हँसते समय उसकी आँखें छोटी हो जाती हैं, जो देखने में अजन्मी और तिरबेनी को अच्छी लगीं।

□

केसरी किरण

ढलती शाम का समय था। संध्या के सौंदर्य पर रात के सितारे टँकने लगे थे। लाल हवेली में एक नौ-दस वर्ष की बच्ची थी। उसकी निगाहें अनंत आकाश की ओर थीं। नीले-नीले आकाश में एक पंछी अकेला उड़ रहा था—ऊँचा बहुत ऊँचा। उसकी निर्मल संवेदना जाग्रत् थी, फिर भी उसे अपना जीवन अर्थहीन लगता। उस हवेली में बहुत बड़ा कुनबा रहता था, ढेरों लोग, रिश्तों-नातों से भरा। लेकिन यहाँ संबंधों का एक विचित्र कोलाज था, जो हर पल बनता-बिगड़ता रहता। उन सबके बीच वह खोई-खोई सी रहती, मानो अभी-अभी आकाश से गिरा तारा जमीन पर अपनी जगह खोज रहा हो। उसमें एक खालीपन था। उसका कोई न सखा था, न बंधु। उसके भाई-बहन उससे बड़े थे। वह किसी से मन की कोई बात नहीं कह पाती। हवेली से बाहर जाने की उसे इजाजत नहीं थी। स्कूल से घर और घर से स्कूल। वह इतनी अकेली थी, जितना आकाश में तपता सूरज, जितना रात में जागता चाँद। अपने अस्तित्व की बात उसके मन से निकलकर फैलने लगती और पुनः उसी के अस्तित्व में प्रवेश कर जाती। उसकी कल्पना की दुनिया में बहुत कुछ था, लेकिन उसे क्या किसी चीज की तलाश थी ? वह खुद नहीं जानती थी। उसके अंतस में एक कोहरा था।

वह अपने हर परेशान करनेवाले जलजले को घर के पिछवाड़े फेंक देती कि कभी दिखाई न दे।

लाल हवेली की दूसरी मंजिल पर उसका हवादार कमरा था, जहाँ वह अपनी दीदी के संग एक पुराने डिजाइन के बड़े पलंग पर सोती थी। दोनों बहनों के सिरहाने दो खिड़कियाँ थीं, उनसे लगा एक बहुत ऊँचा हरसिंगार का दरख्त था। हल्की सी हवा से उसके पत्ते हिलने लगते।

उस रात घर में सभी सो रहे थे। वह अकेली जाग रही थी। रात भी कुछ अलग

ढंग से उतर रही थी। आकाश तारों से भरा जा रहा था, चाँद धीरे-धीरे नीचे उतर रहा था। उसकी चाँदनी में सबकुछ प्राणवान लग रहा था। हरसिंगार के कोमल केसरिया सफेद फूल झर रहे थे। उसकी खुशबू दिमाग पर छा रही थी। वह चुपचाप फूलों का झरना देख रही थी। आकाश से अतल तक स्वप्न से सच तक, एक छाया थी। फिजाँ इतनी शांत, सुंदर सपनीली कि जरा-सी हरकत या हल्की सी आवाज भी इस वक्त का जादू तोड़ने के लिए काफी था। वह वहाँ जा पहुँची, जहाँ आत्मा और ब्रह्मांड की सीमाएँ मिल जाती हैं। आज वे पहली बार उस पेड़ के चेहरे को पढ़ रही थीं। उससे लगाव की अनुभूति होने लगी। उसके साथ एक नई रोशनी, एक नई भाषा, एक नया रिश्ता कायम होने लगा।

उसने उससे चुपके से पूछा, "तुम्हारे फूल केवल रात में ही क्यों झरते हैं?"

पेड़ ने हँसकर कहा, "कल सवेरे मेरे पास आना, बताऊँगा।"

सुनकर उसे मजा आ गया। हवाएँ थपकियाँ देकर उसे सुलाने लगीं। सूरज की लाल अभी कुहरों से निकलकर बाहर आई भी नहीं थी कि वह जग गई। जागते ही उठकर नीचे भागी। वहाँ जमीन पर सफेद-केसरिया फूलों की चादर बिछी थी। उन फूलों के केसरी डंठलों से सूर्य की किरणें केसरी रंग में रँग गई थीं। धरती-आकाश तक वे अपनी खुशबू लुटा रहे थे। ये खुशबू उसके भीतर उम्मीद पैदा कर रही थी। वह पेड़ के करीब आ गई। उसे इस तरह उसके समीप आना बहुत स्वाभाविक लगा। उसकी हँसी आँखों से होंठों पर उतर आई। प्रकाश एवं छाया आपस में मिल रहे थे। इस समय जगह सुनसान थी, पर चुहल भी था। डालों पर बैठे पंछी लगातार चहक रहे थे। दो परिंदे कच्ची जमीन पर चले जा रहे थे। ठंडी हवा बदन पर अच्छी लग रही थी, हल्की सी फुरहरी महसूस हुई। सुबह की उजास में यह हिस्सा बड़ा मनोहरी लग रहा था। वह सृष्टि के करीब पहुँच गई थी। कोई जलतरंग मन को तृप्त कर रहा था। वह पेड़ के और करीब आ गई। उस पर अपनी मुसकराहट के मोती पिरोने लगी। उसने अपना वही प्रश्न दुहराया, "बोलो न, तुम्हारे फूल रात में ही क्यों झरते हैं?"

"तुम्हारे लिए।" पेड़ ने हँसकर जवाब दिया।

"मेरे लिए।" उसे हैरानी हुई।

"हाँ, तुम्हारे लिए, दिन में तुम स्कूल में रहती हो, फिर फूलों का झरना कैसे देखोगी?"

एक मधुर सिहरन बच्ची के तन-मन को हिलोर गई। जो भी दो-चार फूल पेड़

पर बचे रह गए थे, गिरकर उसके बालों में उलझ गए।

पेड़ को चुहलबाजी सूझी। उसने पूछा, "मुझसे दोस्ती करोगी?"

उसने भी बिना सोचे-समझे कह दिया, "हाँ, करूँगी।"

फिर क्या था, लगे दोनों बतियाने, हँसने और मुसकराने। बात घर-आँगन की होते-होते चाँद-तारे तक पहुँच गई। पेड़ ने उसे दिलासा भी दिलाया कि ऐसा कुछ नहीं, जिसके लिए उसे अफसोस करना चाहिए। वह अनजान भावनाओं से भर उठी।

वह कूदती-फाँदती अपने कमरे में आई। वहाँ धूप चमक रही थी और दीदी रेडियो संग गुनगुना रही थी, "किसी ने अपना बना के मुझको, मुसकराना सीख दिया।"

उस दिन जो सिलसिला शुरू हुआ, वह रुकने का नाम नहीं लिया। हर दिन सुप्रभात और हर दिन शुभरात्रि। पेड़ के चारों तरफ चौड़ी-सी खुली जमीन थी। एक तरफ लाल हवेली और दूसरी तरफ घर की ऊँची चारदीवारी, जिन पर जंगली लतर चढ़े हुए थे। दुनिया भर के परिंदे यहाँ खिंचे चले आते। लाल चोंचवाला सुग्गा पड़ोस से चुराए अमरूद लाकर यहीं बैठकर खाता। झींगुर दिनभर चुप रहते यहाँ, रात को जोरों से झनझनाने लगते। इधर से ही सब्जीवाली, दहीवाली, चूड़ीवाली घर में जातीं। यहाँ शाम धीरे-धीरे होती और शिवाला की घंटी भी धीमी सुनाई देती। पेड़ के साथ बच्ची की घनिष्ठता पास आने लगी। इस दोस्ती में बस खेल था, कोई खिलौना नहीं। पेड़ ने उसकी दोस्ती औरों से भी करा दी। उन लतरों से जो चितकबरी दीवार पर बढ़ती जा रही थीं, उनमें कुछ अँखुए फूटते, बढ़ते, पीछे से दूसरे अँखुए फूटते। वह कौतुक से देखती, कैसे एक कच्ची टहनी दूसरी को ठेलकर आगे निकल जाती। वहीं एक छिपकली टहलती रहती। दो-दो गिलहरियाँ एक-दूसरे के पीछे फुदकती-भागतीं। जमीन पर चींटियों का काफिला चलता, उनको किसी के प्रीतिभोज का निमंत्रण मिला था। हवा स्वप्न बाँधकर उड़ती और समय यहाँ अनंत से जा मिलता।

एक बार बिल्ली अपने चार बच्चों को वहाँ पेड़ के भरोसे छोड़ गई। पेड़ पर बहुत सारी चिड़ियों का बसेरा था। वे सब उससे अपना सुख-दुःख कहते। वह भी उनकी एक-एक भंगिमा पहचानने लगी थी।

अब उसकी एक निजी जिंदगी थी। एक नया विश्वास उसके अंदर पलने लगा। उसका मन भरा-भरा रहने लगा। वह मुक्त थी। अकेली खुश थी। पेड़ उसके लिए ओस पर पड़ी किरणों के सातों रंग सहेजकर रखता। घास और कंकड़ उसके पाँव में गुदगुदी करते, लेकिन यह गुपचुप दोस्ती गोपनीय थी। किसी को इसकी खबर

न थी। पेड़ और बच्ची ने मिलकर अपनी एक भाषा रच ली थी, ऐसी जो किताबों में नहीं थी, वह फूलों की गंध में थी, सूर्य की किरणों में थी; चाँदनी, डाली एवं पत्तियों में थी, तने और जड़ में थी। इनके संवाद सुने भी जाते और देखे भी जाते। दूसरे इनका अनुभव नहीं करते, इसलिए इनका अर्थ और अभिप्राय नहीं समझ सकेंगे। अपनी दोस्ती को छिपाए रखा, लेकिन दीदी उसके खुलते आयाम को देख रही थी।

एक शाम क्षितिज अपने पिटारे में सुनहरी किरणें समेटने में लगी थी। उन किरणों में पत्तियाँ झिलमिला रही थीं। सफेद बगुले अनजानी दिशा में उड़े जा रहे थे। हवा सरसराती हुई चल रही थी। उसके बाल उड़-उड़कर आँखों के सामने लहरा रहे थे। उसके पिता शहर से बाहर नौकरी पर रहते थे। इन दिनों घर आए हुए थे। उसे पेड़ के पास खड़ी देखा, उसके बालों को दोनों कानों के पीछे करते हुए बोले, "यहाँ क्या कर रही है, मीनू?"

मीनू मौन। जवाब में हँस दी।

उसका हाथ अपने हाथ में लेते हुए बोले, "यह पेड़ मुझे बहुत प्रिय है। इसे तेरी दादी ने रोपा था। बड़े जतन से इसे अपने बच्चे की तरह पाला। उनके साथ मैंने कितनी बार इसमें लोटा-लोटा पानी डाला है।"

पिता की इस बात पर बस उसने पिता की आँखों में झाँका और हँस दी। उसकी हँसी वातावरण में तैरने लगी। तैरते-तैरते आसमान तक जा पहुँची। रात को झरनेवाली कलियाँ भी मंद-मंद मुसकराने लगीं। सब उमंग और तरंग में थे। चंचल हिरन की तरह कुलाँचे भरती भीतर भाग गई। अपने चारों ओर मस्ती का वलय लिये वह कभी इस ओसारे, तो कभी उस ओसारे, तो कभी छत पर। नीले आकाश को देखा, वहाँ काले-काले बादल घिरने लगे थे। वह भागी नीचे अपने हरसिंगार के पास। बादलों के धड़-धड़ के साथ झमाझम पानी बरसने लगा। दोनों खड़े बारिश में भीगते रहे। पानी छह-छह कर रहा था, हवा साँय-साँय कर रही थी, बड़ा मजा आ रहा था। भीगे परिंदे दरख्त से उड़-उड़कर हवेली की ओट में बैठे रहे थे। कड़ककर बिजली चमकी, उसे खोजती हुई माँ आ गई। वहाँ कीचड़ इतना हो गया कि वह सँभलकर आई और पकड़कर ऊपर कमरे में ले गई। नरमाई से डाँटा, "इस तरह पानी में नहीं भीगते।"

लेकिन उस दिन माँ की आँखों में वह बहुत कुछ देख रही थी।

दूसरे दिन चटक धूप निकली। धीरे-धीरे उस धूप की गरमी बढ़ने लगी। जितना उल्लास उसमें था, उसी अनुपात में उतनी ही रुखाई घर के दूसरे लोगों में थी। सबका

चेहरा हर तरह की भावुकता से अलग था। बाहर से शांत दिखने वाली लाल हवेली में अशांति बढ़ती जा रही थी। सब तनाव में रहते। वह लगाव चाहती थी, पर बड़े चाचा के चेहरे पर भी सन्नाटा था। एक शब्द जो बार-बार सुनाई दे रहा था, वह था—बँटवारा। उसके भीतर भय की लहर दौड़ जाती। उसका पेड़ इस घर के हालात को भलीभाँति जानता था। वह भी गुमसुम हो गया। बच्चों में कुट्टी होती है, फिर मेल भी हो जाता है। बादल अपनी डरावनी शक्ल दिखाकर गरजता है, हवाएँ भी आँधी-तूफान का रूप धर लेती हैं, दिन में अँधेरा हो जाता है, मगर उसके बाद एक झटके से सब छू-मंतर। मगर लाल हवेली का तूफान तो आकर जम गया। वहाँ तो तूफान से जूझने की तैयारी हो रही है। फिल्म की तरह सबकुछ प्रतिक्षण बदलता जा रहा है। उसका कलेजा रह-रहकर केले के पत्ते-सा काँप उठता। नामालूम बिंदुओं से शुरू हुई लड़ाइयाँ कब महायुद्ध बन जाती हैं और कब वे शक्तियाँ बनकर आमने-सामने डट जाती हैं—न वह समझ सकी, न दीदी, न चारों बड़े भाई। वे सिवाय सब्र के और कुछ नहीं कर सकते। मझले भइया ने उसे बताया, "मीनू, हमारा बँटवारा हो रहा है। हम लाल हवेली छोड़कर सामनेवाली पीली हवेली में रहेंगे।"

बड़े भैया की चुप्पी कह रही थी कि अब तो जाना ही पड़ेगा। वह कमरों में घबराई सी घूमने लगी। चारों तरफ घबराहट और बिखराव की परछाइयाँ मँडरा रही थीं। बच्ची की सारी सोच, सारी फिक्र, सारी परेशानी इस बात पर सिमट आई कि वह अपने हरसिंगार के पेड़ को कैसे छोड़ेगी? रात भी किंकर्तव्यविमूढ़ सी चुप थी। पेड़ पर तो जैसे समाधि का भाव आ गया था। उसे लगा कि अब ये छूटेगा... छूटेगा...।

लेकिन इन उलझनों के बीच भी माँ उसे प्यार से खिला देती। उनके चेहरे पर खिलाते समय एक सरल मुसकान होती। शायद वह झेलने का हुनर जानती थी। इस तूफान ने सारी चीजों को तितर-बितर कर दिया। पीली हवेली जाने का दिन आ गया। सबके चेहरे उतरे हुए थे। सुबह से रोते-रोते उसकी सिसकियाँ उतार पर थीं। आँसू की एक-एक परत उसके चेहरे पर जमी हुई थी। बूढ़ी बगेसरी आई ने धीमी निःश्वास छोड़ते हुए कहा, "बिधि का बिधान..."

सूनी-सूनी आँखों से वह अपने पेड़ को देख रही थी। वह भी घायल था, उसकी आँखों में भी आँसू भरे थे। डाल पर बैठी चिड़ियाँ उन्हें निर्विकार भाव से देख रही थीं, जैसे जो हुआ, वह तो होना ही था...। अपने उमड़ते आँसुओं को बच्ची ने जबरदस्ती रोक लिया, पर जरा-सा आगे बढ़ते ही आँसू गालों पर ढुलक

आए। उसने छिपकर आँसू पोंछ लिए।

वे पीली हवेली चले आए। फासला केवल बीच में एक सड़क का था। दूरियाँ लंबी थीं। कितनी देर तक उसे लगता रहा कि उसका दोस्त आँखों में आँसू भरे उसके सामने खड़ा है। उसके बगैर सूना लग रहा था। कल से आज कितना भिन्न हो गया।

कोई भी वास्तविकता उतनी अच्छी नहीं होती, जितनी वह कल्पना में प्रतीत होती है। सबका मन रह-रहकर उचाट हो जाता। इस ठोकर से घर में एक सँभली हुई भाषा आ गई। यहाँ दोनों बहनों का कमरा प्रथम तल पर था। खिड़कियाँ बंद रखनी पड़ती थीं, यानी चाँद, सूरज, हवा, रोशनी बंद। जीवन सीमित हो गया। पिछवाड़े नीबू और चाँदनी के झाड़ थे। पीछे का दरवाजा खुलता तो वे अंदर झाँक लेते, वह पास जाती तो उसे देखते, फिर इत्मिनान से इधर-उधर अपना रुख कर लेते। इधर धूप आसमान से सीधा बदन पर उतर आती। पुरबइया भी भूले-भटके आती। उसकी आँखें जो शरारत से चमकती रहती थीं, संजीदा हो गईं। मझले भाई उसे हँसाने की कोशिश करते, पर उसकी हँसी कहीं खो गई थी।

पिता ने उसके कंधे पर हाथ रखकर पूछा, "मीनू! इतनी चुप क्यों है ?"

उसने आँख उठाकर उनकी ओर देखा। उनके चेहरे पर हल्का सा कंपन हुआ, फिर वैसा ही कोमल और स्वाभाविक हो गया। सबके लिए इस अलगाव से निकलना मुश्किल था।

सुबह उठी तो दीदी छत पर ले गईं। आकाश में रंगा-रंग बादल तैर रहे थे। अरे यह क्या ? यहाँ से हरसिंगार का ऊपरी हिस्सा दिखाई दे रहा है। वह सूरज की चमकदार किरणों से नहा रहा है। वह खुशी से उछलने लगी। अब तो सुबह-शाम जब मौका मिले, वह एक चक्कर छत का लगा लेती। पेड़ की फुनगियाँ भी उसे देखते, बिना हवा के लहरा जाती। एकाध बार तो वह सबसे छिपकर लाल हवेली भाग गई। उसे देखते ही पेड़ उसके दिल का हाल जान जाता। पत्ते सरसराने लगते। कौवा काँव-काँव करने लगता। वह पेड़ छूकर भाग आती। पकड़े जाने का डर था।

उन दिनों बच्चों का एक खेल हुआ करता था, आती-पाती। इस खेल में आठ-दस बच्चे दो दलों में बँट जाते थे। एक दल दूसरे से पूछता, "आती-पाती किसकी पाती ?"

दूसरा कहता, "नीम की पाती।"

अब पहला दल नीम के पेड़ से पत्ते तोड़कर लाता, दूसरे दल के एक-एक सदस्य को वह नीम का पत्ता पकड़ाता। उस दिन उसके भाइयों ने यह खेल शुरू

किया। उसका भी जी चाहा कि खेले, लेकिन उसे यह खेल खेलने की अनुमति नहीं थी। उस दिन भाइयों को उस पर रहम आ गया और उसे अपने खेल में शामिल कर लिया। खेल के नियमानुसार सामने वाले दल से उसके दल ने पूछा, "आती-पाती किसकी पाती?"

दूसरे दल ने कहा, 'हरसिंगार की पाती।"

भाई संग वह भी भागी लाल हवेली। आज वहाँ जाने की वजह थी। भाई तो पत्ता तोड़कर भाग निकले, वह वहीं जम गई। पेड़ ने डबडबाई आँखों से उसे गले लगा लिया। बहुत दिनों बाद मिले थे। एक नि:शब्दता उनके बीच तैर रही थी। धीमी चुप्पी की कोमलता बदन को छू रही थी। घायल आत्माओं को चैन मिल रहा था। पत्ते पर ठहरी ओस की दो कुनकुनी बूँदें उस पर आ गिरीं। पेड़ उसके चेहरे पर उमड़ते भावों को पढ़ रहा था। एक करुण मुसकान बच्ची के चेहरे को आर्द्र कर रहा थी।

"मैं तुम्हें खुश देखना चाहता हूँ।" पेड़ ने आशीष देते हुए कहा। सूर्य अस्त हो रहा था। स्वयं को जतन से सँभाले, वह सोचने लगी कि यहाँ रहना चाहिए या भाग जाना चाहिए। इस समय वहाँ चाची आ गईं। उनके मन का सारा कड़वा-कसैलापन उनकी आँखों में उतर आया। दुनिया घूमते-घूमते रुक गई। उसके कान लाल हो गए। कनपटियों पर दबाव पड़ने लगा। धड़कनें पनचक्की हो गईं। वह अदब से खड़ी हो गई। नजरें नीची कर लीं। वे हटें तो बुद्धि काम करें। पेड़ मौन साधक की तरह खड़ा रहा। वह लौटने लगी, उसके कदम बढ़ने लगे। लेकिन उनकी आवाज सुनाई दे रही थी, "हद हो गई, लोग बच्चों से जासूसी करवाते हैं।"

बात तीर बनकर खच्च से उसके सीने में जा लगी। वहाँ दो-तीन लोग खड़े थे। उनकी भावहीन आँखें उसका पीछा कर रही थीं। अपना ही चला रास्ता पैरों में उलझ रहा था। वह रोने-रोने को हो आई, पर रोई नहीं। खबर पीली हवेली पहुँच गई।

माँ ने कठोर होकर कहा, "वहाँ जाने के लिए मना किया था न।"

चारों भाइयों ने उसे चार तरह से समझाया कि वहाँ नहीं जाते। रात सोने गई तो आँखों से टप-टप आँसू गिर रहे थे। दीदी हरसिंगार से उसके लगाव का राज जानती थीं। उसने कहा, "तुमको हरसिंगार की याद आती है, मैं पूरी लाल हवेली को भुलाने की कोशिश में हूँ। वह ओसारा, जहाँ दादी धूप सेंकती थीं, वह आँगन जहाँ पापड़-बड़ियाँ सुखती थीं, हमारा कमरा जो खुशबुओं से भरा रहता था, वहाँ की बहुत सी बातें बिना अच्छी हुए भी मुझे अच्छी लगती हैं, मीनू।" उनकी आँखों

के आगे कितनी परछाइयाँ सिमट आईं। वे लाल हवेली के कोने-कोने में भटक रही थीं। उनके चेहरे पर वेदना थी, लेकिन उसे धैर्य से काम लेने की सलाह दे रही थीं।

उसे राहत महसूस नहीं हो रही थी। दिल-दिमाग में हरसिंगार झकझोर रहा था। अपराध-बोध की कसक से कहीं ज्यादा यह काँटा चुभ रहा था कि अब वह कभी अपने हरसिंगार के पास नहीं जा सकेगी।

दीदी ने रेडियो बजाना बंद कर दिया था। पीली हवेली किसी को रास नहीं आ रही थी। एक दिन पिता आए और पूरे परिवार को अपनी नौकरी पर ले गए। नई जगह, नई बातें, नए अनुभव। द्रुतगामी समय का प्रभाव पड़ना ही था। अब भी छुट्टियाँ वहीं अपने शहर में बिताई जातीं। वहाँ पहुँचते ही मीनू छत पर भागती। हरसिंगार उसे देखते ही लहराने लगता, बिना हवा के झूमने लगता, बेमौसम फूल भी खिला देता और वहीं से दुंआ-सलाम भेजता। उसका दोस्त वैसा ही था, उनकी दोस्ती वैसी ही थी।

पिता का तबादला एक शहर से दूसरे, दूसरे से तीसरे और तीसरे से चौथे होता रहा। एक-एक दिन करके समय सरका जा रहा था। अबोध मीनू दुनिया के कायदे-कानून सीख रही थी।

पुराना सबकुछ उसकी जिंदगी से दूर जा रहा था, जैसे पलकें खुलते ही नींद जाती है, पलकें बंद होने पर जागने का अहसास जाता है, जैसे तीली जलते ही अँधेरा जाता है। तीली बुझते ही रोशनी चुपचाप जाती है। जिंदगी नित्य नए अध्याय के पन्ने खोल रही थी, एक अध्याय समाप्त होने के पहले दूसरे अध्याय की शुरुआत हो जाती। लेकिन जब भी वह अपने शहर लौटती, अपने दोस्त से जरूर मिलती। उसे देखते ही वह आश्चर्य मिश्रित उल्लास से भर जाता। ऐसे स्नेह का अनुभव उसे और कहीं नहीं होता। वह लौट जाती, वह उसी तरह सूर्य को अर्घ देता हुआ-सा खड़ा रहता। उस गुलशन का कारोबार भी उसी तरह चलता रहता।

कालचक्र घूमता रहा। मीनू बच्ची से किशोर हुई, किशोर से सयानी, उसकी शादी हो गई और वह बाल-बच्चों वाली भी हो गई। पति और बच्चों के साथ शिविर-दर-शिविर भटकते हुए देश के कितने कोनों का भूगोल पढ़ा। जहाँ जाती, वहाँ हरसिंगार का एक पौधा रोपना नहीं भूलती। यह पेड़ पनपने में, बढ़ने में समय लेता है। शिशु पौधे कुछ ऊँचे होते ही उसे शहर छोड़ना पड़ता। रोशनी और अँधेरे के बीच फरेब खाती जिंदगी बहुत दूर निकल गई। आज भी नीले आकाश के साथ, कभी ठंडी हवा के साथ या कभी किसी चोट के साथ हरसिंगार उससे आ जुड़ता।

अनंत प्रवाह में समय अपनी लय पर चलता रहा। कितना समय बीत गया, बल्कि समय क्या बीता, वह स्वयं बीत गई। बच्चों के बच्चे हो गए। वह नानी, दादी हो गई। खोया भी कुछ कम नहीं, हमेशा साथ निभानेवाला जीवनसाथी साथ छोड़ गया। उसके दिल का हर राज जाननेवाली दीदी भी दुनिया में नहीं रही। यह जीवन सुंदर भी है, कठोर भी है। यहाँ न हँसने का एतबार, न रोने का एतबार। पीली हवेली बिक गई। अलग-अलग शहरों में भाइयों का ठौर-ठिकाना हो गया। बस छोटे भैया का ठाँव उसी शहर में था। गुजरा वक्त आज उसे आवाज देकर पुकार रहा था। बाकी खयालों पर कई तरह की धुंध जम गई थी, लेकिन हरसिंगार पर नहीं। वहाँ ढेरों स्मृतियाँ सजीव हैं। कुछ बातें जीवन के किसी अनजान क्षणों में घटित हो जाती हैं। हरसिंगार से उसके संबंध तर्क भले ही न समझें, लेकिन हर विश्वास समझेगा—वे झरते फूल, वह खुशबू, वे लतरें, वे चिड़ियाँ, वे किरणें ··जर्रा-जर्रा उसे कंठस्थ है। एक छोटे से कालखंड का मापहीन सुख। अपने में संतुष्ट। पूर्ण। वे यादें लौटती हैं, वे तमाम घड़ियाँ पुरअसर आवाज की तरह उससे लिपट जाती हैं। उसका चेहरा एक उदार मुसकान के साथ खिल जाता है। कभी न लौटने वाला समय जा रहा था।

उसे लगा, उसे अपने शहर जाना होगा। वह जाएगी। वहाँ कुछ दिन रहेगी। जब तक रहेगी, अपने हरसिंगार से मिलने रोज लाल हवेली जाएगी। अब कोई क्या कहेगा? और वह क्यों सुनेगी? स्मृति एवं स्वप्न एक ही डोर में बँध गए। वह जाएगी, इस स्वीकृति ने उसके अंदर को भर दिया। मन हिलोर लेने लगा। तुरंत भाई को अपने आने की सूचना दी। सुनकर वे खुश हो गए।

मीलों की दूरियाँ तय कर आखिर वह अपनी दुनिया में पहुँच गई। भाई के चेहरे पर आत्मीयता का भाव ठहर गया। भाभी ने हाथ पकड़कर मीठी नजरों से देखा। मौसम खुशगवार था। बारिश के कारण हवा में नमी घुली हुई थी।

स्टेशन से घर जाते हुए वह अपना पुराना शहर देख रही थी। अजीब से शहरीपन से आक्रांत था। पुरानी शिनाख्त कहीं नजर नहीं आ रही थी। भाई उसे बता रहे थे, "मॉल और मल्टीप्लेक्स इस शहर का नया चेहरा है, लोग भी यही चाहते हैं। ये अंधाधुंध फायदे दे रहे हैं।"

घर आ पहुँचा था। नए इलाके में बेहद खूबसूरत घर था। भाई-भाभी ने एक-एक ईंट, एक-एक टाइल अपनी इच्छानुसार लगाया था। उनके दोनों बेटे अपने-अपने परिवार साथ विदेशों में थे। यहाँ बहन की आवभगत की बहुत तैयारी थी—हफ्ते भर का सैर-सपाटा, प्रतिदिन नए पकवानों की फेहरिस्त और भी बहुत

कुछ। रात देर तक बैठे बातें करते रहे। बहुत कम लोग बचे हैं, जो उसे उस रूप में पहचानते हैं। जो पहचानते भी हैं, उनके बीच समय की मोटी दीवार है। उसने एक-दो लोगों के बारे में पूछा तो भाई ने कहा, "अब वे नहीं रहे।"

सुनकर दुःख हुआ। "प्रिय, जिसे याद करता है, वह मृत नहीं होता, मीनू! लेकिन यह सच है कि हर संयोग का अंत वियोग है। मैंने यही जाना है कि मिले हुए पलों को जी लेना महत्त्वपूर्ण है, शायद सबसे ज्यादा महत्त्वपूर्ण। हम रहें या न रहें। फूल तो फिर भी खिलेंगे, चाँद सूरज भी निकलेंगे, ये दुनिया चलती रहेगी।" उन्होंने कुछ ऐसे निर्गुण स्वर में कहा कि वहाँ एक अटपटी खामोशी छा गई। वातावरण गंभीर होता देख भाभी ने गजल चला दिया—

ये दौलत भी ले लो, ये शोहरत भी ले लो···
भले छीन लो मुझ से मेरी जवानी
मगर मुझको लौटा दो बचपन का सवान
वो कागज की कश्ती वो बारिश का पानी"

"ये इनका फेवरेट गजल है, मीनू! जैसे यह इनकी रूह को छूता है।" भाभी ने कहा।

भाई मुसकराए। इस मुसकान में उनका बचपन छलक आया। उनका बचपन अपने उसी रूप में वहाँ अठखेलियाँ करने लगा।

दूसरे दिन वे काली बाड़ी, दुर्गा पूजा मंदिर, महिला चरखा मंदिर गए। साथ ही मेन रोड और फिराया लाल भी घूम आए। लौटे तो थकान और गरमी महसूस हुई। उसने पंखा चला दिया। भाभी ने कहा, "कल फिल्म देखने चलते हैं, उसके बाद किसी होटल में खाना खाएँगे।"

"ठीक है भाभी, पर उसके पहले लाल हवेली जाना है।"

"लाल हवेली! वह बिक गया मीनू। वहाँ भी शॉपिंग मॉल बन रहा है।" भाई ने बताया।

वह चौंकी, "और वह हरसिंगार का पेड़ ?"

"जाहिर है, उसके साथ वह भी बिक गया। सुना है, उसी तरफ पार्किंग बनाई गई है, उसे शायद काट दिया हो।"

"भला ऐसे ऊँचे फैले पेड़ को कोई कैसे काट सकता है ?" वह तड़पकर बोली।

"हो सकता है, न भी काटा हो, पेड़ को छोड़ दिया हो। आजकल पर्यावरण

को लेकर यहाँ भी लोग जागरूक हो गए हैं। इन दिनों मैं उस तरफ गया नहीं।"

फोन की घंटी बजी। भाई दूसरे कमरे में चले गए। वह बुत बनी बैठी रही। कैसा दारुण क्षण था? खुली हवा में साँस लेने वह कमरे से बाहर बरामदे में आ गई, बरामदे से भी बाहर खुली जमीन पर आ गई। अचानक बादल ने कड़ककर अगले पल होनेवाली बारिश का ऐलान किया। रात होते-होते गंभीर गरजन-तरजन शुरू हो गया। मौसम बरसात का नहीं था, पर प्रकृति भी सदा एक ही नियम से नहीं चलती, रूप बदलती है।

बीच रात में उसकी नींद खुल गई। न उठकर चैन मिल रहा था, न बैठकर। अतीत उससे समेटे नहीं जा रहा था। वे उसकी अनुभूति के अमर अंश थे। बाहर पानी बरसे जा रहा था। काँच की खिड़कियों से पानी की लकीरें गिर रही थीं। वे दृश्य हू-ब-हू आँखों के सामने आ रहे थे—हरसिंगार का पेड़, फूल, फूलों से लदी हवा, हरियाली, लता-गुल्म, ओस-बिंदु, गिलहरी, तोते और पंख-पखेरू और वह केसरी किरण···वे ब्रह्म एवं प्रकृति के योग हैं, अमरता के पार का अमृतत्व, तुम हो हरसिंगार! तुम होंगे, सैकड़ों-सैकड़ों बरस तक तुम होगे···तुम सत्य अटल, अविनाशी।

सुबह उग आई। घर में सुबह की हलचल शुरू हो गई थी। बरसात थम गई थी। आसमान साफ था, मानो रात में बरसा ही न हो। हवा ऐसे बह रही थी, जैसे कुछ हुआ ही न हो। लेकिन उसकी रंगत बदल गई थी। उसके पुलक पर विराम लग गया था।

नाश्ते के बाद भाई ने भाभी को आवाज देकर कहा, "जल्दी तैयार हो जाओ, हम लाल हवेली जाएँगे। चलो उठो, मीनू!"

कुछ क्षणों के लिए उसको महसूस हुआ कि उसका दिमाग खाली है और उसे पता नहीं कि वह क्या कहना चाहती हैं? "छोड़िए, लाल हवेली नहीं जाते, हम कहीं और चलते हैं।"

"क्यों चल न!"

मन के रहस्य को समझाना मुश्किल था। फिर भी कहा, "आज हम टैगोर हिल चलेंगे। बचपन में वहाँ खूब जाया करते थे।"

भाभी आ गईं। उन्होंने भी अनुमोदन में कहा, "हाँ, हाँ, वहीं चलते हैं।" दोनों जाने की तैयारी में लग गए। वह विचारशून्यता में खो गई।

□

कल उगेगा सूरज

गायत्री सोफे पर बैठी नीतू की शादी का कार्ड देख रही थी। कार्ड के ऊपर सुनहरे आकार में ॐ छपा था। आध्यात्मिक दृष्टि से ॐ का बोधात्मक अर्थ है। सभी प्रश्नों का उत्तर, सभी विरोध का परिहार, सभी शंकाओं का समाधान एवं असंख्य भावनाओं का महासमन्वय। सभी ध्वनियों का उद्गम ॐ ही ब्रह्म है।

निमंत्रण-पत्र के साथ ममता का बहुत आत्मीय मनुहार था। "गायत्री दी, जीजाजी के साथ आना ही होगा।" महेशजी ने भी अलग से गिरीश को न्योता दिया था, लेकिन जब से यह न्योता आया है, गिरीश चुप हैं। पटना जाने में कोई दिलचस्पी नहीं दिखा रहे। गायत्री का शादी में जाने का बहुत मन था। इसी बहाने नाते-रिश्तेदारों से भेंट-मुलाकात हो जाएगी। कई दिनों के प्रयास के बाद भी उसका हर तर्क उनकी चुप्पी के आगे निरस्त होता रहा। मितभाषी होकर उन्होंने अपने जीवन को बहुत सरल बना लिया था। एक-दो बार बड़ी सहजता से कुछ ही शब्दों में समझा डाला कि रिश्तेदारी की शादी में पटना जाने में कोई तुक नहीं है। एक गहरी निःश्वास निकली। वैसे अच्छा लगना, न लगना बहुत पीछे छूट गया था। फिर भी उसका मन रोने को हो आया। उसे लगा, सूरज की रोशनी एवं चाँद की चाँदनी में कहीं कोई कमी नहीं, लेकिन हवा-पानी में जरूर कुछ कमी आ गई है। उसे कुछ हो गया है, उसका मन जब-तक भटकने लगता है। अनमनी सी ऊँघती वहीं सोफे पर सो गई।

नींद की लहरों के बीच वही सपना, उखड़े-उखड़े रास्तों के बीच वह चली जा रही है, चलती जा रही है, दूर-दूर तक जंगल है, कोहरे में डूबी दिशाएँ, कहीं फूस के घर, पुआल के बिस्तर, कहीं सूखे पत्तों की आग···चट्टानों के पीछे सदियों का आर्तनाद, वह ऐसे जंगल में भटक रही है, जो किसी नक्शे में नहीं, जो सभी भाषा के ताकत से बाहर है, वह अकेली नहीं है, उसके साथ कोई है, टूटे राग-सा अपनी आत्मा पर जख्म लिये, घायल, क्षत-विक्षत। लेकिन उसकी तसवीर साफ नहीं,

धुँधली है। एक धूल का बवंडर उड़ता है। उसकी नींद खुल गई, वह हड़बड़ाकर उठ बैठी। डरी-डरी इधर-उधर देखा, कहीं कोई नहीं।

कभी-कभी तो जागे में भी महसूस होता है कि कोई दबे पाँव उसका पीछा कर रहा है। कौन है? कौन पीछा कर रहा है? इस आयामहीन अस्तित्व से उसका क्या रिश्ता है? क्या यह मतिभ्रम है? या मात्र आभास? लेकिन क्या वास्तविकता के बिना आभास हो सकता है? वह कुछ समझ नहीं पा रही है। यह सिलसिला पिछले बरसात से चल रहा है।

गिरीश के आने की आवाज आई। तूफान से जूझने का समय था। उसने स्वयं पर भरोसा रखा और एक बार फिर डटकर मुकाबले के लिए तैयार हो गई। जाकर उसने दरवाजा खोला, उसकी आँखों में उत्सुकता थी और वही प्रश्न बना हुआ था, लेकिन गिरीश की सूरत ने सारी कैफियते बयाँ कर दी। उन्होंने कोई प्रतिक्रिया जाहिर नहीं की। वे चुप थे।

"क्या सोचे पटना जाने के बारे में?"

"अरे, न्योता भेजना एक शिष्टाचार भर होता है बस। इसका यह मतलब नहीं कि···"

"नहीं, ऐसा एकदम नहीं है, हम ममता और महेशजी को जानते हैं, वे लोग बहुत मन से बुलाए हैं और ये क्यों भूल जाते हैं कि कल को हमारे बेटों की भी शादी होगी···"

वे बिना कुछ कहे अंदर कमरे में चले गए। अपनी धरती से दूर रहकर भी गायत्री पटना के मोह-ममत्व से कितनी जुड़ी है, यह वे जानते थे, लेकिन कचहरी में उनकी व्यस्तता इतनी बढ़ गई है कि···।

वह सामने आकर खड़ी हो गई। उसके अंदर शादी में जाने की इच्छा मचल रही थी। उसने तो मन-ही-मन जाने की पूरी योजना बना डाली थी। उसका मन शादी-ब्याह के उत्साह में भर जाना चाहता था। पर गिरीश कुछ बोल ही नहीं रहे थे, "हमको इतना मत दबाइए कि हमारा दम ही घुट जाए।"

उसकी भंगिमा गिरीश को अखर गई। वे बौखला गए, "एक तो ऐसे ही हजार झमेला, ऊपर से ये जिद! कोई एक बवाल हो तो सलटाएँ, यहाँ तो सब गड़बड़ है, माथा खराब हो गया मेरा, कोई जरूरत नहीं कहीं जाने की।"

"अपने काम-काज से हटकर कोई भी काम आपको बवाल लगता है।"

फिर गिरीश ने चुप्पी साध ली। ऐसी चुप्पी में उन तक पहुँचने के सारे रास्ते

बंद हो जाते हैं। ये दोनों पति-पत्नी की विचारधाएँ दो समानांतर रेखाएँ हैं, न एक-दूसरे को काटती हैं और जुड़ती है, बस एक-दूसरे के साथ निबाह करते चले जा रहे हैं। उनकी सारी निष्ठुरता के बाद भी गायत्री चाहती थी कि गिरीश उसका साथ दें। उसे अकेलेपन के अहसास से मुक्ति दिलाएँ। क्या उसकी तकलीफ से उनको कोई तकलीफ नहीं होती?

"खाना नहीं खाना है क्या?" उसका स्वर स्वतः आक्रामक हो गया।

"खाना क्यों नहीं, सुबह नाश्ते के बाद से कुछ नहीं खाए हैं।"

वह आकर खाने बैठ गए। सच से अनजान बनकर खाते रहे। इस क्षणिक घटनाक्रम के तनाव से स्वयं को मानसिक रूप से मुक्त होने की कोशिश कर रहे थे। गायत्री तमन्नाओं के जाल में फँसी उन्हें देख रही थी।

उसकी बेचैनी बढ़ती जा रही थी।

"आप कचहरी जाकर भूल जाते हैं कि मुकदमा लड़ने के अलावा दुनिया में और भी काम हैं।"

उसकी बातों पर ध्यान न देते हुए गिरीश खाते रहे।

"काम के समय काम ठीक है, पर अपने बिरादरी के लिए भी टाइम निकालना पड़ता है।"

"ज्यादा तर्क-वितर्क नहीं करना चाहिए।"

खाना खाकर उसके मन को समझे बगैर चल दिए। थोड़ी देर टी.वी. देखा और जाकर बिस्तर पर सो गए।

"आप गजब आदमी हैं। कहीं आते-जाते नहीं, आपके पीछे मेरा भी सब छूट गया।"

"क्यों? अभी तो नीरू के यहाँ राँची गई थी।"

"अभी नहीं गई। राँची गए भी दो साल हो गए। नीरू आपकी बहन है, लेकिन उसके यहाँ भी अकेली गई। उसके लाख झींकने पर भी आप नहीं गए, किसी की नहीं सुनते।"

वह जवाब क्या देते, वह तो सो गए। इन पर नींद का हमला भी गहरा होता है। गिरीश को उससे जरा भी सहानुभूति नहीं। कभी-कभार वह कमजोर क्षणों में दिखा भी दे, तो उसका भला करने से रहे। इन्हें हर काम में परिणाम की चिंता रहती है। वर्तमान के प्रति इतने चौकस कि अतीत बचा ही नहीं। इनके पीछे दुनिया भूल गए पर इ हैं कि¨। उसका दिल छोटा हो गया। प्रेम कितना मधुर शब्द है, पर इसकी

भावनाएँ कितनी दूर तक साथ चलती हैं? वे चलते रहे, लेकिन प्रेम थकने लगा, यहाँ तक कि··· घृणा की बिंदु तक पहुँच गया। यह गिरीश से प्रेम करती है या घृणा नहीं जानती, किंतु अभी उसकी पीड़ा अनुभव कर रही है। दो सच, दो भावनाएँ, दो आस्थाएँ उसके अपने ही भीतर विरोध की सृष्टियाँ जन्म लेती रही हैं। ऐसा द्वंद्व गिरीश को तो नहीं होता। तो क्या वह स्वयं अप्रामाणिक है?

समय पंख लगाकर उड़ गया था। बाइस-चौबीस बरस के उसके अपने बेटे हैं। दोनों बेटों के बाहर जाने के बाद घर जैसे खाली हो गया। रात और दिन में एक ठहराव सा आ गया। दो दशक पहले अपना कस्बाई सपना लेकर दिल्ली आई थी, दुनिया बदलने की हद तक बड़े सपने थे। यहाँ आते ही अत्यधिक उत्साह से सब सँभाला, लेकिन कुछ भी ठीक से नहीं हुआ, न नादानी, न समझदारी, न प्रेम, न परिवार। बस जीने की तैयारी में लगी रही, जीती नहीं कभी, जैसे कोई परिंदा आकाश में उड़ता ही रहे, कहीं ठहरा तो गिर पड़ेगा। शून्य···में टकराता रहा उच्छ्वास। जिंदगी की जद्दोजहद में वह एक अदद गृहणी में तब्दील हो गई थी। उसमें आत्मविश्वास भी आया था। मगर कदम-कदम पर आनेवाली परेशानियाँ उसे उसी दुविधा के भँवर में डाल देतीं, जहाँ से वह निकलने का रास्ता तलाश रही होती। अपना शहर क्या छूटा, सुनहरे दिन भी वहीं छोड़ आई। वे भी क्या यादगार दिन थे? न मौजें, न तूफान, मगर मन की नाव बही जा रही थी और बहते-बहते नींद की खामोशी में सो गई। फिर वही सपने, वही जंगल और वहीं उधड़े-उखड़े रास्ते, कोई दबे पाँव उसके पीछे-पीछे चला आ रहा है। उसकी टोह ले रहा है। वह पीछे मुड़ती है, पीछे धूल भरी आँधी, आँधी के पीछे एक धुँधला चेहरा। वह हड़बड़ाकर उठ बैठी। गिरीश सो रहे थे। निद्रा के श्वास का धीमा स्वर सुनाई पड़ रहा था। सभी जगह रात हावी थी। इधर-उधर देखा, कहीं कुछ नहीं। उसका मतिभ्रम ही था। वह वापस सो गई।

सुबह जब धुंध छँटी तो उसके होश-हवास अपनी जगह पर थे। संवेदना जाग रही थी। दिल-दिमाग को पटना जाने के लिए उकसा रहा था। आशा अभी बनी हुई थी। तमन्नाएँ जाकर लौट-लौट आ रही थीं। अभी भी जाया जा सकता है। वह जाएगी ही, क्योंकि यह जिंदगी और उड़ाने उसकी है। उसके लिए यह फलसफा काफी है कि परिवार के अलावा उसकी अपनी निजी जिंदगी भी है। उसके पास भी अपना एक सुदृढ एवं सुस्पष्ट आधार है। अब तक बूँद-बूँद कर, जो हिम्मत उसके अंदर जमा होती आई हैं, उसका बहाव अपनी सीमा के बाहर की ओर उन्मुख था। वह कुछ विचलित हुई, पर जाने का इरादा अटल था।

गिरीश कचहरी जाने के लिए तैयार थे। उसने कहा, “हम शादी में पटना जा रहे हैं।” जब कोई सीमा टूटती है तो एक नई आवाज पैदा होती है।

यह आवाज गिरीश को अप्रत्याशित तथा अनजान लगी। उन्होंने कनखियों से पत्नी की ओर देखा। उसका निश्चय साफ झलक रहा था। ऐसे में कुछ भी कहने-सुनने का मतलब नहीं था। कचहरी पहुँचने की जल्दी में वह निराश होकर निकल गए। वह जाने की तैयारी में व्यस्त जाने क्या-क्या सोचने लगी। इस सोच में रंज भी था, गम भी था, हसरत भी और तृप्ति भी। चंद अच्छे दिन गुजारने की उम्मीद से वह खुश भी थी। उसकी यह खुशी उसकी बेतकल्लुफी में झलक रही थी।

वह दिल्ली से पटना ठीक-ठाक पहुँच गई। पहुँचते ही गिरीश को एस.एम.एस. किया, “मैं आराम से पहुँच गई हूँ। चिंता मत करना।” वह जानती थी, इतना भर टेक्स्ट कर देने से उनकी चिंता समाप्त नहीं होनेवाली। अपने भीतर के दावानल में वे तब तक सुलगते रहेंगे, जब तक वह वापस नहीं पहुँच जाती। पुनीत उसे लेने स्टेशन आ गया था। पटना का कण-कण उसका स्वागत कर रहा था। यहाँ आकर उसके व्यथा का सारा इतिहास सारांश में रह गया। स्टेशन से ममता के घर जाते हुए उसकी स्मृति के सारे निशान गायब थे। न वो पुराना पीपल का पेड़ था, न ताराजी के घर के बगल की खाली जमीन, लाल रंगवाला दो मंजिला मकान भी गायब था। उसे अरुण कमल की एक कविता याद आ गई—

“यहाँ रोज कुछ बन रहा है
रोज कुछ घट रहा है
यहाँ स्मृति का भरोसा नहीं
एक ही दिन में पुरानी पड़ जाती है दुनिया
जैसे बसंत का गया पतझड़ में लौटा हूँ
जैसे वैशाख का गया भादों में लौटा हूँ।”

जब घर पहुँची तो उसे देखते ही ममता पैर छूने झुकी, उसने उसे गले से लगा लिया। वह भावुक हो गई। काम की थकान उसके चेहरे पर छपी थी।

“मौसी आ गईं, मौसी आ गईं।” कहती हुई छवि आ गई। उसकी खुशी उसके रोम-रोम से टपक रही थी। इन संबंधों में बड़ी मिठास है। वह भी जैसे अपने खोल से निकल आई। यहाँ आने से पहले उसके भीतर जो एक उतावलापन था, वह कुछ कम हो गया था। घर में शादी की गहमागहमी थी, शोर-शराबा था। पूरे माहौल में एक अनौपचारिक खुलापन था।

वह नीतू के पास गई। हल्दी चढ़ चुकी थी। पीली साड़ी में बिना मेकअप उसका चेहरा बड़ा स्वच्छ और कोमल लग रहा था। सर पर रखे पल्ले से वह बड़ी-बड़ी लग रही थी। उसे देखकर हौले-हौले मुसकराने लगी। औरतें उसे घेरे हुई थीं। वह उनमें से बहुत कम लोगों को जानती है।

"क्या गायत्री, हमको नहीं पहचानी ?"

"अरे बड़की भाभी।" इनको कई वर्षों बाद देख रही थी। पटना जब भी आती है तो इतनी जल्दी में होती है कि सबसे मिलने का अवसर ही नहीं मिलता। उसकी प्यार भरी मुसकान से उनकी शिकायत दूर हो गई। कहाँ मिलता है ऐसा अपनापन। मझली दी, ताराजी, पुष्पा से मिलकर कुछ और लोगों से मिलने लगी।

"अरे ममता, तुम कहाँ हो ? तुमरी वजह से नेगाचार रुका है।" बड़की भाभी ने आवाज दी।

"विवाह में पचासों लोकाचार, किसी में विघ्न-त्रुटि हो जाए तो भला लोग क्या कहेंगे ?" ताराजी बोलीं।

बड़की भाभी ने कहा, "लोगों को छोड़िए।" नइहर ससुराल में बड़ी होने के नाते उनकी बोली उपदेशात्मक स्वर में सदा के लिए ढल गई थी।

फोन उसके पर्स में बज रहा था। जब तक वह पर्स खोलकर फोन निकाली, स्क्रीन पर लिखा आ गया—"मिस्ड कॉल"। ममता की आवाज पूरे घर में जोरों से गूँज रही थी। छवि उसे उसके कमरे तक ले आई। कमरा साफ-सुथरा सारी सुविधाओं से युक्त था। विश्वमोहन भट्ट की मोहन वीणा झनझना रहे थे। छवि ने कहा, "पुनीत भैया खास आपके लिए ये सीडी लेकर आए हैं।"

कमरे की खिड़की खुली थी। शांत बहती गंगा बड़ी सुंदर दिखाई दे रही थी। सुबह का समय था। धूप की किरणें गंगा की लहरों पर झिलमिल बन-बिगड़ रही थीं। यहाँ रस्में हैं, प्यार की सौगातें हैं। उसने सारी बेरंग की तसवीरों को अपने हृदय से उतार फेंका, जो उसे तकलीफ पहुँचाती हैं। उसका मोबाइल रिचार्ज की बाट जोह रहा था। उसे चार्जर में लगाकर वह बाहर आ गई। औरतें गाना गा रही थीं। उनकी आवाज में खनक थी। छवि ने उसे देखते कहा, "शादी में लगनेवाले कुछ सामान नहीं मिल रहे हैं, मम्मी आग-बबूला हो रही हैं।"

शादी के काम छवि जिम्मेदारी से सँभाल रही थी। चौका-भंडार, पूजा और खाने के कमरे सभी जगह चरखी की तरह घूमती जा रही थी। एक लंबे अरसे के बाद आने के कारण वह लय नहीं पकड़ पा रही थी। बाहर से महेशजी आ गए। हाथ में

पकड़े बैग को टेबल पर रखा और कुरसी पर बैठ गए। बैठते एक लंबी साँस खींची और फिर मुँह से फूँक मारी, जैसे अंदर की गरमी बाहर फेंक दी हो। उनका चेहरा गायत्री को दार्शनिकों की तरह लगा। दाढ़ी बढ़ी हुई थी, आँखें भीतर घुसी हुई, सिर पर बाल भी बहुत कम हो गए थे। कुछ कमजोर लग रह थे। वक्त के साथ उनकी पहचान बदल गई थी। उन्हें देखते ही वहीं ममता आ गई, ''जनवासे का इंतजाम हुआ ?'' चिंता उसके स्वर में उभर आई।

"हाँ, हो गया और बारात की आगवानी का सारा शेडयूल भी तैयार हो गया।"

यों तो शादी दो दिन बाद होटल से होनी थी, पर स्वागत और सजावट के दीगर सामानों को मँगवाकर इंतजाम हो रहे थे। महेशजी के ताल्लुकात सबसे अच्छे थे, सब ठीक चल रहा था। उन्होंने पुकारकर कहा, "छवि, पानी लाना।"

गायत्री उनसे मिलने आई तो वह एकदम से उठ खड़े हुए।

"प्रणाम! प्रणाम! आप ही के बारे में सोच रहा था। गिरीश भाईसाहब क्यों नहीं आए ?"

"उनका हाल वहीं जानें, कचहरी से फुरसत मिले तो कहीं जाएँ··· !" उसके स्वर का दबा आक्रोश रोकते-रोकते भी ध्वनित हो ही गया। छवि ने पानी का गिलास उनको पकड़ाया। वे एक साँस में पी गए। कुछ तरावट महसूस की।

"छवि! पुनीत आए तो कह देना कल राँची से विमला भाभी आ रही हैं। भोरे स्टेशन जाकर उनको ले आए।"

विमला भाभी। नाम सुनते ही वे भद्दी यादें उसके भीतर टहोका मारने लगीं। उस घटना का तीतापन ताजा हो गया। पुष्पा उसे खींचकर महिला मंडली में ले आई। सबके साथ पुरानी यादें कच्चे रंग की तरह फैलती जा रही थीं। बातों की अदला-बदली हो रही थी। खाना-पीना होते-होते काफी देर हो गई, पर बातों का सिलसिला जारी रहा।

बड़की भाभी ने कहा, "गायत्री! यहाँ तो बात करते-करते रात बीत जाएगी। जाओ सोने, यात्रा की भी थकान होगी।"

गायत्री को सचमुच नींद आ रही थी। पलंग पर लेटते ही सो गई। वह उसी सपने में फिर डूबने-उबरने लगी। सबकुछ वही पीछे चलनेवाला वही, उसका अंदाज वही, वही कोहरा, वही धुँधलापन, उसकी नींद खुल गई। वह विचारमग्न हो गई। शहर बदल गया, लेकिन पीछे चलनेवाला वही है। विमला नाम की पुनरावृत्ति ने उस जख्मी पल को फिर से ताजा कर दिया। दो साल पुराना वाकया दिमाग में

एक के बाद एक तड़ातड़ गुजरने लगा।

सत्रह-अठारह साल का वह साँवला लड़का, हवा में उड़ते उसके बाल, बेपनाह उत्तेजित चेहरा—वह बहुत पीछे छूट गया था, बहुत पीछे। विमलाजी के आने की खबर के साथ वह लौट आ रहा था। वह राँची से पटना आ रही थी। नीरू उसे छोड़ने स्टेशन आई थी। डिब्बों पर रिजर्वेशन की पर्चिया चिपकायी जा रही थीं। लोगों के हुजूम उसी ओर उमड़े पड़ रहे थे। नीरू ने उसका नाम और नंबर देखा और दोनों अपने डब्बे में चली आईं। नीरू ने ही सामान सहेजा, फिर दुआ-सलाम कर नीचे उतर गई। भागते कुलियों, चढ़ते-उतरते यात्रियों के बीच वह बाहर उसकी खिड़की के सामने खड़ी होकर बातें करने लगी। शाम का समय था। सूरज ढलने को था। एक लंबी सीटी और एक हिचकोले के साथ ट्रेन चल पड़ी। नीरू हाथ हिलाती तब तक खड़ी रही, जब तक वह ओझल न हो गई। मुड़ी तो वहाँ विमलाजी कुली के साथ सूटकेस और टोकरियाँ लिये बदहवासी में आईं, सामनेवाली सीट पर अपना सामान पटका, कुली मजदूरी के लिए जल्दी मचा रहा था। थोड़ी नोक-झोक के बाद उसे रुपए दिए, फिर अपनी जगह पर बैठकर चैन की साँस ली। जैसे उन्हें सिमटने-सिकुड़ने की आदत न थी। तब तक ट्रेन रफ्तार पकड़ चुकी थी। धाड़, धाड़, धाड़ कलेजा मानो कनपटी पर बज रहा था। हवा में कोयले की बास थी, लेकिन पहाड़ी झूमती बयार ठंडी और सुखद थी। शाम का नभ बहुत नीला था। शिखरों पर सूर्य की रंगारंग आभा से पहाड़ रंजित था। आस-पास के झाड़-झंखाड़ों में कोई पुरानी आत्मीयत बैठी थी। दूर-दूर तक फैली घाटी एक पेंटिग सी दिखाई दे रही थी। डिब्बे में लोग भरे थे। कोई बैठे, कोई लेटे, कोई खिड़की से बाहर निर्निमेष ताकते हुए। गायत्री ने सोचा, शायद अंतरिक्ष में ग्रह भी ऐसे ही घूमते होंगे। अचानक मेघ बरसने लगा। पठार पर बारिश की शुरुआत इसी तरह अकस्मात् होती है। मेघमाला झिंसी फुहारों से हवाओं को भिगोती दूसरी ओर निकल जाती है।

"गाड़ी कल 4 घंटे लेट थी।" सामने बैठी विमलाजी ने जानकारी दी।

"अच्छा!"

"लेट नहीं होगा, इंहा हर स्टेसन छूटने पर एक बार चेन तो जरूर खिंचता है।"

तब तक नामकुम स्टेशन पर आकर गाड़ी खड़ी हो गई। वहाँ साँवली-सलोनी आदिवासी औरतें सिर पर बोझा लादे, साँस रोके खड़ी थीं। इन गठरियों में उनके सुख-दुःख बँधे थे। ट्रेन रुकते ही वे चढ़ने के लिए भाग-दौड़ करने लगीं।

"इ सब गरीबी रेखा के नीचे के लोग हैं। गुमला, चतरा, सिमडेगा के जंगल से

लकड़ी, दातुन, कोइला चोरा के सहर ले जाकर बेचते हैं। जानती हैं, इ लोग टिकट नहीं खरीदते हैं। बस अपने टिकस बाबू को सलामी थमा के धंधा करते हैं। खूब लूट-हड़प रहे हैं इ लोग…"

इनके हालातों से गायत्री वाकिफ थी। इनकी तो बस इतनी सी कहानी है—

"अपना क्या है इस जीवन में
सब तो लिया उधार
सारा लोहा उन लोगों का
अपनी केवल धार"

रेलयात्रा में नितांत अपरिचित के भी खुलने में देर नहीं लगती। बात जब आगे बढ़ी तो पता चला कि विमलाजी उसकी चचेरी बहन ममता की जिठानी हैं। फिर तो उनके बीच बहुत कुछ कॉमन हो गया, जिसमें दोनों की हिस्सेदारी थी। विमलाजी बिना अर्धविराम लगाए बोल रही थीं। गायत्री ने देखा कि यह औरत न सिर्फ हर विषय पर बात कर सकती है, बल्कि हर विषय पर अपनी राय भी रखती है। इनकी सांसारिक बुद्धि प्रबल है, "जमाना घूसखोरी का है, वे दिन गए जब ईमानदारी की कदर होती थी।"

ट्रेन खेत-खलिहानों, जंगलों, पहाड़ों से होती हुई भागी जा रही थी। औरत, आदमी, बच्चे अपनी-अपनी सीट पर जमे हुए थे। ट्रेन टाटीसिलवे स्टेशन पर आ रुकी। वहाँ उलझा हुआ शोर था, सूरज की रोशनी भी कम होने लगी थी। गायत्री ने एक चायवाले को आवाज दी। वह आया तो दो गरम-गरम चाय लीं। चाय आने से उसे बड़ी राहत महसूस की। कुल्हड़ की सोंधी गंध से पुलक उठी। उधर विमलाजी के खिड़की के सामने हाथों में पत्र-पत्रिकाओं का पुलिंदा लिये एक आदिवासी किशोर खड़ा हो गया। वह एक-एक कर पत्रिकाएँ छाँटने लगी—कादंबिनी, ओजस्विनी, नवनीत, स्टार डस्ट। लड़के के आडंबरहीन चेहरे पर उत्साह था, उसके मन की अभिलाषाएँ फैल रही थीं। यहाँ इक्के-दुक्के यात्री ही चढ़ते-उतरते हैं। क्षण भर के लिए पैदा हुई हलचल क्षण भर में समाप्त हो गई। ट्रेन ने बेतहाशा सीटी बजाई और गति तेज कर दी। लड़के ने कहा, "अस्सी रुपए पचास पैसे।"

"कितना ? कितना ?" जैसे वह सुन नहीं पाई। ट्रेन की रफ्तार जितनी गति से तेज हो रही थी, वह उतनी ही धीमी गति से अपना पर्स उठा रही थी।

"मालिक, अस्सी रुपए पचास पैसे।" उसकी आवाज में कातरता थी। उसका एक-एक लम्हा तकलीफदेह साबित हो रहा था। वह स्लो मोशन में पर्स में हाथ

डाल रही थी। गायत्री की बुद्धि दुनियादारी एवं संवेदना के बीच झूलने लगी। 'मैं ही रुपए दे दूँ या न दूँ।'

मन दोलायमान हो रहा था, चेतना रोक रही थी, उपचेतना ठेल रही थी। वह संशय में जूझने लगी। वह लड़का पागलों की भाँति ट्रेन के साथ भाग रहा था, भाग ही नहीं रहा था, बल्कि चिल्ला रहा था 'अस्सी रुपए पचास पैसे', बावले की तरह भभक रहा था। उसका रेशा-रेशा बिखर रहा था, लेकिन आँखों से चिंगारियाँ निकल रही थीं। वह बहुत कुछ गँवा रहा था, लेकिन वह अंतिम समय तक झाँसा देती रही। ट्रेन आगे निकल गई। अपने स्थिर आकार में तड़पता हुआ, दुःखों के सागर को उलीचता हुआ वह हताश खड़ा रह गया। उसका सबकुछ खो गया था, उसके लाचार शब्द वहीं बिखरे पड़े थे। पल-पल काल के अथाह गर्त में गिरे जा रहे थे। आकाश हिल गया था, संध्या काली पड़ गई थी, चारों ओर अँधेरा फैल गया था।

दहशत भरी आवाज बोलती हुई ट्रेन दहाड़ रही थी। विमलाजी बुदबुदाती सी कुछ बोलीं। जो उसकी समझ में नहीं आया। पहले तो वह कुछ गड़बड़ाई, फिर ठीक हो गई, जैसे कुछ हुआ ही न हो। चेहरे पर रंचमात्र भी कोई स्याह परछाईं दिखाई नहीं दे रही थी। किस चालाकी से चकमा दिया। क्या इन्हें कोई फर्क नहीं पड़ता? उसने सोचा न था कि इस सौदे का हश्र ऐसा होगा। उसका मन उचट गया। चंद घंटों में सहेजा अपनापन ध्वस्त हो गया। उन्हें धुन्ना चुप्पी मार गई। संवाद के सारे सूत्र लुप्त हो गए। सामने बैठी औरत फिर पूरी तरह अजनबी बन गई।

क्यों नहीं उसने रुपए दे दिए? उसका मन उसे धिक्कारने लगा। जिंदगी में कई बार गलत फैसले लिये थे, नतीजा भी भुगता था। लेकिन इतना गुस्सा उसे अपने ऊपर कभी नहीं आया। दुविधा में दोनों गए, न माया मिली न राम। सोने का वक्त नहीं हुआ था, पर वह बिस्तर लगाकर सो गई। वे दृश्य उसके दिमाग में जमकर बैठ गए थे। उस बच्चे के प्रति आसक्ति जाग उठी थी। वह उसके हारजन्य दुःख की कल्पना से पीड़ित थी। उसके जेहन में वही था। खटाक्-खटाक्-खटाक् ट्रेन के पहियों एवं पटरियों की रगड़ से ध्वनित हो रहा था, 'अस्सी रुपए पचास पैसे।' आओ खुसरो लौट चलें, इस नगरी में रात हुई। रास्ते टेढ़े हों या सीधे, यात्रा तो पूर्णता की ओर किसी भी स्थिति में जारी रहती है। यह जिंदगी भी पूर्णता की कितनी मोहताज होती है, कोई भी किस तरह सोच को गजबज कर देती है। नींद में भी वह लड़का उसी तरह भागता चला आ रहा था। जब आँख खुली तो बाहर रात के कगार पर भिनसार खड़ी थी। लगा ही नहीं कि नींद के बाद बदन में ताजगी

आई हो। वह किस्सा वहीं खत्म हो जाना था, पर हुआ नहीं।

सुबह नाश्ते के लिए ढेर सारी गरम जलेबियाँ आई थीं। गायत्री उसको प्लेट में सजा रही कि पुनीत की आवाज सुनाई दी, "मम्मी! कहाँ हो? विमला चाची आ गईं।"

गायत्री को वही दृश्य याद आ रहे थे। उसे यह तय करना मुश्किल हो रहा था कि उनसे किस तरह पेश आए। वह मुड़कर उन तक अभिवादन करने गई। वहाँ न समझ में आनेवाली कोई चीज हरकत में थी। उसकी मुसकान अधूरी रह गई। विमलाजी के चेहरे पर कोई बड़ा हादसा अपनी निशानी छोड़ गया था। सूजी आँखें, उतरा चेहरा। ताराजी, मझली दी, बड़की भाभी अपना-अपना काम छोड़कर वहाँ आ गईं। सबकी दृष्टि उनकी ओर थी। उनके चेहरे पर घबराहट और बिखराव की परछाइयाँ मँड़रा रही थीं, आँखों से टप-टप आँसू गिर रहे थे। माहौल में तल्खी आ गई।

छवि ने पूछा, "क्या हुआ चाची? क्यों रो रही हो?"

पुनीत अब तक सँभल चुका था। उसने बताया कि ट्रेन में इनका सूटकेस चोरी हो गया। उसमें कीमती साड़ियाँ और गहने थे। वहाँ बहती नदी जैसे रुक गई। सब अपनी हद में बँधे सकते में आ गए। वातावरण में आपातकाल जैसी स्थिति हो गई। सुबकियों से विमलाजी का बदन हिल रहा था।

ममता ने कहा, "जीजी आप तो बराबर राँची-पटना आती-जाती हैं। यात्रा में सजग-सावधान भी रहती हैं। फिर ऐसे कैसे हो गया?"

उन्होंने आँचल से अपनी आँखों के कोर पोंछे। अपनी यात्रा-वृत्तांत सार-संक्षेप में सुनाने लगीं, "टाटीसिलवे स्टेशन तक हम जगे थे, उसके बाद नींद आ गई। मुरी में आँख खुली तो बक्सा गायब। हमरा तो होस उड़ गया। सब यात्री जाग गए। बड़ा हंगामा हुआ। गया पहुँचकर रेलवे पुलिस में रिपोर्ट हुआ।"

बाहर से महेशजी आ गए। चुप रहकर वे भी सारी बातें सुने। उन्हें भी आश्चर्य पर नियंत्रण करने में दो मिनट लग गए। भावनाओं को व्यक्त करने में इन्हें देर लगती है, पर उनके माथे पर बल पड़ गए थे। "रेलवे पुलिस में हम एकाध लोगों को जानते हैं, उनसे कहते हैं कि पता लगाएँ।"

ममता ने उनका हाथ पकड़कर कहा, "छोड़िए, हटाइए, जो होना था, हो लिया। समझिए पिछले जनम कोई करजा होगा। बैठिए आप। अरे पुष्पा! जरा इनको गरम चाय लाकर के दो।"

गायत्री को अहसास हुआ कि उसकी संवेदना पर्याप्त नहीं। उसे समझ में नहीं आ रहा था कि उनसे क्या कहे ? उसे वहाँ खड़ा रहना निरर्थक लगा। वह खुली हवा में साँस लेने बाहर आ गई। सुबह थोड़ी बारिश हो गई थी। उसकी उमस और गरमी थी। उसे लग रहा था कि उसके भीतर कोई दरार भर रहा है। अतीत ने कैसा रूप धारण किया ? धोखा देनेवाली की नियति में यह सजा क्या पहले से मुकर्रर थी ? क्या आप जो मुफ्त में पाते हैं, वह बहुत महँगा पड़ता है ?

आसमान में एक परिंदा उड़ा जा रहा था। एक जमाने के बाद तकलीफ और दुःख से निजात हासिल करके अपने घोंसले के करीब पहुँचने वाला था। आधा शब्द में, आधा चित्र में, आधा मूर्त में, आधा अमूर्त आसमान के सफे पर वर्तनी हर दिन बदल जाते हैं।

वह अंदर आ गई। अब तक सब सामान्य हो गया था। औरतें बैठी मौजूद माहौल की समीक्षा कर रही थीं। विमलाजी चौके से निकलीं और झटके से अपने कमरे में चली गईं। उन्हें देखकर बड़की भाभी व्यंग्यात्मक ढंग से मुसकराईं। पुष्पा ने भी नजर बचाकर उनको देखा। चुप रहनेवाली मझली दी धीरे से बोलीं, "ठग को मिला महाठग।"

ताराजी अपने भावों को छिपाने में माहिर थीं, पर उनके भाव भी अर्थपूर्ण हो गए। इन सबके भीतर पुरानी कड़वाहट जैसे हलक में फँसी हुई थी। लोग हर शख्स को पहचान लेते हैं। कितना भी शातिर क्यों न हो, उसे लोग वही समझते हैं, जो वास्तव में वह होता है, अपने एकांत क्षणों में। उसने एक राजस्थानी कहावत सुनी थी, "हने पर हनना, पाप पुन्न न गिनना।" मारनेवाले को मारने से न तो कोई पाप होता है और न पुण्य। कहावतें अर्थ से ज्यादा अभिप्राय में होती हैं।

उसे गिरीश की बहुत याद आने लगी। मन कर रहा था कि दौड़कर उनके पास पहुँच जाए। उसने फोन किया तो उन्होंने उठाया नहीं, थोड़ी देर बाद स्विच ऑफ। वह निराश हो गई। बार-बार कोशिश की, कभी घंटी जाती रही तो कभी स्विच ऑफ। उनके बिना यहाँ सब नीरस और अर्थहीन लगने लगा। शाम को भी फोन नहीं उठाया तो घबराहट होनी शुरू हो गई। मन में क्या-क्या आशंकाएँ घुमड़ने लगीं। इस घबराहट में उन्हें पहले की तरह चाहने लगी। मनौतियाँ माँगने लगी। रात को उसके मोबाइल पर उनका फोन आया, "दिनभर काम में फँसा रहा। सुनो। मैं कल आ रहा हूँ। तुम यही चाहती थीं न।"

खुशी उसके अधरों तक आ गई। गिरीश का आना अच्छा लगा। दुःख सुख में

बदल गया, चिंता मस्ती में और बर्फ पानी में।

उस रात उसे ऐसी नींद आई, जिसमें सपने ही सपने थे। सपनों की उभरती लहरों में कोई उन्माद की हँसी हँसता हुआ लौट रहा है। उसका चेहरा शांति की अपूर्व दीप्ति से नहा रहा है। वह अंधकार से प्रकाश की ओर जा रहा है। कल उगेगा सूरज, कल होगी अभय की धूप।

सुबह जब आँख खुली तो चिड़िया चहचहाते हुए पंख फड़फड़ा रही थी। उस पर जंगल की हरियाली कायम थी। उसे एक नया अनुभव हुआ। जैसे कुछ भी नहीं खोया है। पूरा बदन हल्का-हल्का लगा—हवा में उड़ता जैसा।

□

कल और कल के बीच

बारिश की धुली खेजड़ी की पत्तियों के बीच गुजरती हवा की सोंधी महक आ रही थी। आसमान के नीले ताल में नटखट मेघ सूरज से लुका-छिपाई खेल रहे थे। बंसी ने दो रस्सियों की गाँठ के बीच पटरे को ठीक से बैठाया, देखा कि पटरा ठीक से जमा कि नहीं। थप-थप! फिर उस पर हाथ रख मुसकराते अंदाज में भौंहों को घुमावदार इशारे से पोची से पटरे पर बैठने को कहा। वह अपने नरम-नाजुक हाथों से रस्सी थामे बैठ गई। बंसी ने पीछे से ढुलाया-उछाह भरी पींगें भरीं। आरोह-अवरोह पर उठता-गिरता झूला धरती-आकाश को समेटने लगा। पोची चहक उठी। अब तो पूरी कायनात इस खेल में शामिल हो गई। घीसी ने दरवाजे से झाँका, बाप-डीकरी को देख उस पर एक आंतरिक सुखानुभूति की परत छा गई। धप-धप करती कजोड़ी आ धमकी, "हुवा कर बंसी! राम जांणै आ छोरी कियाँ संभरेगी?" उसकी आँखों में भी लाड़ था, पर बोलती तो लगता सुननेवाला जैसे कोस भर दूर खड़ा है।

झूला थम गया। पोची कूदकर उतर गई। धूप में उसका रंग चटक जाता और धूल से वह मलिन हो जाती! उसके चेहरे पर कोई रंग छिपा नहीं रहता। वह खुद पर इतराती, जहाँ दो घड़ी खड़ी होकर बोलती, वहीं अपनी खुशबू और प्रभाव छोड़ जाती। उसकी बेसिर-पैर की बातों से सबका दिल एक अनजानी डोर से बँध जाता। बातों की ऐसी शौकीन कि आपको संगत करनी है, वह खुद बोलती रहेगी।

बंसी के अंतस में कितनी अदृश्य परतें छिपी थीं, "अभेद में भेद और भेद में अभेद के।"

पर वह अंत:करण से ममता के फूटते इस झरने का क्या करे? ये जो मोह का मकड़जाल है, उसे कैसे खींचकर अलग कर दे? बेटी को लेकर उसकी कमजोरी दूर होने के बजाय बढ़ती जा रही थी। वह उससे जितना दूर जाने का प्रयास करता, उतना ही उसके करीब स्वयं को पाता। वह है भी तो ऐसी, चलती तो रोशनी चलती,

खुशी चलती, उम्मीद चलती। जब हँसती तो भेड़ें अपना चारा चरना छोड़ गरदन घुमाकर एक लड़की का हँसना देखतीं। बंसी सोचता कि क्या किसी देवता ने इसे हँसना सिखाया है ? उसे आश्चर्य होता कि ये कैसे क्रूर लहरों वाले चक्रवात से बची है ? पोची गाँव कोटरी में एक विलुप्त प्रजाति की जीवित प्राकृतिक फूल है।

बड़े बेमन से इस दुनिया में आई थी। रात की पहली पहर थी। मेडी में गाय के घी की जोत जल रही थी। पूरा घर गाढ़ी उदासी के गिरफ्त में था। घीसी ने एक बच्ची को जन्म दिया था। इस गाँव में सदियों से बेटी को जन्म एक हादसा था, एक खामोश हादसा। काजोड़ी की प्रौढ़ आकृति पर वेदना की परत छाई थी और आँखों में कठोरपन। प्रसूता के लिए बना शक्तिदायक कूमट भी ज्यों-का-त्यों धरा था। बंसी एक कोने में निर्विकार बैठा था। उसे लोगों के सामने या भीड़ में बोलते शायद ही देखा गया था। उसका कहीं रहना या न रहना दोनों सूचना-समाचार के बाहर रहता। उसका संवेदनशील व्यक्तित्व स्वाभिमान और खारापन से मिलाकर बना था। बेटे से काजोड़ी ने पूछा, "थारी कांई रूण है ?" उसके गले से निकले शब्दों में पीड़ा से पसीजती धूजणी थी।

वह खामोश रहा। समय कठिन था। वह उठकर धीरे से डग भरता घीसी के पास गया। कन्या शिशु नन्हे पाँखी की तरह आँखें खोलकर दुनिया देख रही थी। पर उसने उसे ऐसे देखा, मानो उससे कोई रिश्ता नहीं। घीसी का चेहरा रक्तहीन हो गया था। वह गंभीर मुद्रा में थी। न मुसकराई, न शरमाई जैसा कि आमतौर पर बेटा जनने पर माँएँ करती हैं। रुक-रुककर उसकी आँखों से आँसू टपक जाते! काजोड़ी ने चिंता के शिंकजे से खुद को बाहर निकाला। बीनणी को सख्त हिदायत दी, "डीकरी जणी है, तो चूड़ो कड़ियाँ उतर राख दे!"

रात ज्यादा नहीं हुई थी, पर ढली हुई रात का गुमान हो रहा था। मृत अतीत और अजन्मे भविष्य के बीच इस पल की सच्चाई पर सर्वस्व स्वाहा करना—ऐसे रीत की विधाता ने रचना ही क्यों की? भय से पिंड छुड़ाने के लिए बंसी ने गरदन झटककर चारों ओर देखा और धीरे से बच्ची को उठाया। एक अनजानी सी अनुभूति हुई। उसका स्पर्श सघन हो गया। वह मोहासन्न सा अपलक उसकी ओर देखे जा रहा था। अंदर बहुत सी लहरें चल रही थीं। उसने धीरे से उसका माथा छू लिया। उसे लेकर घर के पिछवाड़े गया। अथाह अँधेरा, सपाट और भयावह। वह जाने किस मोहपाश में बँधा खड़ा रहा। बच्ची की साँसें धड़क रही थीं। छूटेगी, बस अब छूटेगी। दुविधा और निराशा में डूबते-उतरते तटस्थ रहना कितना दारुण था। जाने

कैसे उसके अंदर का गोला-बारूद पानी से भीग गया। शिकारी खुद शिकार हो गया। वह बच्ची के साथ लौट आया। उसे बिस्तर पर रखा। तकिया टेढी पड़ी थी, उसने सिरहाने को थोड़ा व्यवस्थित किया तो देखा कि उसके नीचे एक पुराना लाल रंग का फूल है। उसने चुपचाप फूल को जस-का-तस छोड़ दिया।

अभी झाँझर के का अँधेरा मिटा नहीं था। पूरब दिशा में हल्का-हल्का उजास दिखने लगा था। एकाध पंछी सुबह की जिरह शुरू कर प्रकाश का इंतजार कर रहे थे। उजास ने अपने पर से एक परत उतारी थी कि बाहर जोर से साँकल खड़खड़ाई। बंसी के सिर से पैर तक एक आशंका की लहर दौड़ गई।

"बंसी, ओय बंसी!"

बंसी ने दरवाजा खोला। सामने गाँव का सरपंच हजारी खड़ा था। उसकी आँखों को कुदरत ने ऐसा गढ़ा था कि उसकी शक्ल पर कोमलता आ ही नहीं सकती। उसका पोपला चेहरा मूँछों से ढका रहता। गाँव का सूदखोर हजारीमल खड़ा था, जिसका पुश्तैनी कर्जा वह आज तक उतार नहीं पाया है। हजारी यों तो बातों में खूब अपनापन दिखाता है, लेकिन उसे मूल चिंता अपने सूद की रहती है, शायद वह नहीं चाहता कि वह कर्जा चुकाने में आनाकानी करने लगे, इसीलिए उसकी राय थी कि वह इस लड़की से अभी छुटकारा पा ले, फिर मोह जाग गया तो तय करना मुश्किल होगा! हजारी ने बंसी को देखते ही बनावटी अपनापन और आँखों में उलाहना लाते हुए कहा, "काँई बात है बंसी! दो दिन बीतग्या आ थू हाल हाल छोरी नै घर में लियाँ बैठो है? इणनै ठिकाणै लगाई कोनी?"

बंसी ने सिर झुका लिया।

"म्हमे लागै, आ थारै बसरी बात कोनी, जे थारै हाथंसू औ काम नहीं व्है तौ कुदरत रे हाथं सूंप दैं, घर रै पिछवाड़ै सूनी नांख दै, भूखी-तिसी खुद ई शान्त व्हे जावैली, अर थनै मारण रौ पापई नीं चढैला।" अपनी जेब से डिबिया निकाल तंबाकू सूँघा। एक जान को खत्म करना उसके लिए कोई अहमियत न थी। पीछे से कुटिलता से मुसकराता हुआ छीतर आ पहुँचा। हजारी ने अपना धर्मराज वाला फैसला सुना दिया, "जीवै जद तांई तौ जिनगाणी में आछौ-बुरौ चोंच लौ तौ करणौ ई पड़ै!"

छीतर ने भी सहमति जताते कहा, "गिरस्थी रौ भँवर-जाल है, नहीं पीछौ छूटै अर नी मुकती मिलै!" कहीं कोई जज्बाती ताल्लुक नहीं।

बंसी ने कोई प्रतिक्रिया जाहिर नहीं की। वह सुन कहाँ रहा था।

"बंसी भलौ अर बंसी रौ मौन भलौ, बिचारो गूँगो काँई बोलै?"

बंसी खामोश ही रहा। हजारी ने भी जैसे आखिरी फैसला सुना दिया—"जे डीकरी राखण अर पालण रौ इत्तौ सौक व्है तौ घर रा ऐ अंजर-पंजर अर खेत-खल्ला तौ म्हनै बेचणा ई पड़ैला। बाकी थू थारी सोच लीजे।"

उसे चेतावनी देकर दोनों लौट गए। बंसी का मन कच्चा-कच्चा हो आया। वह नैराश्य, निरुपायता और चिंता में घुटने लगा। काजोड़ी बाहर आकर चहलकदमी करने लगी, "बेटे को देख बोली, थोड़े बारै पगफेरो कर लेवू, कीं जीव से सोराई व्हे जावै!" उसका स्वर किसी भावहीन उद्गम से निकला। बंसी को याद आया कि उसके कच्चे घर में तेज अंधड़ आता तो मावड़ी किस तरह बदहवास हो जाती, छप्पर उड़ जाएगा तो मुफलिसी सबके सामने फटाफोल। वह कोई भारी चीज टीन के छत पर रख देती। काश, उसे भी कोई ऐसी चीज मिल जाती।

ऊपर से सम, शांत, धीरे-धीरे चलनेवाला गाँव कोटरी के तल में असंख्य तूफान जागे सोए थे। लोगों की सोच एक तयशुदा खाँचे में ढली हुई थी। जाने कौन-सी अवचेतन शक्ति थी, जिससे बंसी सामंजस्य नहीं बिठा पा रहा था। शायद वह शक्ति ईमानदारी से अपना काम कर रही थी। कहीं-न-कहीं भगवान् जरूर है, जो बंसी से बातें करने की जिद पर अड़ गया है। दिल और जेहन की इस जंग के बीच दिन बीत रहे थे और बच्ची बेखौफ बड़ी हो रही थी। उसकी आँखें तरह-तरह की करतब दिखाती। पिता को देखते ही वह गूँ-गूँ की आवाज करने लगती। बंसी हँसना चाहकर भी हँस नहीं पाता, रोना चाहकर भी रो नहीं पाता। बच्ची घर की जिंदगी बनती चली जा रही थी। घीसी उसके कामों में ऐसी तल्लीन रहती कि चेहरे पर हक-नाहक भूत-भविष्य की चिंता दिखाई नहीं देती। दिनभर के काम के बाद वह रात को इतनी गहरी नींद सोती कि उसे जगाना मुश्किल हो जाता। काजोड़ी दादी बनकर एक बार फिर माँ बन गई थी।

साँझ को दीयाबाती के समय हजारी ने उसे बुलावा भेजा। वह हाथ जोड़े उसके सामने हाजिर, "छौरी ने हाल गलै में लियाँ बैठो है?"

अपने धुर देहाती सीधेपन और भीरूता से वह भीतर भाव को छिपाने लगा।

"कांई मिनख है थूं, थरै सूं पार नहीं पड़ै तौ ला म्ह नै सूंप, म्हैं कर दें! दो मिनट लागसी खलास करण में! बोल भाया, क्यों घर में छोरी पाल नै खुद री नींद हराम करणी जावै?"

थोड़ा रुककर फिर बोला, "आज छोरो हुयो व्हे तौ तो घर में ढोल बाजतो, बधायाँ बंटती। डीकरो खानदान रो नांव उजालै!"

बंसी सवालों से जूझता लौट आया। एक गहरी उत्तेजना उसमें भरती जा रही थी। जो भी हो वह आज उसे खत्म करके ही रहेगा। एक दवाब था, जो क्षण-प्रतिक्षण बढ़ता जा रहा था। जब घर में घुसा तो सन्नाटा था। झींगुरों की चेऊँ-चेऊँ सुनाई पड़ रही थी। वह सीधा बच्ची के पास गया, देखा कि घीसी चुपके से दीवार से कालिख लेकर उसको काला टीका लगा रही है, नजर न लगे उसे। वह मुसकरा रही थी, जैसे उसे आशीष दे रही हो। यह बड़ी टीस और सुकून भरा क्षण था। रीत की छड़ी उससे उठक-बैठक नहीं करवा सकी। वह फिर एक ऐसे दोराहे पर आ पहुँचा, जहाँ से कोई मंजिल नजर नहीं आ रही थी।

वह समझ नहीं पाता कि इस रस्साकशी से बाहर कैसे निकले। विचार जाल में उलझा, वह अकेला अपने भेड़-बकरियों के साथ पड़ा रहता। ढोर-डाँगर चराने में उसका जी नहीं लगता। पर जब भगवान् ने यही रोजी-रोटी बाँट रखी है तो वह क्या कर सकता है? रेतीला सूख इलाका, थोड़ी-बहुत बारिश, फिर अकाल की स्थिति। उसका बाप गनपत कहता,

"पग पूंगल धड़ कोटड़ै, बाहू बायडमेर
भूल्यों-चूक्यो बीकपुर, ठावौ जैसलमेर!"

अकसर अकाल की त्रासदी झेलते उसका पूरा परिवार मालवा तक जा पहुँचता। हालात ने सुख-दुःख के साथ समझौता करना सिखा दिया था। स्थिति कुछ ठीक होती तो वे वापस अपने गाँव लौट आते। यहाँ आते ही क्षितिज ऊँचा हो जाता, सीमाएँ फैल जातीं। जो सुख इस मिट्टी में, जो खुशबू इस हवा में और जो सुकून अपने माहौल में होता है, वह और कहीं नहीं। तब रंग-बिरंगी पगड़ी बाँधे गनपत अपने वाद्य पर लँगुरिया, बारामासा और जाने क्या-क्या गाता। उनकी आवाज में बहुत मिठास थी। वक्त की चालणी में सब खत्म हो गया।

बमुश्किल एक-एक दिन कर तीन महीने बीते और पुच-पुच करती बच्ची पोची बन गई। करवटें बदलने लगी। हँसना सीख गई। खिलखिलाती तो जैसे मंदिर की सैकड़ों घंटियाँ एक साथ बज उठतीं। घीसी की दुनिया उसी के इर्द-गिर्द सिमट आई थी। घर को सिर पर उठाए रखनेवाली काजोड़ी एकदम शांत हो गई थी।

बंसी सरहद की कँटीली बाड़ के पास रेगिस्तान नाप रहा था। वहाँ जो कुछ काम का मिलता, उसे अपने झोले में डाल देता। साँय-साँय करती गरम हवा और उड़ती धूल से वाच टावर धुँधला सा आभास देता। जाने किधर से छीतर आ पहुँचा। उसकी आँखें बोझिल थीं और चेहरे पर खूँखार लगनेवाला भाव, "राम-राम भाया!

थू तौ नेम-कायदौ ई भूलग्यो! म्हारी सुण, अबार ई चेत जा! आं बांता में घणौ लुगायाँ रै मूंडा साम्ही नी देखणौ! मरद है तो थौड़ी हिम्मत राख।" बोलते के साथ उसके मुँह से दारू का भभका उठा।

अपने किसी व्यवहार से बंसी प्रकट नहीं करना चाहता था कि उसके मन में एक झंझा चल रही है। वह क्या जवाब देता? वाणी मन से छोटी होती है। वाणी परिमित है और मन अपरिमित। वह बिना कुछ कहे लौट आया। रास्ते भर पोची को मारने के तरह-तरह के उपायों पर दिमाग खपाता रहा। बेहद थका घर पहुँचा। उसका अँगरखा, धोती, पगरखी धूल ओढकर मटमैली हो गई थी। उसके तन पर ही नहीं, मन पर भी धूल की एक मोटी परत जमी थी। झोले के एक कोने में रखा ही था कि काजोड़ी आ गई, "आ गयो बंसी।" उसने झोला खोलकर देखा, उसमें बुझे बम के टुकड़े, बंदूक की गोलियाँ, सीसे के टुकड़े आदि थे। देखते ही उसके माथे पर बल पड़ गए, "आज फेर गयो थूं, बोर्डर कांनी। म्है थने कित्ती दफै मना कियो, पण थूं नी मानै! किणी दिन पाकिस्तानी गोली बारी फंसग्यौ तो जावैला जान सूं।"

घीसी पीतल की थाल में खिचड़ा और छाछ ले आई। तखत पर रखकर बोली, "आरोगो।"

"लाड़ी ने थारे वास्ते छाछ जमीण में गड़ देवली। ठंडी हवै। दिन मा सूरज अगन उगलै।" कजोड़ी ने कहा।

बंसी को न भूख लगी थी, न प्यास। वह सीधा पोची के पास जा पहुँचा। उसके अबोध मुख पर अनुपम भोलापन दुबका था। लेकिन अभी वह एक बेरहम बाप था, जो कत्ल करने पर उतारू था। फिर उसका कलेजा जोर-जोर से धड़कने लगा। झटके से गला दबाने झुका, उसे झुकते देख पोची किलकारी मारकर हाथ-पाँव मारने लगी। जैसे उसकी खुशी का पारावार नहीं। वह गुम सा गया। उसके भीतर मानो पत्थरों से फूटकर कोई छोटा सा शीतल सोता निकल आया। उसकी अजीब सी हालत हो गई।

पोची के अस्तित्व को लेकर ग्रामवासी प्रश्नाकुल रहते। दवाब उस पर चढ़ा आ रहा था। तरह-तरह के सवालों से वह परेशान हो जाता। बच-बचकर बोलता। घर के तीनों प्राणियों के बीच एक मौन समझौता विकसित हो गया था, किंतु घीसी कभी न पूरा विश्वास कर सकी, न अविश्वास। घटने पर आए तो कुछ भी घट सकता है। कजोड़ी के चेहरे में ऐसी गुंजाइश थी कि वह मन की बात छिपा लेती। लेकिन घीसी के लाख छिपाने पर भी दुःख का कोई कतरा उसकी आँखों में दिख जाता।

समय रुकता कहाँ है ? पंचतत्त्व की यह सृष्टि बड़ी होती जा रही थी। प्रकृति बिना शोर मचाए फूल खिला रही थी।

पोचीना के हाट में बंसी रोजमर्रे की खरीदारी करने गया था। इधर-उधर रबड़ता उसे हरफूल दिख गया। वह बीड़ी फूँकता उसके सामने आ खड़ा हुआ। "राम राम बीरा! लागै थारी माली हालत ठीक कौनी! इण कलजुग में डीकरी पालण सूं किण विध निभाव होसी, थारै सूं वौ काम नहीं हुवै तो आ काम म्है कर दूंला अबकै शनिवार तांई त्यारी राखजे।" बीड़ी फेंक वह दनदनाता निकल गया। बंसी के भीतर एक गुबार सा उठा। ये कैसी दुनिया है जो दुनिया भर के झूठ, फरेब, धोखाधड़ी, ठगी पर चुप रहती है, मगर बेटी पैदा होने पर फन निकालकर फुफकारने लगती है। उलझनों और दुविधाओं के अनगिनत परिधियों वाले एक वृत्त ने उसे घेर लिया।

किसी प्रारब्ध के पुण्य फल से पोची मरने से बचती चली जा रही थी। चलना सीखते ही दौड़ने लगी। उन्मुक्त होकर दौड़ती, जैसे बेवक्त आगे निकलकर पाला छू लेना चाहती। उसके संगी-साथी पीछे से चिल्लाते, पोची इत्ती उतावली मत भाग! मुरली, माल्या, बदरी के बालेचित जीवन में एक मजेदार इजाफा हुआ था। वे उसके स्वागत के लिए अधीर रहते। आकड़ा, खेजड़ी, कीकड़ के पेड़ भी गरदन ऊँची कर उसकी प्रतीक्षा में खड़े रहते। हवाएँ इस अजनबी को देखकर कानाफूसियाँ करने लगतीं। गाँव ढाणी में पोची के लिए दिलचस्प चीजों की कमी न थी। हर चीज दर्शनीय थी, जिसे वह खुशी मिश्रित आश्चर्य से देखती। उसकी आँखें और हाव-भाव कुछ ज्यादा ही बड़बोले थे। उसके ललछों चेहरे की कांति तिस पर ताजा बयार सी हँसी सबको खूब भाती। वह उन्हें एक नई दुनिया में प्रवेश करा रही थी। अपनी जहालत और कूढमगज जहनियत से पीटते-हारते ग्रामीणों को इस सुख का अंदाजा ही न था। इस देस के लिए यह एक ऐतिहासिक घटना से कम महत्त्वपूर्ण न थी।

गाँव के सारे रास्ते पोची को मालूम हो गए। वह इन रास्तों की इतनी अभ्यस्त हो गई कि उनमें किसी पर भी आँखें बंद कर चल सकती थी। हजारी का ऊँट ईंधन लेकर उसके घर आया था। वह उसके पीछे-पीछे वहाँ जा पहुँची। वह ऊँट बैठने की क्रिया को ध्यान से देखने लगी। उसके चेहरे पर जिज्ञासा की चमक जल-बुझ रही थी। ऊँट अगले पैर मोड़कर धब्ब से बैठा तो उसे लगा कि उसकी पीठ पर लदा समान नीचे गिर जाएगा। वह डर से पीछ हट गई। ऊँट के बैठते ही फिर सहज हो गई और उसके गरदन की रंग-बिरंगी फूँदनें-रस्सियाँ कुतूहल से देखने लगी। ऊँट

अपना निवाला चबाकर पेट में उतार रहा था। उसके चेहरे पर तितली सी मुसकराहट मँडरा रही थी। ये मनभावन नजारा हजारी और उसकी लुगाई गूँदी बड़े अनुराग से निहार रहे थे। उन्हें लगा, ये अभी-अभी आसमान से उतरकर धरती पर आई है।

इत-उत मँडराती पोची सारे झाड़-झंखाड़ों को पहचानने लगी। बेर के दरख्तों पर चढ़ जाती। नेवले जैसी फुरती उसे दादी से विरासत में मिली थी। वनस्पति का पत्ता-पत्ता उसकी अलमस्ती में झूमने लगता, धूप उसकी खिलखिलाहट में शामिल हो जाती। रोने, रूठने, हराने या किसी भी तरह की नाकामियों से उसका हौसला पस्त नहीं होता। उसकी उपस्थिति जितनी स्वाभाविक होने लगी, उतनी ही जरूरी।

"कांई बात हुई, पोची आज दीखी कोनी?" हजारी ने पूछा।

"पोची बिना थारो जीव नी लागै कांई?" गूँदी ने भी प्रश्न किया।

"ऐडी बात तो कोनी!" हजारी का स्वाभाविक भाव छुपाए नहीं छुप रहा था।

"खा म्हारी सौगन! पोची थनै आछी नीं लागै?"

"सौगन री इणमें कोई बात! आछी नीं लागै जैडी कोई बात कोनी।"

"क्यूँ झूँठ बोलै रे, म्हैं सब जाणू!"

इनसान उस समय कुछ अधिक बता देता है, जब वह कुछ छिपाने की कोशिश करता है। गूँदी स्नेह से ठिठककर उसे देखने लगी, "क्या ये वही मिनख है?" बर्फ सा जमा यकीन पानी में तब्दील होने लगा। सीप के साँचे में उतरने पर समंदर का खारा पानी भी मोती बन जाता है। एक अनहोनी की तरह पोची वहाँ के जीवन में समाती चली गई।

शाम के डूबते सूरज की लाली आकाश में ठहर गई थी, उनसे लाल किरणें झर रही थीं। ऐसी ढलती शाम घीसी को किसी गहरे सुकून से भर देती है। उसने अँगड़ाई ली और अपने थकान को झाड़ने की कोशिश की। उछलती-कूदती पोची वापस घर लौटी। लगा कि कोई परिंदा एक जमाने के बाद दुःख-तकलीफ से भरे सफर से निजात हासिल कर अपने घोंसले के करीब पहुँचा है। वह उसे देखने लगी, उन आँखों में प्यार, सुरक्षा और ढेरों ख्वाब थे।

पोची चुप बैठना न जानती थी। न जाने कितनी बातें उसके दिमाग में खुडपेंच मचाया करतीं। सहसा घर में उसे एक छोटी सी टोकरी मिल गई और एक फटी-पुरानी लुगड़ी। फिर क्या था? वह बाहर निकली। तरह-तरह के पत्तों, जंगली घास, कंदमूल आदि से अपनी टोकरी भरी, फटी लुगड़ी ओढ़ी और सिर पर टोकरी रख मिसरी मालण बन निकल पड़ी। वही अंदाज, वही आवाज और वही रफ्तार। इस

कौतुक को देखने जल्दी ही बच्चों का दल उसके पीछे लग गया। सब्जीवाली की सूरत में पोची ने उनके लिए मनोरंजन का सामान पैदा कर दिया। वे मृगमृष्णा में हकीकत का मजा लेने लगे, नकल में असल की सूरत देखने लगे। पोची की चाल और मस्तानी हो गई। शान से वह एक-एक घर पर जाकर आवाज लगाती, "ताजी साग-तरकारी ले लो, कांदा, काचारी, सांगरी ले ल्यो।"

घर से लोग-लुगाई निकलकर बाहर आ जाते। पोची के बालोचित मुख पर ऐसी स्वाभाविकता होती कि क्या मजाल कि किसी को हँसी आ जाए। कोई कहता, "म्होने कांदा चहिजै।"

वह जमीन पर कुछ कांदे का प्रतीक जंगली वनस्पति रख देती। उसी तरह उसे ठीकरी-कांकरों के पैसे देकर खरीदारी हो जाती। इस ढंग-ढौर में उसके बालों की लटें उसकी आँखों पर झूलने लगतीं, अपने नन्हे गुदाल हाथ से वह लटें पीछे करती, पर लटें फिर आ जातीं, पर दोनों पक्षों की सौदेबाजी में कोई चूक न होती। इस सौदे में लोग असली सौदे से कहीं ज्यादा लुत्फ उठा रहे थे। वे किसी-न-किसी बहाने उसे रोके रहते, बातें करते। उसकी बाल-सुलभ संकेत, गति, चेष्टा और निर्दोष मासूमियत उनके हृदय को स्पर्श करती। यद्यपि उस पर उनका कोई अधिकार नहीं था, तब भी वे उसे अपने पास रखना चाहते, देखना चाहते, छूना चाहते।

धूप तेज हो गई थी तथा हवा भी गरम होने लगी थी। बंसी बाहर जाने की तैयारी में था। वह घीसी से बोला, "थारे पीहर वास्ते कोई समाचार व्है तो बोल थारी मावडी नै खबर कर देस्यू।"

"नी समाचार तौं खास कोनी, कोई मिल तौ बता देयो ठीक सूं।"

"तो म्हे चालू।"

"जावणौं जरूरी है कांई?" कजोड़ी ने पूछा।

"तहसील में जमीन-जायदाद रो मसलो है, जावणो तो पड़सी!"

"जीसा, म्है भी थारै साथे चालस्यूं !" ठुनककर पोची बोली।

"आज नहीं फेर कदै।"

भला पोची कहाँ मानने वाली थी, जिद पर उतर आई।

"जीद मत करी बैटी, पाछो आवतो थारै सारू जलेबी लेवतौ आवूंला!"

वह उसकी पीठ धबधबाता निकल गया। बाहर गरमी ऐसी प्रचंड मानो आस-पास भट्ठी सुलग रही हो।

पोची का जलेबी की तरफ मन लगा हुआ था। उस खयाल से गुदगुदी हो

रही थी। जीसा जलेबियाँ जरूर लाएगा, पीली और रस भरी। उस स्वाद को याद कर उसके मुँह में पानी भर आया। लालसा और भी तेज हो गई। घीसी रसोई के काम सँवारने में लगी थी। लू की खौफ से बच्चे घरों में कैद थे। पोची क्या करे? कुछ देर बैठी, फिर उठ खड़ी हुई। बेसब्री बढ़ती जा रही थी। उसने धीरे से दरवाजे से झाँका। दादी कमजोर आँखों पर जोर डालती गुदड़ी सी रही थी। पोती को दरवाजे से झाँकते अनुभवी आँखों ने ताड़ लिया। सख्ती से बोली, "अबार बारे मत नीकल डीकरी, घणों तावड़ो है।" पोची की आजादी में बाधक बनना ही दादी का काम था।

लेकिन पोची कहाँ माननेवाली थी। वह तो दादी की आँख बचाकर सरक जाने की युक्तियाँ सोचने लगी। जैसे ही काजोड़ी गुदड़ी-सुवा रखकर उठी, मौका पाकर छलाँग लगा भाग निकल, वह बस अड्डे की ओर बढ़ी जा रही थी। दूर-दूर तक नजरें दौड़ा रही थी, पर उसका जीसा का कहीं नामोनिशान नहीं। चिलचिलाती धूप में चलती रही। कुछ थक गई तो मायूस होकर खेजड़ी के नीचे बैठ गई। अपने जीसा की राह देखती रही। एक-दो ऊँट जाते दिखे, पर जीसा आ क्यों नहीं रहा है? कई बार भ्रम हुआ कि वह आ रहा है, मगर एक पल में उसका भ्रम टूट जाता। रह-रहकर मिलटरी की एकाध गाड़ी निकल जाती। वह उठकर फिर चलने लगी। उसके सामने दूर तक रेत और रेतीले टीबे थे। दिग्भ्रमित, दिशाहीन रेगिस्तान हर तरफ से उसे एक-सा ही नजर आता। उसने चारों ओर नजरें घुमाकर देखा, बंसी का कोई अता-पता नहीं। दूर कहीं सन्नाटे को चीरती तीखे स्वर में एक टिटहरी टी-टी करने लगी। पोची न कुछ सोच पा रही थी, न समझ पा रही थी। जमीन का जर्रा-जर्रा बदला हुआ था। उसके जिस्म का सारा खून चेहरे पर सिमट आया। सूर्ख चेहरा खौफजदा हो गया, केवल दहशत-ही-दहशत, बचाव का कोई रास्ता नहीं। उसका सिर घूम रहा था। होंठ सूख गए थे। पूरी कंठनली सूख गई थी। उसके दोनों गालों पर आँसू ढुलक आए। दर्द का साया लहरा रहा था।

झोले में जलेबी लिये बंसी बस से उतरा तो उसे लगा कि पोची को देखे सदियाँ बीत गई। उसे देखने की तड़प सी हो रही थी। इस खयाल से उसकी चाल तेज हो गई। गेंदामल प्याऊ से पानी पीकर मुड़ा तो उसे बंसी दिखा, "भाया! पोची थारै साथै कोनी कांई?"

"ना।" बंसी ने जवाब दिया।

"थारै साथै नी तो अबार है कठे वा?" उसने आश्चर्य से कहा, "देखरे, ऐड़ो

भूंडो मजाक मत कर म्हारै सूं! गाँव में ई व्हैला छोरी, चाल आपां देखां!"

बंसी के चेहरे पर तनाव आ गया, होंठ अनजाने भय से काँपने लगे।

"ना भाया, मजाक कोनी करूँ।"

"गाँव माँ इ होगी डिकरी, चाले म्हें देखूँ।" बंसी का मन भँवर में गोते खाने लगा।

गाँव पहुँचा तो देखा घर के बाहर लोग जमा थे। उनके चेहरों पर सन्नाटों की आड़ी-तिरछी रेखाएँ पढ़कर वह आशंकित हो उठा। एक घबराहट के ज्वार ने उसे अपनी जद में पकड़ लिया। सबकी आँखें उस पर टिकी थीं। आपाधापी में तरह-तरह सवाल-जवाब और सबकी अपनी-अपनी राय। जोरों से पोची की खोजबीन हो रही थी। छीतर घबराया लौटा, "चौपाल तांई देख आयो, खेत-खलौ एक-एक जिग्या सँभाल लीवी, छोरी रो कठैई पतौ कोनी।" उसकी आवाज भय से भरचक थरथराई हुई थी।

चारों ओर चिल्ल-पों मच गया। बंसी की धड़कनें पनचक्की हो गईं। कितनी ही बातें उसके दिमाग में घूम गईं। आशंका से लदा अंदर गया। वहाँ खामोशी पूरी निर्ममता के साथ कब्जा किए हुए थी। घीसी ओढणी में मुँह दाबे चुपचाप फूट-फूटकर रो रही थी। इस बेआवाज रुलाई में चीखकर रोने की भरपूर ताकत थी। उसे लगा, धरती डोल रही है और उसके साथ उसका पूरा वजूद डोल रहा है। काजोड़ी ने बेटे के कंधे पर ढाढ़स का हाथ रखा, "छोरी मिल जावै तो घंटियाली मिंदर में परसाद चढ़ावूंली।" स्वर में दिलासा की गाढ़ी भाषा थी। वह उसी तरह उबलता, लहूलुहान बाहर आया। वहाँ स्थिति में सनसनाहट थी। सब म्लान अवमानित पड़ा था। हर जगह विरानी छाया थी। आकाश चुप, हवा चुप, पत्ता भी नहीं हिल रहा था। पोची के बिना गाँव सूना लग रहा था। हर दिल, हर धड़कन में पोची का नाम था। उसका लुभावना चेहरा उनकी आँखों के सामने घूम रहा था। सबका मन भर आया, रुलाई-सी फूटने को आई। बंसी पागलों की तरह इधर-उधर तलाशता भाग रहा था। लोगों ने गाँव का चप्पा-चप्पा खोज लिया, लेकिन वह तो कहीं नहीं, कोई सुराग नहीं। साँप के फन की तरह सच्चाई अपना पंजा कसे जा रही थी। अब क्या हो ? कोहराम मच गया।

इसी बीच भीड़ के एक छोर पर एक और ही कानाफूसी शुरू हो गई। "बंसी ई छोरी ने कठै ई ठिकाणै लगाय दीवी, अबै मूंडौ लटकाय ने नौटंकी करै।" छीतर ने गुस्से से जमीन पर जोर से थूककर कहा।

इस विश्वासघात पर सभी बंसी को धिक्कारने लगे। वह अपराध-बोध से धँसा जा रहा था। उसमें न सफाई देने की और न विरोध करने की ऊर्जा बची थी। उसके तंतु जाल सुन्न हो गए थे। पूरी देह पसीने से तर थी। तभी धूल उड़ाती पुलिस की जीप आ गई। भीड़ देखकर रुकी। एक सिपाही उतरा।

"थारे में सरंपच कुण व्है?"

हजारी सामने आ गया।

"अर बंसी कुण व्है?"

अब बंसी की बारी थी।

"थारै वास्तै थांणै सूं संदेसो लाये हूँ—अबार राअबार चालौ।" आनन-फानन में हजारी और बंसी सिपाही के साथ जीप पर सवार हो गए।

"भाग थाणे।" माँगीलाल ने कहा तो सारा गाँव थाने की ओर दौड़ पड़ा। घीसी और कजोडी सूनी आँखों से लोगों को जाते देख रही थी।

थाने पहुँचकर जीप रुकी। थानेदार बाहर खड़ा था। बंसी को देखते बोला, "थांनै थोड़ी घणी सरम नीं आवै, छौरी ने एकली छोड़ दी मरण सारू?" अपना गुस्सा उस पर उतारने लगा।

बंसी के प्राण निकले जा रहे थे।

"उन्ने भाग में जीना लिखो हो, सो बचगी! सैनिकां नै छौरी धेरां में रोवती-भटकती मिलगी, अर उन्ने आपरो निगरानी में उठा ले आयो!"

बंसी के प्राण लौट आए, किंतु वह अब भी विकल था। हजारी की आँखों में आँसू थे। जीप में थानेदार के साथ बंसी, हजारी और दो सिपाही बैठ गए। बंसी जल्दी-से-जल्दी पोची के पास पहुँचना चाहता था। रास्ते भर चुप्पी छाई थी। खीपं की झाड़ियों के पीछे सूरज डूब रहा था, लेकिन अभी उसकी लालिमा शेष थी। जीप जब सैनिक छावनी पहुँची, उस वक्त फौजी जवान पोची की बातों का आनंद उठा रहे थे। उसके सामने खाने की थाल रखी थी। गालों पर सूखे हुए आँसुओं के निशान थे, पर वह आश्वस्त थी। बंसी उस पर से अपनी आँखें नहीं हटा पा रहा था। पिता को देखते ही पोची उनकी ओर दौड़ी और उनसे लिपटकर शिकायत की, "आवण में इत्ती देर क्यूँ लगाई?"

अचानक खो दिया संसार फिर से उसके पास लौट आया। उसके खुशी की सीमा न थी। उसने उसे अपनी बाँहों में कस लिया और चूमता रहा। हजारी के चेहरे पर कष्टों को विदा करनेवाली कोमल मुसकान थी, "बंसी! नरपत री पुण्याई सू छोरी बचगी।"

थानेदार, सैनिक, सरपंच के सामने अभिभावक की सारी कानूनी प्रक्रिया पूरी हुई। सबकी निगाहें बंसी और पोची पर थीं। हादसे ने उनका चेहरा पारदर्शी बना दिया था। मौजूद सभी जन मुसकराए, पूरे बदन से मुसकराए।

अपने जीसा की गोद में बैठी पोची वापस गाँव लौट आई। प्रसन्नचित्त हवा बेरोक-टोक बह रही थी। पोची के बाल उड़ रहे थे। गाँव की फिजाँ बदल गई थी, रुख बदल गया था। सब गद्‌गद थे। सबका हृदय उछल रहा था, सबकी आँखें सजल थीं। काल की गति अति सूक्ष्म है। कल और कल के बीच एक नए भाव का आविर्भाव हो रहा था। एक नई प्रवृत्ति जन्म ले रही थी।

□

यह सिलसिला

ट्रेन राँची की ओर भागी जा रही थी। हरे-भरे खेत पीछे की ओर छूट रहे थे। नवीन के विचारों के परिंदे उड़े जा रहे थे। अभी वह घर से निकला भी नहीं था कि निखिल ने रिकॉर्ड पर पश्चिमी धुन लगाई और खुद गिटार के साथ संगत देने लगा। हजार वॉट्स के साउंड सिस्टम फटे पड़े थे। 'ही इज गुड फॉर नथिंग,' वह बुदबुदाया! बेटे की जीवन-शैली जिस तरह का है, उससे वह परेशान है। कैसे उसे बताए कि पढ़ने से ही वह दुनिया में कामयाब हो सकता है। रीमा भी उसे कुछ नहीं कहती, बल्कि बढ़ावा देती है, 'तुम भी न, कभी पॉजिटिव सोचते ही नहीं!'

सोचता, रविवार को उससे बात करूँगा, पर उस दिन तो निखिल, अखिल, रीना का न्यू जर्सी से स्काइप पर उनकी मौसी से बात करना एक अनुष्ठान जैसा हो गया है। कोई हैंडसेट लाता है तो कोई कैमरा ठीक करता है। उसे लगा, वह और उसका बेटा अलग-अलग पैटर्न की जिंदगी जी रहे हैं। नवीन के केंद्र में निखिल गोल-गोल घूम रहा था। उसे यह चिंता सता रही थी कि ग्रेजुएशन के बाद वह क्या करेगा। बेटे का मसला हो तो बात घूम-फिर कर कॅरियर पर आ जाती है। छोटा अखिल, उसे मजा आता है, वह चुटकुले सुनाता है, उसके साथ घूमता है, सवाल पूछता है और निखिल देखते ही बिदकता है। पता नहीं, उसे किस चीज की तलाश है! जब देखो गिटार लेकर टुनटुनाता रहता है या मोबाइल पर किसी गर्लफ्रेंड के साथ···नॉनसेंस!

कोई काम कहो तो पहले ही अपने को उस काम के लिए अक्षम घोषित कर देगा। फिर भी गले मढ़ दें तो कोई-न-कोई तकनीकी खराबी निकालकर टाल देगा। मेहनत करने से डरता है। आज अपनी मेहनत और लगन के चलते ही वह भारत सरकार के उच्च पद पर है। कार, बँगला, ठंडी बीयर, अंग्रेजी उच्चारण में हिंदी बोलनेवाली पत्नी, दो बेटे···पर नतीजा? अपने समाज से कटा, बाप से दूरी-खिंचाव,

नींद की गोलियाँ, हर समय कुछ पाने की अकुलाहट।

छोटा भाई प्रवीन अमेरिका क्या गया, अमेरिकी बन गया, अमेरिकी बीवी, अमेरिकी बच्चे, अमेरिकी रहन-सहन। मुंबई में लल्ली दी अपनी गृहस्थी में व्यस्त! बाबूजी की सारी जिम्मेदारी उस पर आ गई। पिछले पाँच सालों में दिल्ली एक वजन की तरह उससे बँध गई थी। चाणक्यपुरी के डी-II, 215 के पिंजरे में बंद बाबूजी से मिलने के मनसूबे बनते-बिगड़ते रहे, लेकिन इस बार इन्हीं खयालों में खोया-खोया वह राँची आ पहुँचा।

राँची आते ही उसे बाबूजी की चिंता सताने लगी। वह अपने आपको कोसने लगा कि अपने जीवन के दबावों में वह पिता को भूल जाता है। पहले भी अपने को कई बार कोसा है, उसके बावजूद कुछ किया नहीं, खुद को कोसना उसकी आदत बन चुकी है। रास्ते भर अपना यह शहर जितना परिचित लग रहा था, उतना ही अपरिचित! जाड़े की खुशनुमा सुबह थी। घर आया तो कुछ पल ठिठककर खड़ा रहा। उसके दिल-दिमाग को होश आने में समय लगा। जब वह अंदर गया तो बाबूजी दरवाजे पर नजर जमाए बैठे हुए थे। उसे देखकर हँसे, बिना शब्दों के ही, जिसमें बहुत कुछ निहित था।

उसे देखकर रामाधार जैसे एक जिम्मेदारी से मुक्त हुआ। काफी देर तक उनको बातों में उलझाए रखकर वह बोर हो चुका था। वह चाय बनाने चला गया। घर पर उसके आने की खासी तैयारी हुई थी।

''निखिल-अखिल कैसे हैं?''

उसने बहुत बेफिक्री से जवाब देने की कोशिश की, पर उसके स्वर के बनावटीपन को आसानी से पकड़ा जा सकता था। बाबूजी का स्वास्थ्य गिरा था, पर ये जिंदगी भर राँची छोड़नेवाले नहीं। अपने को व्यस्त रखने के लिए ढेर सारा काम ढूँढ़ लिया था, कई संस्थाओं से जुड़े थे, पर इधर लोगों ने आना कम कर दिया था। निर्गुण वाणी में बोले, ''आज नैतिकता किसी प्रोफेशन में नहीं रह गई, पिछले दशकों में अगर किसी चीज को देश-निकाला मिला है तो वह है नैतिकता।'' कुछ कहते-कहते वे चुप हो गए। उनकी चुप्पी गोते खाने लगी, पानी में डूबती किसी कागज की नाव की तरह! वह कठघरे में खड़ा हो गया। उसे तकलीफ होने लगी। रीमा का बजता हुआ मोबाइल उठाकर वह बाहर आ गया।

बातें जल्दी खत्म कर वह कमरों में इधर-उधर घूमने लगा, जैसे कोई भूली चीज ढूँढ़ रहा हो। स्मृति की पहचान भरी निगाहें दौड़ रही थीं, गया वक्त फड़फड़ा

रहा था बंद रह गए कबूतर की तरह। अचानक लगा कि जैसे अभी-अभी अम्माँ ने पुकारा हो। उसे लगा, तमाम दूरी के बावजूद बाबूजी उसके भीतर ही थे, उसकी रग-रग में, अवचेतन में समाए हुए। याद आया, बचपन में उनका प्रबल संरक्षण। बहुत-सी यादों में एक यह भी दर्ज था, जब वह उनकी साइकिल पर सामने की डंडी पर बैठा घंटी बजाता चलता था, वे पैडल मारते थे और वह टुनटुन करता। एक बार बहुत तेज साइकिल दौड़ाई तो लगा, वे दोनों हवा में उड़नेवाले घोड़े पर सवार हैं, आसमान में उड़े जा रहे हैं। रोमांच और उत्तेजना से सिहर उठा था वह। बाद में अपने दायित्वों को निभाते-निभाते उनका आग्रह गुस्से में बदलने लगा। अपने अधूरे सपनों की एक कसक मिटाने के लिए, बेटे को जीत दिलाने की बेकरारी में वे आजादी छीननेवाले निरंकुश पिता बन गए, लेकिन उन्होंने ही उसका दुनिया से परिचय कराया, जीत का पहला स्वाद उन्होंने ही चखाया था। हम तीनों की जीत उनकी सबसे बड़ी खुशी होती हमेशा! जिंदगी यहाँ-वहाँ से कुरेद रही थी।

खाना खाने के बाद वह देर तक सोता रहा। उठा तो शाम हो चुकी थी। वह छत पर चला गया। उस दिन शाम स्लेटी दुपट्टा ओढ़कर आई थी, उस पर सिर्फ एक तारा टँका हुआ था और संतरे की फाँक-सा चाँद। तैरते बादलों की तरह अनुपमा दिमाग में तैरने लगी। धीमी हवा बह रही थी, यादों की इस बस्ती में अतीत को दुबारा जीने लगा। उसके साथ मरना-जीना संभव नहीं था। खैर, जो बीत गई, सो बात गई, फिर उस रात की सुबह नहीं हुई, पर इस सनातन समस्या से प्रेरित होकर वह स्वयं को जान गया। स्वयं को जान लेना ही ईश्वर को जानना है, अहं ब्रह्मास्मि! लेकिन उसने तो जरूर कहा होगा 'मोसे छल किए जाए सैयाँ बेईमान।'

उन दिनों वह खिन्नता के दौर से गुजर रहा था। सब जगह उसकी भद उड़ रही थी। बी.ए. का रिजल्ट खराब हुआ था। एम.ए. ज्वॉइन तो किया, पर इतने भर से नौकरी मिलने का कोई रास्ता नहीं सूझ रहा था। प्रवीन मेडिकल करने दरभंगा चला गया। लल्ली दी की शादी पिछले साल हुई थी। वे जमशेदपुर थीं। वह पीछे छूट गया। घर में रुपयों की तंगहाली अलग। बाबूजी से जब भी सामना होता, वे उसके भावी जीवन के लिए परिश्रम का महत्त्व समझाते कि पुत्र वही, जो पिता के अनुकूल चले। सब प्रकार से तार दे। धिक्कार है उस पुत्र पर, जो पिता के मनोरथ को पूरा करने के लिए तैयार नहीं। ऐसा भाषण हर बार देते, समझिए कि बीसेक मिनट तक। कमरों की दीवारों में भी उनकी बातें पैवस्त हो चुकी थीं, जो रातों को गूँजतीं। हजार बार उनके संघर्ष की कहानी सुन चुका था। वे साधारण परिवार के थे, शिक्षा की

सुविधा न थी, लेकिन बुद्धि और ज्ञान के पुंज थे। समझना नवीन के वश का न था। उनका ज्ञान अपनी नाव पर रखता तो उसकी नाव नदी की तलहटी से जा लगती। उनमें आत्मविश्वास इतना था कि किसी भी विषय पर अपने उबाऊ विचार व्यक्त कर सकते थे। उनको सुनने के बाद उसको अपनी खोपड़ी खाई हुई जान पड़ती।

कुछ-न-कुछ खरीदने के लिए पैसे माँगने ही पड़ते, वे अपना रटा-रटाया जुमला दोहरा देते, 'पैसे क्या पेड़ों पर उगते हैं?'

यह वह क्या जाने? उसे तो यही पता था कि घर की आय उनकी जेब में है। यह उनका वीरगाथा काल था, वह गरज-गरजकर अपने जीवन निष्कर्ष सुनाते। रामायण, महाभारत आदि ग्रंथों में शब्द आराम से सोए रहते। बाबूजी उन्हें उठाकर जब-तब आदर्श पुत्रों का उदाहरण दे देते। संभवत: हमारे ऋषि-मुनियों ने पिता-पुत्र संबंधों को गहराई से परखा था। इन ग्रंथों को लिखते समय वे अवश्य ही वयस्क पुत्रों के पिता बन चुके होंगे और जानते होंगे कि पुत्रों की मर्यादा निश्चित करना कितना जरूरी है। वरना वे आदर्श पिता के उल्लेख पर मौन क्यों हो जाते? दशरथ जैसे पिता को महर्षियों ने कैकेयी पर दोष डालकर बेदाग बचा लिया। नवीन को लगा, इसके मूल में और भी गहरा दर्शन है; पर क्या, यह मालूम नहीं। उसकी मजबूरी थी कि वह गंभीरतापूर्वक ज्यादा देर तक विचार नहीं कर पाता, बोर होने लगता था।

उधर कॉलेज में उसके जीवन की आँख-मिचौली चल रही थी। अनुपमा उसके साथ नहीं होती, पर हर वक्त साथ होती। वह कलकत्ता से आई थी। यहाँ की लड़कियों से अलग नजर आती। उसे जो कुछ भी सुंदर दिखता, वह उसका प्रतीक लगता। वह उससे अपने मन की भावना कहने की जल्दीबाजी नहीं करना चाहता था, क्योंकि प्रेम अभी उसके मन में शुरू ही हुआ था। तभी दफ्तर से बाबूजी आ गए। उनका मूड ठीक था, पर जाने अम्माँ ने क्या कह दिया कि वे उखड़ गए। उखड़ते ही लगे ज्ञान झाड़ने। उनकी मुश्किल यह थी कि इतना ज्ञान रखकर करें भी क्या? कौन याद रखने का झंझट ले, सँभालें बच्चे, आगे उनके काम आएगा।

एक दिन अनुपमा के खयालों में मन रोमांटिक हो चला। अपने करीबी दोस्त सुरेन के घर गया। बातों-ही-बातों में वे दोनों घर में बिना बताए फिल्म देखने चले गए। उधर अँधेरा होने पर घर लौटा तो अम्माँ हलकान, बाबूजी परेशान। वहाँ हलचल मची थी। उसे देखते ही बाबूजी की आँखों में लहराया गुस्सा चला गया। स्नेह और चैन के बीच पड़कर झूलने लगे। हमेशा दोष निकालनेवाला पिता उसके लिए बेचैन हो सकता है? उसे ये बात अच्छी लगी।

वह पढ़ने बैठा तो फिल्म उस पर तारी थी, फिल्मी नायिका की जगह अनुपमा दिल-दिमाग पर छाने लगी। इसका नतीजा यह हुआ कि हर तीसरे-चौथे दिन सुरेन के साथ किसी सिनेमाहॉल में पहुँच जाता। वैसे टिकट का पैसा ज्यादातर सुरेन ही देता था। एक दिन फिल्म देखकर लौटा तो बाबूजी लगातार एक घंटे तक आग उगलते रहे। उनके जाते ही उसने जोरों से दीवार पर थूका, 'जो कहते हैं, कर देते हैं, सिनेमा के लिए पैसे भी नहीं लेता, तब भी···हरामी कहीं का···।'

उस रात उसे मलाल ने आ घेरा। उसे बाप को गाली नहीं देनी चाहिए थी। वह डाँटते-फटकारते हैं तो सिर्फ इसलिए कि हम बिगड़ें नहीं। इसी गम में रात को खाना नहीं खाया, थाली सरकाई तो अम्माँ नाराज हो गईं, 'जैसा बाप, वैसा बेटा, दोनों एक से अकड़ू, किस-किस की गुलामी करूँ?'

बाबूजी खुद संभावनाओंवाले आदमी थे, पर मौका नहीं मिला। उनको कहीं शिकायत थी कि उनको अच्छा पिता नहीं मिला, जो सही मार्गदर्शन देता। वैसे एम.ए. पढ़ते समय दादी ने उनकी शादी अम्माँ से तय कर दी। दादाजी नौकरी लगने के बाद शादी करवाना चाहते थे, पर वे असहमत हो गए, अम्माँ से शादी कर ली फिर तो···।

रात को नवीन सपनों की रानी से कहता—'चली आ, तू चली आ।' क्या वह मुझसे प्रेम करेगी? शून्य में यह सवाल किसी नन्हे पौधे की तरह उग आता। सारी रात करवटें बदलते सोचता—'झिलमिल सितारों का आँगन होगा, रिमझिम बरसता सावन होगा।' वह सुबह समय से पहले कॉलेज पहुँच जाता, अनुपमा देर से आती, वह उसका इंतजार करता। उसके आते ही आस-पास की हवा में साँस लेना सार्थक हो जाता, लेकिन वह थी कि उसके अस्तित्व को ही नकार देती। उसके सामने रहता, पर मानने से इनकार कर देती, कोरा कागज, कोरा ही रह जाता। जब प्यार के जोड़-घटाव, गुणा-भाग में अटक गया तो गया सुरेन के पास। वह प्रेम की कविताएँ लिखता था। श्रृंगार-रस का अध्ययन किया था। वह उसकी व्यथा सुन सिर झुकाए चिंतन करता रहा—ये इश्क नहीं आसाँ···पर एक नास्तिक भगवान् भरोसे अनजान सफर पर चल पड़ा था। गहराई से सोच-विचारकर सुरेन ने जो सलाह दी, उसका अनुमोदन कर वैसा ही करना शुरू कर दिया। कॉलेज के सघन वृक्षों वाले रास्ते पर उसके पीछे चलने लगा, क्लास में ऐसी जगह बैठता, जहाँ से उसका प्रोफाइल नजर आए, टीचर से सवाल पूछकर उसका ध्यान आकर्षित करता।

आखिर वह ऐतिहासिक दिन आ ही गया, उसने उसे देखकर मुसकराना स्वीकार किया। मंजिल नजर आने लगी, साथ चलने से। दोनों ओर से पुल बँध गए।

उसकी आँखों से छलकता जाम ऐसा कि जो उसको हो पसंद, वही बात करता। उसे देखते ही प्यार उमड़ता, इसलिए बार-बार देखता, हजार बार देखता, वह देखने की चीज थी दिलरुबा। उसको देखते ही मूड अच्छा हो जाता और अच्छे मूड में होते ही वह बहुत बोलने लग जाता। वह बोर होने लगती, पर वह परवाह नहीं करता, क्योंकि वह अच्छे मूड में होता था। बीच-बीच में मन आशंकित भी हो जाता, बाबूजी को पता चलेगा, तब? लेकिन इश्क पर जोर नहीं, ये वो आतिश है गालिब कि लगाए न लगे और बुझाए न बुझे।

वह साथ रहने का वादा करता, वह मस्त नजरें लुटाती। अब वह जब भी मिलती, शिकायत करती—'देर से क्यों आए?' 'मैंने गुलाबी ड्रेस पहनी तो तुम कुछ कहे भी नहीं,' 'आज क्लास से बाहर आ रही थी तो देखा तक नहीं।' आदि-आदि। फिर शिकायती नजरों से देखती रहती। वह रोज उसका एक्जाम लेती, मार्क्स देती और वह फेल हो जाता। ऐसे में वह उसके लिए अच्छी किताबें लाकर देता। उसके नोट्स बना देता। कैंटीन का बिल भी वही चुकाता। अनुपमा को कुछ भी कह देना आसान था, नवीन को करना मुश्किल। अपना जेबखर्च खत्म हो जाता तो सुरेन से उधार लेता। कभी-कभी उसके दिल में खयाल आता कि उसके दिमाग में प्रेमी का जो नक्शा है, वह किसी गुलाम के नक्शे से मिलता-जुलता है। क्या उसने प्यार करने में जरा सी भूल कर दी!

वह छिपकर प्रेम करना चाहता था, मगर वह प्रोग्रेसिव थी, विक्टोरियन तौर-तरीके उसे पसंद न थे। वह मॉडर्न थी, सबकुछ खुले में कबूल करना होगा। जीवन-साथी मिलने तक प्रेम खोजते रहना उसका स्वाभाविक अधिकार था। वह खुद को समझाने लगा। कैंपस में यार-दोस्तों को पता चल गया कि नवीन और अनुपमा का कुछ चल रहा है। जगदीश उसका पड़ोसी था। इधर न अपना दिल मान रहा था, न अनुपमा पर कोई जोर चल रहा था। सोचा, आगे-आगे देखें होता है क्या! जो डर था वही हुआ। जगदीश ने घर जाकर अम्माँ के कान भर दिए।

अम्माँ को बेटे से यह उम्मीद न थी। उनका चेहरा उतर गया। वे तो समझती थीं कि बेटा हमारा नाम करेगा। घर में नैतिक संकट छा गया। बाबूजी ने अपना भाषण शुरू कर दिया। इस बार परिश्रम के बजाय नई पीढ़ी के गिरते चरित्र पर बोलने लगे। किस तरह सिनेमा के असर से लड़के गलत रास्ते पर जा रहे हैं। अम्माँ भी उनका प्रवचन भक्तिभाव से सुन रही थीं।

तभी इंतिहा आ गई उसके प्यार की। उस दिन कॉलेज के लिए सघन वृक्षों तक

पहुँचा तो अनुपमा वहाँ पहले से मौजूद। फिर उसने जो कहा, वह सुनते ही पाँव तले की जमीन खिसक गई। उसके माता-पिता को नवीन जैसा मिडिऑकर लड़का पसंद नहीं, इसलिए उसका प्लान है कि वे दोनों कहीं भाग चलें। इधर नवीन का प्लान था कि उसे कुछ सालों तक उलझाए रखे, एक प्रेमिका बनी रहे तो क्या बुरा है? लेकिन अनुपमा को एक जीवनसाथी की जरूरत थी। उसे भागना था, उसे भगाना था। मुहब्बत करके फँस गया आफत में, लेकिन सबसे बुरी जो बात लगी, वह थी अपने लिए मिडिऑकर कहा जाना। बात चुभ गई, वह डिमॉरलाइज हो गया। तनाव कनपटियों से रेंगता हुआ पूरे सिर के इर्द-गिर्द फैलने लगा। प्रेम करना एक बात है, भागना दूसरी चीज है। उससे पीछा छुड़ाकर सीधा पहुँचा संकटमोचन सुरेन के पास। उसकी दास्तान सुन उसकी खीज दस गुना बढ़ गई। उस रोज अपने रेडीमेड कपड़ों की दुकान, जो ऊपर बाजार में थी, नहीं जा सका। वह वहाँ जाकर ग्राहकों से तोल-मोल कर जिंदगी नाकारा नहीं करना चाहता था। वह चाहता था कोई मिशन, कोई क्रांति, जो इन भावों को अपनी कविताओं में अभिव्यक्ति देता। कविता और दर्शन का जादू उसके सिर पर सवार था। उस दिन उसके बाबू ने गुस्से में उसकी कविता की डायरी फाड़ डाली थी। उनका मानना था कि बिजनेस कविता से नहीं चलता। जब सभी धन-दौलत के लिए धक्का-मुक्की कर रहे हैं तो इस कविताई का क्या तुक है?

'यार नब्बू! हमको चाचा-ताऊ का हजार से लाख तक का सफर अर्थहीन लगता है। इसमें न कोई मानसिक संतोष है, न ही बौद्धिक प्यास बुझती है।' उसने दार्शनिक अंदाज में कहा।

दोनों बाहर जाने लगे। सामने ही सुरेन के बाबूजी खड़े थे, मानो तीनों लोक के ज्ञाता, कर्ता, यथार्थ को देखनेवाले, वही प्रकट, वही गुप्त। अहं उनका स्थायी भाव था। घर में वे अपने आगे सभी को छोटा समझते। बेटे की मूर्खता उनको फूटी आँखों न सुहाती, उनकी समझ में नहीं आता कि सिर्फ यश कमाने या इतिहास में थोड़ी सी जगह पाने के लिए समय की बरबादी की क्या तुक है? उन दोनों का सिर बहुत भारी हो चुका था। डोरंडा के एक रेस्तराँ में छिपकर देर तक शराब का सेवन करते रहे।

नवीन की जिंदगी में वह क्षण आ गया, जब कमबख्त प्रेम कुरबानी माँगता है, अल्लाह को भी प्यारी है कुरबानी। सुरेन के अनुसार ऐसे मौके पर मौनव्रत ही सर्वोत्तम नुस्खा है। वह चुप्पी को बर्फ-सा जमाने लगा। अनुपमा अपनी अदाओं से उसे तोड़ना चाह रही थी, पर वह डिग नहीं रहा था। वह जान गया था कि

अपनी जंजीरों की लंबाई तक ही सैर-सपाटा ठीक है। एकाएक सुखद बदली घिर आई। उसके पिता का तबादला गुवाहाटी हो गया—जाती हूँ मैं, कहकर वह दूर के मुसाफिर की तरह चली गई। उसके जाने से हलका महसूस करने लगा, जेब पहले ही हलकी हो चुकी थी। पर कई दिनों तक उसका दर्द सालता रहा—पहले प्यार का पहला गम था, रोज रात को थोड़ा सा अतीत जी लेता। पढ़ना उसकी मजबूरी बन गई। पिता के श्रेष्ठ मूल्यों को बचाने में जी-जान से लग गया। प्रेम और विरह के घाव पर समय लेप लगाता रहा, लेकिन वह मिडिऑकर वाली बात खटकती रही।

उधर सुरेन की दुनिया में भारी कमी कायम थी। उसे विश्वास था कि कविता से उसके जीवन के अधूरेपन को छुटकारा मिल सकता है। 'एक पराधीन सुख के आनंद को कैसे जान सकता है नब्बू! हम बाबूजी का विरोध तो कर सकते हैं, पर पराजित नहीं कर पाते।' वह अपनी लहरों में बहा जा रहा था, कवि की बीज प्रतिभा है, पर उसकी प्रतिभा को इस घर में समझा ही नहीं जाता, वे जैसा कहें, हमको वही करना चाहिए, क्या हम मिट्टी के लोंदे हैं?' घायल की गति घायल समझ रहा था। इस बात को लेकर चाची को भी डाँट पड़ती, लेकिन वे तो भरी नदी की तरह शांत बहती रहतीं।

उसके बाद सुरेन ने क्या किया, वह अलग कहानी है, लेकिन नवीन अपने लक्ष्य को पाने में कामयाब हो गया। दो प्रयासों के बाद वह लोक सेवा आयोग की प्रतियोगी परीक्षा में सफल होकर भारत सरकार का अधिकारी बन गया। सबकी मुराद पूरी हुई। यहाँ-वहाँ से बधाइयाँ आने लगीं। हर बधाई के साथ बाबूजी का छटाँक भर खून बढ़ जाता। काश, आज अनुपमा का फादर यहाँ होता!

बाबूजी की छुअन ने उसे अतीत से निकाला। बीते कल की उतरती सीढ़ियों से चढ़कर वह वर्तमान में लौटा। अपना मोबाइल देखा तो उसमें सुरेन की मिस्ड कॉल दर्ज थी।

दूसरे दिन उसका रुख सुरेन के घर की ओर था। सोचा, अजीब शहर है राँची, दूर रहो तो बुलाता है और आओ तो ट्रैफिक से नाक में दम। उसे देखते ही सुरेन ने उसे बाँहों में ऐसे बाँधा जैसे अब छोड़ेगा ही नहीं। वह भूल चुका था ऐसी आत्मीयता। सुरेन काफी मोटा हो गया था, तोंद आगे की ओर निकल गई थी। गले, कलाई, उँगलियों में सोने-नगीने चमचमा रहे थे। लक्ष्मी उस पर प्रसन्न थी। गारमेंट्स फैक्टरी खुल गई थी, मेन रोड पर शोरूम भी। दो दोस्त, कई यादें, यादों की पिटारी···

'इन दिनों कोई नई कविता लिखी या नहीं?'

'क्या कहें नब्बू, जैसे-जैसे दुनियादारी की जिम्मेदारी बढ़ती गई, वैसे-वैसे कविकर्म कठिन हो गया।

'भूल गए राग-रंग, भूल गए छकड़ी, तीन चीज याद रहीं नोन-तेल लकड़ी।'

वह हो-हो कर उसी तरह हँसने लगा। नवीन उसके नए-नए आयामों को देखता रहा, यह कभी पिता की परंपरा को तोड़कर निकलना चाहता था, कहता था, 'मुझे मुक्ति की तलाश है।' उसके बाबूजी कहते, 'घर की परंपरा निभानी होगी।'

विद्रोह घेरा तोड़कर पानी को चौड़ाई में ले जाना चाहता, परंपरा घेरा डालकर पानी को गहरा बनाती। लगा समय और कुछ नहीं, प्रकृति की काँट-छाँट है। तभी उसका बेटा अनुज आ गया। सोलह-सत्रह साल का नौजवान, कानों में बालियाँ, सिर पर खड़े बाल, देखा तो लगा, राँची के हेयर ड्रेसर भी अत्याधुनिक हैं। सुरेन ने उससे कहा, "अनुज! मेरे बचपन का जिगरी दोस्त नवीन।"

"हाय! ग्लैड टू मीट यू।" कहता हुआ तेज कदमों से अंदर चला गया। उसके जाते ही सुरेन ने कहा, "आज की जेनरेशन की खासियत है कि वे फादर का रेसपेक्ट नहीं करते। इसका कमरा इलेक्ट्रॉनिक सामानों से भरा पड़ा है, इंटरनेट, यू ट्यूब, जाने क्या-क्या... ये सब बच्चों को बिगाड़ रहे हैं। कुछ समझाने की कोशिश करो तो कहेंगे, 'इट्स माय लाइफ।' फिजा इतनी जल्दी बदल जाएगी, सोचा नहीं था, यार।!"

नवीन सुनता रहा।

"यार नब्बू, तुम दिल्ली में रहते हो, यूरोप-अमेरिका घूम चुके हो, तुमसे एक राय लेनी है।"

वह अपनी जगह से आगे बढ़ आया।

"अनुज टूरिज्म के क्षेत्र में कुछ करना चाहता है। उसे लगता है, इसमें बहुत स्कोप है। हमसे कहता है कि हमको दूसरों के कल्चर के बारे में जानना चाहिए, विच इज वेरी नेससरी। टूरिज्म इज वेरी इंर्पोटेंट। इससे आदमी का टोटल डेवलपमेंट होता है। तुम दिल्ली के कुछ ऐसे इंस्टीट्यूट का पता भेज दो, ताकि इसका दिल रह जाए।"

वह ठीक से समझा नहीं, "दिल्ली में हैं कई संस्थान, मैं इनका पता भेज दूँगा पर..."

"ऐसा है बंधु! बेटा बाप के राज में जितना ख्वाब देखना चाहे, देख ले, मगर जीना तो इसी दुनिया में है। तुमसे बस यही रिक्वेस्ट है कि जब यह दिल्ली जाए तो

टूरिज्म एरिया की दिक्कतें, कठिनाइयों के बारे में अपने तरीके से समझा देना, मेरे कहने से मानेगा नहीं। यहाँ मेहनत कर फैक्टरी खड़ी की, गारमेंट्स का मार्केट बढ़ गया है, एटमॉसफियर एंकरजिंग है, फिर यहाँ मेरी साख है नब्बू! हम उसे समझाने की कोशिश करते हैं तो कह देता है, 'इट्स माय लाइफ , इट्स माई डिसीजन।' जाए एक बार घर से बाहर, सारी फुटानी निकल जाएगी।''

भाभीजी आईं, दुआ-सलाम के बाद हम सभी उठकर खाने के कमरे में चले गए। सुगंध से नवीन की भूख जाग गई। मटर भरा पराँठा, पुलाव, गट्टे की सब्जी, कोफ्ते, दही-बड़े और भरे बादलों-सी आत्मीयता। भाभीजी ने कटोरी में सब्जी डालते हुए कहा, ''देखिए भाईसाहब, अनुज भी नई राह खोज रहा है···,'' पति की ओर मुड़कर कहा, ''क्यों जी, अनुज के बारे में इनसे बात किए ?''

पल भर के लिए दोनों मित्रों की आँखें मिल गईं।

''हाँ-हाँ, सुरेन ने बताया था, दिल्ली जाकर पता करता हूँ।''

''आप देखिएगा, ये तो उसकी सुनते ही नहीं, अपनी ही रट लगाए रहते हैं कि फैक्टरी-फैक्टरी, फैक्टरी देखो···ऐसे-ऐसे तर्क देते हैं कि न्यायशास्त्र के पंडित हार जाएँ!''

''हम तर्कसंगत हों या नहीं, पर सही हमेशा होते हैं। फैक्टरी जाएगा, तभी तो काम सीखेगा, इंटरेस्ट आएगा!''

''जब उसका मन उस ओर नहीं तो क्यों जोर-जबरदस्ती करते हैं, बच्चा इनसे कुछ भी करने को कहता है, तो ये कोई भी बहाना ले सकते हैं, पर अनुज की कोई बात समझना ही नहीं चाहते। इनके और इनके बाबूजी में हम एक ही समानता देखे, वह है अपने बेटों से असंतोष।''

''यह भिन्नत्व में एकत्व देख रही है नब्बू।'' अकबर इलाहाबादी इस घर को देखते तो यही कहते, ''सदियों की फिलॉसफी की चुना-चुनी रही, लेकिन बापों की बात जहाँ थी, वहीं रही।''

इस दास्तान-ए-दर्द को यहीं खत्म कर सब उठ खड़े हो गए। इतना लजीज खाना खाकर नवीन तृप्त हो गया। उनके अतिथि सत्कार में कोई कला या दिखावा नहीं था, केवल प्रेम था। उनका अतीत राग बड़ा प्रबल था, उनकी स्मृति के पार तक फैला हुआ। देर तक दोनों अपनी यादों एवं सपनों का दौर साथ-साथ पूरा करते रहे, पर जिन नजरों से वे ओस की बूँदों में बनते-बिगड़ते इंद्रधनुष देख लिया करते थे, उन नजरों से अब ओस भी बमुश्किल दिखाई दे रही थी।

वहाँ से लौटा तो बाबूजी जैसे उसके इंतजार में बैठे थे, उसका लाया स्वेटर पहनकर। बोले कुछ नहीं, पर आँखों में एक बेबस उलाहना था। वे एक साधारण पिता थे। उनके सूनेपन में दबाई गई आह की कोई ध्वनि नहीं थी, पर वह भीतर से संतुलन बिगाड़ रही थी। वह अनुच्चरित होकर भी असरकारी थी। आँखों से गिरनेवाले आँसू दुःख को गला देते हैं, पर जो आँसू भीतर रोक लेता है, वह लोहा बन जाता है।

क्या जाने अपने जीवन के प्रभात-काल में वे भी स्वप्नदर्शी रहे हों और बाद में जिंदगी की कड़ी धूप ने सुखा दिया हो, वे सारे स्वप्न, सारी कोमलता। बाबूजी को जानने का दावा किस कदर खोखला था। एक पश्चात्ताप जैसा अनुभव होने लगा।

पाँच दिन उड़ गए पंछी की उड़ान की तरह। इन दिनों उन्होंने न कोई सलाह दी, न कोई खास बातचीत की, मगर उस पर लगातार ध्यान रखे हुए थे। जब-जब उन्हें भावुक होने का डर लगता, वे खिड़की से बाहर पेड़ों को देखने लगते। ठहरे पानी में मोह-ममता के जाने कितने कंकड़ फेंक दिए थे उसने। आत्मीय स्पर्श से उसके कंधे को छूकर पूछा, "अब कब आओगे?"

उनकी आशाएँ बुझने के कगार पर थीं। चला-चली की बेला में कच्चा नहीं पड़ना चाहता था वह, "जल्दी आने की कोशिश करूँगा।"

उन्होंने कुछ कहना चाहा तो अभिव्यक्ति लड़खड़ा गई। वे भीतर चलती आँधियों को रोके रहे। नवीन चुपचाप देखता रहा, उनके उदास चेहरे और पाँव छूकर निकल गया।

बाबूजी पीछे छूट गए। ट्रेन पर उनका लिपटा-लिपटा अहसास साथ चला आ रहा था। उसके भरोसे उन्होंने कई काम छोड़ रखे थे। उनमें से कुछ नहीं कर सका। इसके लिए वह फिर खुद को कोसने लगा, पर इतने दिनों से बीवी-बच्चों से भी कटा रहा। उनकी याद आने लगी। इतनी सुविधाओं के बाद भी निखिल वैसा नहीं कर पा रहा है, जैसा वह चाहता है। उसने कितनी कठिनाइयों में रहकर सफलता हासिल की है। पिता बीता हुआ कल है तो बेटा आनेवाले कल का स्वप्न। जिस तरह अतीत नष्ट होता है, उसी तरह भविष्य निर्मित होता है। कोई नई बात नहीं होती, केवल पुरानी बातों का समय परिवर्तन होता है, वही पुत्र पिता बन जाता है, परिवर्तन सृष्टि का नियम है। उसका मन स्मृति, स्वप्न और यथार्थ की भूल-भुलैया में भटकता रहा। ये तीनों एक ही कड़ी हैं, बीच का जोड़ दिखाई नहीं देता। यहाँ अंत भी नहीं, प्रारंभ भी नहीं। इस बार उसने दृढ़ निश्चय कर लिया कि निखिल का गिटार और उसकी गर्ल

फ्रेंड्स छुड़ाकर रहेगा। पढ़ाई में लगाना ही होगा, उसका चमकता भविष्य किताबों में ही दिखाई देता। यह सब उसकी माँ से नहीं होनेवाला।

ट्रेन दिल्ली पहुँच चुकी थी। गरदन उचकाकर उसने डिब्बे के बाहर देखा। निखिल और रीमा उसे लेने स्टेशन आए थे। उसने हाथ हिलाया। उनसे मिलते ही मुसकान गहरी हो गई। रीमा ने बहुत खुश होकर सूचित किया, ''निखिल का सेलेक्शन कॉलेज ऑरकेस्ट्रा में हो गया है।''

''पापा! मुझे एक नया गिटार चाहिए।''

नवीन ने बात को हलके से उड़ा दिया, पर निखिल ने पिता के चेहरे पर इनकार की अदृश्य रेखाओं को देख लिया। उसे गुस्सा आने लगा।

यह सिलसिला चलता रहेगा।

□

वे तीन

कॉलेज की सीढ़ी पर अकेली बैठी आरूषि के मन में एक इच्छा कबूतर की तरह फड़फड़ा रही थी। यह हसरत उसके मन में बहुत पहले से थी, शायद उसी दिन से जिस दिन मानषी मुखर्जी ने कॉलेज सचिव का चुनाव जीता था। चारों तरफ 'मानषी मुखर्जी जिंदाबाद' के नारे लगे थे। वह भी चुनाव लड़ना चाहती थी, जीतना चाहती थी। उसके अंदर भी बहुत कुछ ऐसा है, जो वह करना चाहती है। कॉलेज में बदलाव ला सकती है, सुधार ला सकती है, अपनी बात को वह मंच पर खड़ी होकर कह भी सकती है, लेकिन सबसे ज्यादा डर लड़कों से था। चुनाव जीतने के बाद तो लड़कों के संपर्क में आना पड़ेगा। वे जाने अपने आपको क्या समझते हैं! उनकी हरकतों से उसे लगभग रोज परेशानियों का सामना करना पड़ता है। लड़कों के सामने तो उसका पसीना छूट जाएगा। चुनाव लड़ूँ या न लड़ूँ? लाख जिरह-बहस के बाद भी फैसला अटका रहा। यह ऊहापोह, अधूरा स्वभाव, अधगढ़ा मन धूप-छाँव के घेरे में चक्कर काट रहा था। अपना जूट का लंबा बैग कंधे पर डाल वह उठी, कुछ देर अनिश्चय में खड़ी रही, फिर अपनी मित्रमंडली के बीच जा पहुँची। हिना उसकी ओर देखकर मुसकराई। स्वाति ने उसका हाथ अपने हाथ में ले लिया। प्रियंका, नेहा और गायत्री के चेहरे पर हल्की सी उत्तेजना थी।

"ज्यादातर मॉलेस्टेशन सीधी लड़कियों के साथ ही होता है।" नेहा हमेशा विचलित करनेवाली टिप्पणी करती है।

"बोल्ड और डेयरिंग होने से लड़कियों का कौन-सा भला होता है?" गायत्री ने मोहक अंदाज में कहा, "रिएक्ट करने से लड़के और एनकरेज होते हैं।"

प्रियंका धूप का चश्मा सिर पर टिकाए हुई थी, उसने भी सहमति जताई, "लड़के तो लड़के हैं, उनका तो स्वभाव..." उसकी हल्की-पतली आवाज बेअसर साबित हुई।

''सभ्य लड़के ऐसा नहीं करते, असभ्य लड़के ही गंदी हरकतें करते हैं। असभ्यों के साथ क्या किया जाए? बेस्ट है इग्नोर करो, बहरे बन जाओ।'' स्वाति ने असहजता से कहा।

इनकी बातों से नेहा हतप्रभ रह गई, ''बहरे बन जाना तो कोई समाधान नहीं, ऐसे तो लड़कियों का शोषण चलता ही रहेगा।'' उसकी सँभली हुई आवाज के पीछे गुस्सा था।

''देखा नेहा, जुबान से तो तुम एवरेस्ट को भी उठा सकती हो, लेकिन सच यह है कि बेचारी लड़कियाँ कुछ नहीं कर सकतीं। तुम ही कहो, हम किसे बताएँ और किसी को भी बताने से होगा क्या? अंत में अपनी ही इमेज खराब होगी। लोग हमीं को बदतमीज समझेंगे।'' प्रियंका ने प्रतिवाद में हकीकत बयाँ कर दी।

''यही यथास्थितिवाद की फिलॉसफी बदलाव नहीं लाने देती। प्रियंका, ये बदतमीजी नहीं, दुनिया को बेहतर बनाने की बात है।'' नेहा के स्वर में एक जिद थी, वह आसमान को नीचे लाने पर तुली हुई थी।

अचानक आरूषि की नजर अपनी कलाई घड़ी पर पड़ी, ''बाप रे!'' इस बहसबाजी में उसकी बस निकल गई। बैग सँभालती वह बस स्टॉप की ओर भागी। गनीमत थी 207 मिल गई। बैठकर उसने राहत की साँस ली। बस की गति के साथ उसका मन कल्पना के आकाश में उड़ने लगा। नेहा ने उसमें आत्मविश्वास संचारित कर दिया था, वह उत्साहित थी। अगर सचमुच चुनाव जीत गई तो? खयाल मात्र से ही दुनिया जैसे उसकी मुट्ठी में आ गई। अकस्मात् देखा कि कोई उसे घूर रहा है। स्मृति की मशीन ने तेजी से उसे पहचाना, यह तो वही है, जिससे कॉलेज जाते समय सामना होता रहा था। उसकी गिद्ध-दृष्टि उसे छलनी कर देती। आँखें उससे टकराईं। उसके होंठों पर कुटिल मुसकान की एक पतली रेखा थी। मन किया कि दे दो-चार थप्पड़ और खदेड़ दे उसे बस के बाहर।

सरायमीर बस स्टॉप पर वह उतर गई। अप्रैल अंत का गरम महीना, धूप निर्द्वंद्व बिछी थी। सड़क ऐसी सुनसान मानो कर्फ्यू लगा हो। सहसा लगा, कोई उसका पीछा कर रहा है, मुड़ी तो देखा वही था। नीचे की धरती धसक गई, नसों में आतंक जम गया, वह लगभग दौड़ने लगी। बैग में रखा मोबाइल बजने लगा, कुछ देर बजते रहने के बाद बंद हो गया। वह व्यक्ति बिल्कुल उसके करीब आ गया और धीरे से बोला, ''मेरे साथ चलने का कितना लोगी?'' वह धक् से रह गई। डर से कँपकँपाने लगी। बिना कुछ कहे वह और तेज दौड़ने लगी। करिश्मा पान भंडार पर पहले से

थोड़ी चहल-पहल थी। वहाँ पहुँचकर पीछे मुड़ी तो वह जा चुका था, पर उसकी छाया मँडराती रही। उसका दम फूल रहा था और भीतर का भय पसीने की बूँद बनकर चेहरे पर आ गया था।

घर पहुँची तो उसका चार प्राणियोंवाला कुनबा जीवंत था, लेकिन मम्मी किसी बात पर खीजी हुई थी और पापा भी खिन्न भाव को प्राप्त हो गए थे। वह एक चिड़चिड़ी-सी खामोशी में खड़ी थी। मम्मी ने बिगड़कर उससे पूछा, ''फोन करते हैं तो उठाती क्यों नहीं?'' माँ के झल्लाने पर वह चुप रह गई।

तभी अर्जुन ट्यूशन से लौटा, उसे भूख लगी थी। मम्मी खाना लगाने चली गईं। आरूषि पलटकर अपने कमरे में चली आई। रह-रहकर उस आदमी का चेहरा आँखों के आगे घूम जाता। वह मम्मी से सबकुछ कहना चाहती थी, लेकिन उसके कहने में और मम्मी के समझाने के माध्यम में सदा कुछ अछूता रह जाता है।

आकाश के तारे गर्द में धुँधले हो रहे थे, हवा अभी तक गरम थी। पढ़ने बैठी तो लगा उसका दिमाग फटा जा रहा है। उसने खुद को धिक्कारा, 'अकेली सड़क पर चल नहीं सकती और चली है यूनियन सेक्रेटरी बनने। उसे नहीं लड़ना कोई चुनाव-वुनाव।' उसका मन कल्पना के आकाश में उड़कर वापस अपने निरीह संसार में लौट आया। उसने बड़ी आसानी से हार मान ली ताकि जिंदगी चलती रहे। इसमें कोई संदेह नहीं कि जिंदगी उसके सचिव पद से कहीं बड़ी है। उसका विवश मन रोने-रोने को हो गया। बाहर पापा अर्जुन को समझा रहे थे, ''बारहवीं में बाजी मार ले गए तो उसके बाद कैरियर पक्का, फिर सबकुछ तुम्हारा···।''

साड़ी में अपना हाथ पोंछती मम्मी उसके सामने आकर खड़ी हो गईं, मानो उन्हें कोई जरूरी ऐलान करना हो। उसने जिज्ञासा से उनकी ओर देखा, ''तुम्हारी गरमी की छुट्टी में शिवपुर जाएँगे। खाली हमीं दोनों, अर्जुन की पढ़ाई है, सो तुम्हारे पापा उसके साथ यहीं रहेंगे।''

ऐसे भी पापा में एक विमोह था, रिश्ते निभाने में उनकी दिलचस्पी कभी नहीं रही।

''अगले महीने 20 तारीख का रिजर्वेशन हो गया है।'' पल्ले से पसीना पोंछती वह वापस रसोई में चली गई।

इस खबर से मन पर पड़ा पत्थर लुढ़क गया। सारी वेदना भाप बनकर उड़ गई। पुलक से वह प्रसन्न हो उठी। शिवपुर यानी गुंजन, गुंजन यानी मामा की बेटी, उसकी सहेली, उसकी हमराज। दोनों ने जीवन में बहुत कुछ साझा किया था। कच्ची-पक्की इमलियाँ, कैरी खाते, डरते, रोमांचित होते दोनों कब बड़ी हो

गईं, पता ही नहीं चला, लेकिन वे आत्मीय पल आज भी वैसे ही लगते हैं जैसे तितलियों के पंखों को छूने पर रंग उँगलियों पर उतर आए। वहाँ जाने की इच्छा मचलने लगी।

शिवपुर में रोज की तरह गुंजन कॉलेज से निकली, सहेलियों का हुजूम महावीर चौक पर छूट गया। वहाँ से घर तक दूरी वह अकेले ही तय करती, आज भी अकेली थी। आरूषि के आने की खबर से उस पर कोई नशा-सा चढ़ गया था। शाम की हवा उसके दुपट्टे से छेड़खानियाँ कर रही थी। एकाएक भुनेश एकदम उसके पास से गुजरा। उसने कनखियों से देखा, 'हम तुम्हारे हैं।'

हमेशा की तरह आज भी उसकी आँखों में प्यार का पैगाम था। वह एक झलक में ही यह पैगाम पढ़ लेती। यह अंकुरित क्षण कुछ पलों के लिए जहाँ-का-तहाँ ठहर जाता। यह सिलसिला दो-तीन महीनों से चल रहा था। वह हर ओर से सँवरने लगी थी। दोनों कुछ नहीं बोलते, पर इस खामोशी के बीच एक माधुर्य होता। एक बार तो उसने बहुत पास आकर धीरे से पुकारा, 'गुंजन!' उस पर जैसे बारिश की ठंडी फुहारें पड़ गईं। उसकी निगाहें दूर तक उसका पीछा करती रहीं। कुदरत करिश्माई हो गई, शिवपुर रागमय हो उठा।

उस रात वह सोते-सोते जाग गई। बरामदे में आ खड़ी हुई और तारों में ढूँढ़ने लगी। अजीब-सी मदहोशी थी। खुद से उसने पूछा, 'हे भगवान्! उसे अपने दिल के भीतर आने से कैसे रोकूँ?'

एक बार तो मौका पाकर उसने उसे एक पर्ची थमा दी, 'आई लव यू' वह एकबारगी महत्त्वपूर्ण हो उठी, पर एक डर की महक ने उसे घेर लिया। उसका डर किस बात को लेकर था, वह ठीक से समझ नहीं पाई। उसके बाद तो हद हो गई। यूँ ही कहीं राह चलते मिल गया तो पास आकर बोला, ''कोरे कागज पर मेरा नाम लिख दो।''

वह लाल टेसू-सी दहक उठी। 'क्या सचमुच मुझे भुनेश से प्यार हो गया है?' उसके मन ने सवाल भरा जवाब दिया, 'प्यार इसके अलावा और कैसे होता है?' उसने कोरे कागज पर लिख दिया, 'हमको भी तुमसे प्यार है, हमेशा-हमेशा से तुम्हारी गुंजन।'

शिवपुर में लड़कियों को प्यार करने की मनाही है, यह खयाल आते ही हिरन की कुलाँचें भरता उसका मन एकदम से थम गया। मगर उस पर तो प्यार का जादू चल गया था। वह तिलिस्मी जादुई जाल में फँस चुकी थी। सोचती, जाने कौन है,

जो सुनहरे सपने भी दिखाता है और हथौड़े भी मारता है। मीठे-मीठे अहसास भी जगाता है और अपराधबोध भी। लोबान की खुशबू से घर महक रहा था। बाहर शाम की पारी समाप्त हो रही थी, रात फैलती जा रही थी। पापा ने पुकारा, "गुंजन।" वह पापा से आँखें मिलाने का साहस नहीं जुटा पा रही थी।

आरूषि अपनी माँ के साथ शिवपुर पहुँची तो वहाँ सब उनकी प्रतीक्षा में थे।

सबकी आँखों में स्नेह उमड़ आया। आरूषि और गुंजन ने एक-दूसरे को पकड़ लिया। आरूषि के मामा ने कहा, "सबिता, बड़ा अच्छा किया तुम दोनों आ गईं, पर मेहमान और अर्जुन के न आने की शिकायत बनी रहेगी।" उनकी आवाज नरम एवं मिठास भरी थी।

शिवपुर का घर पुराने रंग-ढंग का था। बीच में आँगन और उसके चारों ओर बरामदा। बरामदे से लगे कमरे पूरी दुनिया से पीठ करके अपने ही अंदर देखते हुए थे। मामी बहुत धरम-करमवाली थी। दिन की शुरुआत वह देवी-देवताओं पर धूप जलाकर ही करती। वह सुबह से ही रसोई में जुट गई थी। सब्जियाँ काटती सविता से बतिया भी रही थी। आरूषि उनकी हथेलियों के सधेपन को मुग्ध होकर देख रही थी। मामा ने कहा, "सुधा, आरूषि को ऐसा नाश्ता कराओ कि उसे याद रहे।"

"इ हमारी जिम्मेवारी है, आप जाइए कचहरी। हाँ, तो बोलो आरूषि क्या लोगी नाश्ते में?"

"इ तो वही लेगी अम्मा, पराँठा, भुजिया और तुमरे हाथ का आम का अचार…" गुंजन ने उसकी पसंद सुना दी।

"और शिवपुर का दही!" आरूषि ने कहा, फिर दोनों एक साथ हँस पड़ीं।

"मनोज भी होस्टल से आएगा न, तब यही फरमाइश करेगा।" गुंजन की माँ सुधा ने कहा।

"मनोज के बिना घर थोड़ा खाली-खाली लग रहा है भाभी, पर भतीजा इंजीनियर बन रहा है, इ कम बड़ा बात है!" सविता ने कहा।

आँगन से लगा बारी की ओर जाने के लिए बीच का एक गलियारा था, यह दो कमरों की दीवारों के बीच खुद-ब खुद बन गया था। यही गलियारा गुंजन एवं आरूषि का अड्डा था। यहाँ दोनों हर तरह के आदेश-निर्देश से मुक्त सुकून से बैठतीं। वे बचपन की सहेलियाँ थीं, यादों की दुनिया में खो जातीं। कितनी ही बातें होतीं, बातों का पिटारा खुल जाता, पर उनकी बातें किसी तरह भी गलियारा पार

करके किसी और तक नहीं पहुँचतीं।

यहाँ आकर आरूषि ने देखा बहुत कुछ था, जो अपने में न बदलने में भी बदल गया था। उसने मोती माय की खोज-खबर ली। उस कमजोर औरत की भाषा भी कमजोर थी। वह काम करते-करते गाने लगती थी। उसकी दर्द भरी आवाज बताती कि अँधेरी रात में वह जरूर आँसू बहाती होगी। उसने सुधा से पूछा, ''मोती माय को नहीं देख रहे हैं मामी।''

''उ आजकल बीमार रहती है, उसकी जगह उसकी बेटी आती है दयाली।''

''उ जो कल बरतन माँज रही थी, उसकी बेटी है?'' आरूषि ने हल्के अचरज से पूछा। माँ-बेटी में कोई साम्यता न थी। मोती माय की आँखों में एक उदास किस्म का समर्पण भाव रहता था, वहीं दयाली के वजूद में एक बेचैन कामना दिखाई देती थी।

आरूषि की माँ सविता ने कहा, ''भाभी, हमको उ थोड़ी अजीब लगती है!''

''का कहें सविता, बाप है नहीं, माय किसी तरह चौका-बरतन से घर चलाती है। मोती अभी-अभी होटल में लगा है तो थोड़ा हालत सुधरा है, पर बार-बार जीने-मरने से दयाली एक पहेली बन गई है। कब उ नदी होती है और कब ठहरा पोखर, कब तारों के बीच चलती है और कब कुएँ में रस्ता खोजती है, इ हम नहीं समझ पाते सबिता! पर है जिद्दी, माय से लड़-झगड़ के जूड़ो-कराटे सीखी है।''

''सच्चो मामी!'' आरूषि को फिर आश्चर्य हुआ।

''हाँ, इँहे शिवपुर में कैंप लगा था, वहीं।''

मामा बाहर से काम निपटाकर आज जल्दी घर आ गए। वे बाजार से फल, सब्जियाँ और मिठाइयाँ लेकर आए थे। मामी की बात नेपथ्य में चली गई।

''देख सबिता, तेरे लिए शिवपुर का लाल सोंधा पेड़ा लाए हैं, तुमको पंसद है न।''

शिवपुर के लाल पेड़े सबको पसंद थे। गुंजन सबके लिए पेड़े परोसने लगी। उसे सलीके से काम करते देख सबिता ने कहा, ''भाभी, गुंजन बहुत बदल गई है।''

''अब सयानी हो रही है सबिता।''

साँझ का समय था, दोनों गुंजन और आरूषि उसी सुरक्षित गलियारे में बैठी बातें कर रही थीं। बेमतलब बात पर खीं-खीं करके हँस भी पड़ती। इस समय उनकी माँएँ घर के आखिरी कमरे में थीं। जहाँ दोनों बैठी थीं, वहाँ से दिखता आसमान लाल था। पेड़ों की पत्तियाँ भी ललछौंह हो गई थीं। उस लाली में रोमांच के अलावा

कुछ और भी था। गली से कोई बाँसुरी बजाते हुए गुजरा। सुहानी शाम एक अनजानी सुगंध बिखेर रही थी।

गुंजन अपने मन की कोई बात छिपा रही थी, वह छिप नहीं रही थी, लेकिन उसकी मुस्कान अर्थपूर्ण हो गई। आरूषि ने चुहल से पूछा, "क्या बात है गुंजन?"

"सुनोगी?"

"हाँ।"

गुंजन अपनी प्रेमकथा सुनाने लगी। वह बोल रही थी, आरूषि सुन रही थी। सुन रही थी और देख रही थी। उसकी आवाज कभी पाताल से आती तो कभी आसमान से।

"प्यार दिल–फरेब होता है आरूषि!"

"तेरे जैसी लड़की को प्यार हो जाए, यकीन नहीं होता गुंजन।"

"हूँ, लेकिन यकीन करना होता है, जैसे हवाओं पर, खुशबुओं पर, जैसे सपनों पर, ये दिखती नहीं, मगर होती तो हैं।" उसकी स्वर में एक शोख किस्म की आत्मीयता थी और चेहरे पर संतोष की आभा। वातावरण शायराना, रूहानी और सुकून देनेवाला लग रहा था। भुनेश के बोलने के अंदाज की नकल करते हुए गुंजन बहुत नाटकीय हो गई, जिसे देखकर आरूषि इतनी जोर से हँसी कि दोनों माँएँ इनको देखने लगीं। मामी ने वहीं से आवाज दी, "गुंजन!"

"श श् श् श!" गुंजन ने होंठों पर अँगुली रखकर आरूषि को इशारा किया।

"बतियाने में सब भुला जाती है, चाय का बेरा हो गया।"

गुंजन झट खड़ी हो गई। खाना चूल्हे पर बनता था, पर चाय हमेशा गैस पर बनती। उसने चाय का पानी चढ़ा दिया। अलसाया हुआ घर धीरे–धीरे अँगड़ाइयाँ लेता हुआ रात के खाने की तैयारी में जुट गया।

अगले दिन सुबह दोनों बारी में थीं, गलियारे के तंग गली से निकलते बारी थी। यहाँ आम, अमरूद और नीम के पेड़ थे। अंत में मधुमालती की पुरानी लता फैली हुई थी। चिड़ियों की चहचहाहट थी। यहाँ एक खुलेपन का अहसास होता। यह बारी घर की औरतों के नहाने–धोने के लिए इस्तेमाल होती थी। यहाँ किसी भी पुरुष का प्रवेश वर्जित था। यहाँ का एकमात्र हैंडपंप छूते ही बेसुरी आवाज में मीठे पानी का सोता बहाने लगता। वहीं दयाली धोने के कपड़े लिये खड़ी थी। उसने आरूषि को देखकर कोई प्रतिक्रिया नहीं जताई, लेकिन आँखों में एक अहसास था।

"इहे आरूषि बाड़ी, दिल्ली से अइली है।" गुंजन ने कहा तो उसने एक

दार्शनिक की तरह सिर हिलाया और कपड़ा बाल्टी में भिगोने लगी।

दोनों वापस अपने उसी अड्डे पर पहुँच गईं।

''जानती हो आरूषि, दयाली को दो लड़के पकड़ के खेत में ले गए थे।''

''खेत में क्यों?''

''पागल, मौज करने वास्ते और काहे, मगर इ भाग निकली।''

''हे भगवान्! इ सब होता है इहाँ?'' आरूषि ने अचरज जताया।

''लो क्या नहीं होता? लड़कियों को छेड़ देना, छू लेना, अकेली पाकर जादती करना, यहाँ लड़के एक उमर आते-आते अपने आप सीख जाते हैं। खुद को न बचाओ तो...''

''तो लड़कियाँ कहती क्यों नहीं किसी से?''

''तुम भी न आरूषि, लड़कियों के चुप्पी साधने में ही भलाई है। आपस में फुसफुसा लें, पर बात मरदों तक तो एकदम नहीं जाती।''

''क्यों भला?''

''फसाद कौन कराए? मारी तो आखिर लड़की ही जाएगी न।'' गुंजन शिवपुर के शांत बहते पानी के नीचे की हलचल यूँ ही बयाँ कर देती। यह गलियारा घर की सबसे ठंडी जगह थी, पर शाम को आरूषि का जी घबराता। उसे बिना बत्ती और टी.वी. के रहने की आदत न थी और यहाँ शाम 5 बजते ही बत्ती गायब। लालटेन साफ करते हुए गुंजन बोली, ''सच्चो, दुनिया बदल रही है, पर इ शिवपुर में वही बाबा आदम के जमाने का इंतजाम चल रहा है।''

आँगन में दयाली तार पर से सूखे कपड़े उठा रही थी। वह चुपचाप आकर अपनी काम की जगह फिट हो जाती। वह ऐसी थी कि उसकी मौजूदगी को यूँ ही नजरअंदाज नहीं किया जा सकता। अपने काम को गंभीरता से करना उसकी आदत थी। वह बीच में दूसरा काम नहीं करती, न उसे अपने काम में किसी का हस्तक्षेप सुहाता। इस बात को लेकर मामी खीज भी जाती। उसने अपने यौवन को किस थपकी से सुला दिया था, यह तो वही जाने लेकिन उसके भीतर कोई आग जरूर जिंदा थी। उस दिन शाम से आसमान बादलों से ढका था। एकाएक बिजली कौंधी और जोर की गरज के साथ बादल फटे। बारिश इतनी तेज, मानो आसमान खुद को खाली कर देने पर उतारू हो! मामी चिल्लाई, ''अरे खिड़कियाँ बँद करो।''

आरूषि खिड़की बंद करने लगी कि ठिठक गई, देखा बारी में दयाली सिर से पाँव तक भीगी दोनों हाथ फैलाकर चेहरा आसमान की तरफ उठाकर ऐसे खड़ी है

कि खुद को बरसात को सौंप रही है या खुद तूफान को अपने अंदर समा लेना चाहती है। इस समय वह सघन बँसवारी की तरह आकर्षक और रहस्यमय लग रही थी।

गुंजन आज सुबह ही कॉलेज चली गई थी। उसे कॉलेज पुस्तकालय में किताबें लौटानी थीं और फीस भी जमा करानी थी। अपना काम पूरा कर वह घर लौट रही थी। उसे घर पहुँचने की जल्दी थी। दोपहर ढलने के बाद भी धूप की तेजी कम नहीं हुई थी। पीपल के छाँव के घेरे में आते ही उसने इधर-उधर देखा। भुनेश पेड़ के पीछे खड़ा था और उसे इशारे से बुला रहा था। जब वह उसके पास गई तो उसकी आँखों की भाषा देखकर सहम गई। उसकी छठी इंद्रिय ने तुरंत सतर्क किया, कोई षड्यंत्र रचा जा रहा है।

"गुंजन, आज रात को 11 बजे अपने घर के पिछवाड़े आ जाना, मैं वहीं मिलूँगा।"

गुंजन के बदन में चार हजार वोल्ट का करेंट लगा। कुछ पल तक दोनों में से कोई कुछ नहीं बोला।

"सुन रही हो?"

"हम नहीं आ सकते।" उसने आँखें नीची कर कहा।

"आना तो तुमको पड़ेगा।" उसके जबड़े आपस में भिड़ गए और वह जवाब सुनने के लिए कसमसाने लगा।

"हम कहे न, हम नहीं आ सकते..."

वह अधीर हो उठा, "बेसी इतराओ मत, जो कहे हैं, सो करो। शकल न सूरत, बड़ा भाव खा रही है!"

उसे लगा वह बेहोश हो जाएगी। उसे और तड़पाने के लिए भुनेश ने धमकाया, "नहीं आओगी रात को तो सारे शिवपुर की दीवार पर पोस्टर चिपका देखोगी, 'हमेशा-हमेशा से तुम्हारी गुंजन'।" वह उसे लगातार देखे जा रहा था, उसके चेहरे पर एक रंग आ रहा था, एक जा रहा था।

गुंजन को काटो तो खून नहीं, वह पत्थर की हो गई। भीतर ही भीतर जैसे आग से नहा गई हो, माथा धधकने लगा। वह बदहवासी में दम साधकर गिरती-पड़ती घर पहुँची।

पलंग पर बैठी। भय से लथपथ, निरुपाय। दिमाग की नसें फटी जा रही थीं। निश्चित ही बात अब इस दायरे से बाहर जाएगी। अम्मा को पता चलेगा तो कूट-कूट के मार देंगी। कैसे निकले इस मझधार से? उस रात न आरूषि से कोई बात की और

न सो सकी। उसे भुनेश से ऐसी उम्मीद न थी। भरी हुई आँखों से सोच रही थी—यही सब करना था तो क्यों आया मेरी जिंदगी में? 'सारे शिवपुर में दीवार पर पोस्टर चिपका मिलेगा हमेशा-हमेशा से तुम्हारी गुंजन।' वे शब्द दिमाग पर प्रहार कर रहे थे। इस कलंकित जीवन को लेकर क्या करेगी? पापा, भैया कोई भी इस अपराध के लिए उसे कभी क्षमा नहीं करेगा। केवल भय और भय का कुहासा। हाथ-पैर सुन्न हो गए। डर के मारे वह पसीने-पसीने हो गई।

अचानक बिजली कौंधी और जोर की गरज के साथ बादल फट पड़े, फिर ऐसी घुप्प स्याही छा गई कि लगा अब उजाला नहीं होगा। धरती पर बिजली गिरती है तो सबको खबर हो जाती है, पर एक लड़की के दिल पर गिरनेवाली बिजली की खबर किसी को न थी। वह उठकर बरामदे पर आ गई। बाहर पानी बरसे जा रहा था। इस वर्षा में आज कोई तारा नजर नहीं आ रहा था। सारी कायनात पर सन्नाटा छाया हुआ था। मन की पीड़ा साँसों पर बोझ बनकर बैठ गई थी।

"क्या हुआ गुंजन, अभी यहाँ क्यों खड़ी हो?" आरूषि का हाथ उसके कंधे पर था। उसकी आवाज से ही लग रहा था कि वह उसके लिए कुछ करना चाहती है। वह उसे हाथ पकड़कर अंदर ले आई। वह छलक-छलककर रो पड़ी।

"क्यों रो रही हो, हमसे कहो। हम एक-दूसरे के काम नहीं आएँगी तो बहन किस बात के?"

गुंजन अपने अवचेतन से बाहर निकली और एक मुजरिम की तरह सब कह सुनाया, जो उसके साथ घटित हुआ था। आरूषि ने हिम्मत बँधाया, "डरो मत गुंजन, तुम उसको डपट दो। उसे बता दो कि तुम ऐसी-वैसी नहीं, न ही छुई-मुई हो। उसे पता चलना चाहिए कि मौका पड़ने पर तुम जबड़े तक तोड़ सकती हो।"

"हमसे इ सब नहीं हो पाएगा आरूषि।" उसकी आँखें संकोच से डबडबा गईं। वह एक ही दायरे में भटक रही थी। वह चिंता एवं भय से संत्रस्त थी। दूसरे दिन सूरज भी साँस साधे निकला। माँ और मामी नाश्ते की तैयारी में जुटी थीं। इनके लिए यह व्यस्त समय था। मामी की इच्छा थी दोनों आएँ, काम में हाथ बँटाएँ या कुछ बातें ही करें, लेकिन दोनों को अभी बतियाना सुरक्षित नहीं लगा। उनके सामने विकट समस्या आ खड़ी हुई थी, विचित्र ठहराव आ गया था। वास्तविकता दमघोंटू हो गई थी। इस गहमागहमी से अलग किसी पर्यवेक्षक की तरह दयाली इन दोनों को देख रही थी। कचहरी के लिए मामा बाहर निकले तो वहीं से गुंजन को आवाज देकर कहा, "मेरा चश्मा छूट गया, लाना जरा।"

वह चश्मा लेकर बाहर गई। सामने सड़क पर भुनेश खड़ा था। उसके चेहरे पर कुटिलता बिच्छू की तरह चिपकी हुई थी।

उसको देखते ही गुंजन के प्राण सूख गए। धूप की तेजी शुरू हो गई थी, फिर भी उसे लगा कि आँखों के सामने अँधेरा छा गया। वह पिता को चश्मा देकर उल्टे पाँव लौट आई। उसके सामने घर झूले की तरह डोल रहा था। भीषण भय की लहर हड्डियों में घुस गई। चेहरा रक्तहीन हो गया। सारा दिन वह एक अव्यक्त रुलाई में डूबती रही। दहशत उसकी जीवन का दूसरा नाम बन गया था।

अपनी सुधि को भूली आरूषि गुंजन को एक पल नहीं छोड़ती। उसे भी आंतक की अनुभूति हो रही थी। वह गुंजन को लेकर बारी में चली आई। ढलते सूरज की अंतिम किरणें पेड़ों की डालियों, शाखाओं को छूकर विदा माँग रही थीं। पेड़ भी गुमसुम खड़े थे। भय और पराजय से गुंजन का बदन जल रहा था। रह-रहकर हूक-सी उठती, यह कैसी मूर्खता कर बैठी ? किस पागल कुत्ते ने काटा था, जो उसे लिखने गई। वह दृश्य बिजली की कौंध की तरह चमक उठता, लगता, कोई बहुत निर्दयता से छाती में छुरा घोंप रहा है।

दयाली काम खत्म कर हैंडपंप पर अपना हाथ-पाँव धोने आई। जब नजर इन दोनों पर पड़ी तो उसकी चेतना ठहर गई। उनके पारदर्शी चेहरे पर उपजे भावों ने उसे बता दिया कि कहीं कुछ गलत हुआ है। वह हाथ-पाँव धोना छोड़ उनके पास आ गई। गुंजन जैसे भीतर उठ रहे किसी भूकंप को रोकने की कोशिश कर रही हो।

"का हुआ दिदिया ?" उसकी बगल में बैठते हुए पूछा।

"दयाली, हम जीना नहीं चाहते, हमको मर जाने दो।" वह उसके आँचल से लिपटकर फूट-फूटकर रो पड़ी। उसने उसके चेहरे को अपने दोनों हाथों से पकड़ लिया, "बतइबू तभे न जानब।" उसके स्वर में ही नहीं, आँखों में भी आत्मीयता थी। वह कुछ स्थिर हुई। बचे हुए आँसुओं को आँखों ने खुद सोख लिया, फिर उसने रुक-रुककर विराम देकर वह सब कह दिया, जो उसे भीतर आतंक बनकर परेशान कर रहा था। दयाली के दिमाग में सबकुछ एक कंप्यूटर की तरह फीड होता जा रहा था। सब सुनने के बाद वह विचारमग्न हो गई। कुछ पल खामोशी में बीते। "हूँ...तो इ भुनेसवा भी हीरो बन गइले। इ उ बबनवा के संगति के असर बा।"

"बबन कौन ?" आरूषि ने पूछा।

"उ झुट्ठा प्यार-वार के सभे गुन जानेला। एक नंबर के गुंडा बा, दिदिया। केकरो लपड़िया देना, हड़का देना ओकर रोज के काम बा, पर तू घबरा मत दिदिया,

भुनेसवा के औकात ठिकाने लगावल भारी बात नइखे।'' उसकी स्वर में हमदर्दी के साथ एक जिद थी। उसकी छठी इंद्रिय और दुनियादारी से भरा दिमाग सक्रिय था। अपने विचारों के बिखरे दाने समेटते हुए मुसकराकर बोली, ''कल 11 बजे दिन में कोनों उपाय से ओकरा धोबी पोखर लगे बँसवारी में बोलाएब। तू दुनों भी चलिह, डरिए मत, बस भीतर के आग के अपन रोसनी बनालीह।''

वह चली गई। इन दोनों को लगा कि क्या इसे कोई अलौकिक ज्ञान प्राप्त है या कोई सिद्धि ? गुंजन का उफनता दुःख कुछ सिमट आया था। अब वह इतनी भयग्रस्त न थी। दयाली के प्रति कृतज्ञता ही नहीं, एक गहरा अपनापा महसूस किया उसने। चिड़िया भी चहचहा रही थी, बड़ी फर-फर हवा बह रही थी। बादल पुरवैया के झोंके से उड़े जा रहे थे।

दूसरे दिन 11 बजे दयाली के साथ गुंजन और आरूषि धोबी पोखर से लगे बँसवारी पहुँच गईं। वहाँ भुनेश प्रतीक्षा में पहले से खड़ा था। इन तीनों का हिंसक भाव देख वह अकचकाया। उसकी ऐंठी नसें मुलायम पड़ गईं। काँपती रूह से उसने दयाली से कहा, ''तुम तो बोली थी कि खाली गुंजन आएगी।'' दरअसल अपने विरुद्ध इन तीनों को देखकर उसके होश उड़ गए थे। अब अपनी जान बचाकर भागने में ही उसने अपना कल्याण समझा। उसने पैतरा बदलते हुए कहा, ''आज हमको एगो जरूरी काम से कहीं जाना है, हम बाद में…''

दयाली उसका रास्ता रोक उसके सामने आ खड़ी हुई और अपनी निगाहों से उसे तौलने लगी, ''काम बाद में कर लेना भुनेश बाबू, सामने पूरा दिन खुला पड़ा है।'' उसका स्वर चुनौतियों से लबालब था। डर के मारे भुनेश का गला सूख गया, चेहरा भी टेढ़ा-मेढ़ा होने लगा। उसने मुसकराना चाहा, पर दयाली के रोब में उसकी मुसकान दब गई। दयाली की मुद्रा देखकर उसकी बुनियाद हिल गई थी। पराजय के भय से उसके मुँह से एक शब्द भी न निकला। आरूषि उसकी घबराहट देख रही थी, पौरुषहीनता का उपहास उड़ाती एक लड़की की नजर से। उसे असाध्य स्थिति में देखकर गुंजन को एक विचित्र सुख मिल रहा था। दयाली ने उस पर ऊपर से नीचे तक नजर दौड़ाई, जैसे उसका मुआयना कर रही हो। हमेशा चुप-चुप रहनेवाली, अपने काम से मतलब रखनेवाली दयाली के अंदर एक भयानक विस्फोट हुआ। उसने रौद्र रूप धारण कर लिया, उसके शरीर का कण-कण तप्त होकर खौलने लगा। वह अपने तरकश में से चुन-चुनकर गालियों के ब्रह्मास्त्र उस पर बरसाने लगी।

गुंजन और आरूषि के मन-प्राण में भी संस्कार दंभ से जाग उठे।

वे भी अपने शब्द बाणों से प्रबल प्रहार करने लगीं। वे तीनों क्रोध से तमतमा रही थीं। वातावरण में कोलाहल तारी हो गया। भुनेश की धज्जियाँ उड़ रही थीं। उसके रिकॉर्ड की सुई जैसे अटक गई थी। बार-बार एक ही जुमला दोहरा रहा था, ''हम तो मजाक किए थे।''

''दिदिया की पर्ची लाया कि नहीं? निकाल, नहीं तो सभी गुंडई धरी रह जाएगी।''

वह कुछ कहने को हुआ कि दयाली का एक जोरदार थप्पड़ उसके मुँह पर पड़ा, ''जासती चूँ चपड़ किए न त ये ही धोबी पोखरा में कल्ह तेरा लहास तैरेगा।''

उसने जेब से गुंजन की वह पर्ची निकालकर दयाली को थमा दी। दयाली ने उसे धकियाते हुए कहा, ''चल भाग इहाँ से।''

वह सचमुच भाग खड़ा हुआ। प्रतिद्वंद्वी को अखाड़े से बाहर जाते देख उन तीनों की आँखें तृप्त हो गईं। सबकुछ एकदम पलट गया। ऐसी घटना घट गई, जो सोची भी नहीं थी। इस चमत्कार पर गुंजन को यकीन नहीं हो रहा था। बहरहाल, जो भी हो, चमत्कार तो हो चुका था। दुनिया का परिदृश्य बदल गया था। यहाँ दुःखों की पूर्ण अनुपस्थिति थी, जैसे सूर्योदय के बाद अँधेरे की। घायल शेरनी की तरह दयाली ने अपनी आँखें बंद कर लीं। वह रोमांचित थी, उसके चेहरे पर भरपूर शांति झलक रही थी। इस जीत पर उसे व्यक्तिगत खुशी हो रही थी, लेकिन इस पल वह दयाली नहीं थी, वह कोई पराक्रमी योद्धा भी नहीं थी, कोई उद्धारक भी नहीं, वह अँधेरे को चीरनेवाली एक किरण थी, प्रकाश की किरण, केवल एक किरण¨। उसने धीरे से आँखें खोलीं।

ढाई-तीन दिन के बाद गुंजन जहालत के अँधेरे से बाहर आई थी। उसका भय अंतरिक्ष में धुएँ की तरह उड़-उड़कर खो गया था। काँटों से भरा संसार अब फूलों का गुलदस्ता दिखाई दे रहा था। ऐसी तृप्त करनेवाली खुशी प्राप्त करने का उसका पहला मौका था।

आरूषि के आस-पास के मंजर भी बदल गए थे। वह तेजी से एक दिशा में उड़ी जा रही थी। कॉलेज खुलने के बाद वह सचिव पद के लिए अपना नामांकन भरेगी। कुछ भी हो, उसे चुनाव लड़ना है और जीतना है। उसने खुद को हवा में उड़ता पाया।

□

समय का फेरा

तितलियों और धूप भरा दिन उतर रहा था। कमली और उदित स्कूल से लौट रहे थे। कमली नौवीं में थी, वह अट्ठारह के पार थी, पर दिखती चौदह-पंद्रह की थी। उसकी आबदार आँखों में बड़ी चमक थी। उदित का चेहरा किसी छोटे बच्चे जैसा अबोध और निर्दोष था। रास्ते में खूब हरियाली थी। प्रकृति के साथ उनके हृदय धड़क रहे थे। दरख्तों से गुजरते वे उस जगह पहुँच गए, जहाँ काले-काले जामुन पेड़ पर झूल रहे थे। जामुन देखकर एक गुनगुनी मुसकान उसके चेहरे पर आई और घूम-घूमकर वहीं बनी रही। बहन की आँखें उससे मिल गईं। वह बस्ता रख पेड़ पर चढ़ गई। ऊपर से ढेरों जामुन नीचे गिराकर स्वयं उन्मुक्त होकर डाल से कूद पड़ी।

कमली बड़ी हो रही थी। गठन अच्छी थी, अच्छे स्वास्थ्य की कांति से ताजा दिखता साँवला चेहरा, जिस पर ताजा बयार-सी हँसी खूब जँचती। मीठे जामुन खाते-खाते उसकी काली आँखों में कुछ झिलमिलाया। वह पिछले महीने सोनपुर नानी के घर गई थी। लालटेन की काँपती रोशनी में नानी हर रात सात राजकुमारियोंवाली कहानी दुहराती, न नानी एक ही कहानी सुनाते थकती, न बच्चे छोटी राजकुमारी की हिम्मत पर चकित हुए बिना सोते।

"दिदिया, तहरा त नानी घरे खूब मजा आइल होई!"

"हाँ उदित, सोनपुर बड़ा अच्छा बा, उहाँ के बजार, बाप रे! कपड़ा, नमकीन, मिठाई, बूँदा-बाला, नग, मोती हार के भरमार।" कुछ ठहरकर उसने शरारती स्वर में कहा, "एगो बात बताई केकरो से कहब ना न?"

"ना, पर बात का बा?"

"उहां छोटकु मामा हमरा टिरक्टर चलाना सिखवलन।" इतने धीरे से बोली। मानो कोई भेद खोल रही हो।

अविश्वास में उदित की आँखें में फैल गईं, "सांचो!"

''हाँ रे, मामा कहलन कि पूरा गाँव-जवार में तू पहली लड़की डरेवरी सीखी है। बड़कू मामा से छिपा के हमर लैसेंस भी बनवा देले।''

वे आगे बढ़ते चले जा रहे थे।

''टिरक्टर चलावे में बड़ा मजा आवेला। जिधर टिरक्टर जाई, जमीन खोदा जाई—खच-खच-खच।''

वे मुखिया सूरजदेव के खेत पर आ पहुँचे थे। सूरजदेव का आसपास के गाँव में डंका बजता था। पचास बीघा खेत था। उत्तर दिशा में बड़का ड्योढी थी, जहाँ उनकी माँ बरतन-बासन करती थी। उसका रुतबा ऐसा कि उसकी मर्जी के बिना बस्ती सलीमपुर में पत्ता तक नहीं हिलता। खेत में उसका ट्रैक्टर खड़ा था। ड्राइवर चलित्तर गाँछ तले बैठा बीड़ी फूँक रहा था। कच्ची बुद्धि की लहक, उदित ने कहा, ''दिदिया, चला के दिखाओ न! चलित्तर चच्चा कुछो ना कहिहें।''

चलित्तर सचमुच भला आदमी था। उदित भागकर उसकी अनुमति भी ले आया। फिर क्या था! कमली ट्रैक्टर पर ड्राइवर की सीट पर जा बैठी और वह चल पड़ी घर्र-घर्र। हैरान आँखों से भाई अपनी होनहार बहन को देखता रहा, वह आत्मविश्वास से लबरेज थी। कमली ने इशारा किया, अब चलना चाहिए। ट्रैक्टर रुक गया, दोनों उतर गए, पर कमली अपने अंदर एक सिहरन महसूस कर रही थी। दोनों उछलते-कूदते घर की ओर बढ़ने लगे।

बस्ती सलीमपुर में शाम को चौक पर सूरजदेव की ओर से कृष्ण-सुदामा की कथा होनेवाली थी। वह चार-छह महीने में एक बार कथा बँचवाते थे। शामियाना, जेनरेटर और सजावट के दीगर सामानों को मँगाकर इंतजाम हो रहे थे।

कुछ देर खड़े-खड़े दोनों सारी लीला देखने लगे। उन्हें सब मनभावन लग रहा था।

घर पहुँचने में देर हो गई। बसमतिया झोंपड़ी के बाहर ही खड़ी थी, उन्हें

देखते ही मीठे-मीठे डाँटने लगी, ''अभे इस्कूल से आ रहल बाड़ू दुनों! का रे कमलिया उदित त लड़का बा, तू काहे मुँह उठाए घूमत रहेलू, जब हम तोहर उमिर के रहीं…''

हँसकर कमली ने अपनी माँ की बात पूरी की, ''पूरा गिरस्ती सँभार लेत रहीं। सास-ससुर नाक में नकेल डाले रहत रहन…।''

तीनों हँस पड़े। गरमी बहुत थी, पर हवा सुहानी बह रही थी। बसमतिया अलमुनिया के छींपा में रोटी, प्याज, नमक रखकर बेटा आगे परोसा तो वह नाक-

भौंह सिकोड़ दिया, ''हम रोटी-पियाज ना खाइब।'' अपने छोटे-से झोंपड़े में यह किसी शहजादा से कम नहीं था।

''बेटा, देख कइसन नरम-नरम रोटी बा।''

''माई, इ दूध-रोटी खाई।'' कहकर कमली भाई के लिए दूध गरम करने लगी। बसमतिया थोड़ा दूध सुबह चाय के लिए बचाकर रखती थी, पर...

''एकर जीभ तू अइसन बिगाड़ देलु कि बिना दूध के एकर गला में कौर ना उतरे।''

खा-पीकर दोनों भाई-बहन भागे कथा सुनने। बस्ती सलीमपुर में ढलती शामें गहरे सुकून से भरी होतीं। फिर पंडितजी कथा को अत्यंत रोचक बनाकर उन्हें मायावी लोक में पहुँचा देते।

दिन के चौबीस घंटे सोख लेनेवाली गृहस्थी थी बसमतिया की। इसी के लिए वह और उसका पति नगेसर जी-जान से संघर्ष कर रहे थे और इंच-इंच करके आगे बढ़ भी रहे थे। दोनों प्राणी कृषि मजदूर थे। वे क्या जानते थे कि धीरे-धीरे खेत-खलिहान की पूरी अवधारणा ही बदल जाएगी, जुताई, बुवाई, कटाई, मड़ाई के लिए ट्रैक्टर और थ्रेशर जैसी मशीनें सूरजदेव ले आएँगे। उसकी फसल की इस हौंस ने दोनों को बेरोजगारकर बाहर धकेल दिया। सूरजदेव कृपा कर बसमतिया को अपने घर काम पर लगा लिया, पर नगेसर को अपने प्यारे बस्ती सलीमपुर को छोड़कर दिल्ली जाना पड़ा।

वहाँ वह रिक्शा चलाता था। दोनों बराबर पसीना बहाकर घर की गाड़ी खींच रहे थे। वे बच्चों को तालीम दिलाने के हामी थे, वे अपनी अगली पीढ़ी को सँवरते देखना चाहते थे। दोनों की आँखों में आनेवाले कल की सुनहरी तसवीरें थीं।

बसमतिया का प्रधान कर्म मातृत्व था। इसके लिए जैसे बढ़ई लकड़ी को साधता है, वैसे ही उसने अपने को साधा। उसके स्वभाव ने उसे विश्वसनीय बना दिया था। गाँव के आदमी पान के शौकीन थे ही, अब औरतें भी पान की लत पालने लगीं। वह सूरजदेव के घर से छूटने के बाद घर-घर पान पहुँचाने लगी। इन दिनों कोल्ड ड्रिंक भी पहुँचाने लगी थी। जिस दिन ज्यादा आमदनी होती, घर में सबकी हँसी बढ़ जाती। यहाँ का बाजार भी हर दिन बड़ा होता जा रहा था। महँगाई से कहीं अधिक लोगों के पास पैसा बढ़ गया था। इच्छाएँ तो आकाश के समान ऊँची होती हैं, फिर भी वह अपने हिसाब से रहती, जितना तेल, उतनी बाती। बहती बयार में वह अकेली निश्चिंत बैठी बेटी के ब्याह के सपने देख रही थी। सामने चाँद मुसकराता

हुआ धीरे-धीरे चढ़ रहा था, रात सितारों से भरी जा रही थी।

नित्य की तरह दोनों स्कूल से लौट रहे थे। गरमी से सीझता दिन ढलान पर था। ट्रैक्टर आज भी खेत पर खड़ा था। चलित्तर डरेवर वहाँ नहीं था। बच्चों ने समझा ढलते दिन की हल्की हवाओं में उसे नींद आ गई होगी। वे दोनों एक-दूसरे को देख मुसकराए।

''दिदिया, टिरक्टर चलाओ न।''

''न, कौनो देख ली।''

''इहाँ त कोई नइखे, फेर तोरा लगे लैसेंस बा।''

ट्रैक्टर फिर वैसे ही घर्र-घर्र चल पड़ा। ये सब जैसे खुद-ब-खुद हो रहा था। उनका मन फिर उड़ने लगा। इसी समय किसी यमदूत-सा बदरी डरेवर पेड़ के पीछे से निकल आया। उसे देखते ही इन मासूमों का कलेजा धड़क उड़ा। वे इससे बिल्कुल बेखबर थे कि आज चलित्तर की जगह बदरी है। बदरी को नगेसर के घर का सुख-चैन सदा से नागवार लगता था। वह चबा-चबाकर कुछ बुदबुदाता हुआ इनके पास आकर खड़ा हो गया और तीखी नजरों से देखने लगा। वे दानों अक्षम्य अपराध के मुजरिम बने ट्रैक्टर से उतर गए। डर और आशंकाएँ भीतर दौड़ने लगीं।

''बीत्ते भर की छोरी, अउर करतब देख इनकर। देब एक झापड़ कि सब डरेवरी निकल जाई।''

दोनों की बोलती बंद। धूर्तता और भोलेपन के बीच विवेक का स्वर अवरुद्ध हो गया।

''डरवेरी के सौक चर्राइल बा, ठहर, बतावतानी।'' इस वाक्य में खतरे जैसी बात लगी। बदरी के चेहरे पर पल-पल बदलते भावों को देखकर उसे साजिश का अंदेशा होने लगा। कमली अपराध भाव से धँसी जा रही थी। उसके जिस्म का सारा खून चेहरे पर सिमट आया। उदित सब अजूबे की तरह देख रहा था। उसकी साँस तेज-तेज चलने लगी। वह हनुमानजी को याद करने लगा।

बेहद थकी कमली घर पहुँची। बेटी का निस्तेज उदास चेहरा देख बसमतिया सदमे में आ गई। तभी कमली की आँखों से टप-टप आँसू गिरने लगे। पश्चिम की ओर डूबनेवाला गोला जाने की सूचना दे रहा था। अचानक बाहर से जोर-जोर से पुकारने की आवाज आई, ''उदित, उदित! कहाँ मर गया रे, चल बाहर निकल।'' यह बेशरम फटी आवाज बदरी की थी।

बसमतिया अपने दोनों बच्चों के साथ झोंपड़ी के बाहर निकली। बदरी के साथ खुद सूरजदेव खड़ा था। इस कद्दावर अतिमानव से कमली की रूह काँपती थी। सूरजदेव के चेहरे पर ऐसा क्रूर सख्त भाव था, जो उसकी पलकों को झपकने तक नहीं दे रहा था।

तीनों का कलेजा केले के पत्ते-सा काँप उठा, जिस्म भय से सिहर उठा।

''देखतानी बस्ती सलीमपुर में बड़-छोट के लिहाज खतम हो रहल बा।''

बसमतिया गिड़गड़ाई, ''हमनी से कौनो भूल-चूक भइल त दया करी मालिक।'' पर अहंकारी को समझा पाना बहुत कठिन था।

सूरजदेव का गुस्सा सातवें आसमान पर था, वह लावे की तरह उबल रहा था, ''का रे छोरी, तोहरा पर कौनो लगाम नइखे?''

डर के मारे कमली पसीने-पसीने हो गई। चेहरा जर्द पड़ गया। बदरी खामोश खड़ा मजे ले रहा था।

''चार आखर पढ़ का लेहली कि आपन औकात भूल गइली। इ बात कान खोल के सुन ल, अब अगर टिरक्टर के नजदीके गइलू त तहार बोटी-बोटी काट के फेंक देब।'' गुस्से में जमीन पर पैर ठोककर उसने कहा।

बसमतिया फिर गिड़गिड़ाई, ''मालिक, समूचा सलीमपुर एकर चलन जानेला...''

''चुप, बेटी पर नजर ना रखे अउर जबान चलावत बाड़ी। लड़कियन के एतना सिर चढ़वाला ठीक नइखे। लाड़-दुलार आपन जगह पर कायदा-कानून त जाने चाहीं।''

बदरी ने कनखियों से इन्हें देखा, उसके चेहरे पर एक कुटिल मुसकान थी। वह विष धारण करनेवाले बिच्छू की तरह अपनी दुम उठाकर घमंड में खड़ा था। अपना कान खुरचकर कहा, ''इ सब राउर भलेमानसी के नतीजा बा।'' फिर बात में तह लगाकर बोला, ''इ मत भूलब मालिक कि इ भुक्खड़ लोग जब बेलगाम होइ त कोई न रोक पाई।'' एक अत्याचारी झूठी सूरत बनाकर दूसरे अत्याचारी को भड़का रहा था। तीनों बुत बने सुन रहे थे।

''रउआ एगो हल्का-सा इसारा कर दी त इनकर छट्ठी के दूध ना याद आ जाए त हमार नाम बदरी नाहीं।'' उसकी आवाज की तल्खी से इस वक्त पेड़ों पर चहचहानेवाले परिंदे भी खामोश हो गए। उदित का मन हुआ मारे एक घूँसा उसके मुँह पर।

उनके जाने के बाद एक लानत भरा सन्नाटा सर्वत्र फैल गया। सब पलक झपकते घटित हो गया था। सूरजदेव को पुरातन से मोह था, अच्छे-बुरे के प्रतिमान उसके अपने गढ़े हुए थे, जिसमें फिट होने के लिए दूसरों की काफी काँट-छाँट करनी पड़ती थी। साँझ का धुँधलका गहराने लगा। झोंपड़ी में ढिबरी जल रही थी। बसमतिया का सिर चकरा रहा था, जाते-जाते क्या कह गया बदरी? उसका मन भय से सन गया, ''का रे कमलिया, तू त बड़ी समझदार बाड़ु, सब समझे-बुझे लू फेर सूरजदेउआ के सुभाव भी...''

बेटी का भयग्रस्त चेहरा देखकर रुक गई। फिर प्यार से कहा, ''चल खाना खा ले। आज चोखा बनवले बानी, तोरा चोखा पसंद बा न!''

वह न हिली, न डुली।

''अइसे करे से कइसे काम चली, अब जो होइ उ देखब सब।''

उस रात कमली की साँसों में अथाह भारीपन था, जिस बात का डर था, आखिर वही होकर रही। वह कोई सी भी करवट लेती, ग्लानि सामने खड़ी होती।

सुबह डेढ़ कोस चलकर दोनों भाई-बहन स्कूल आए। आते ही स्कूल के दरबान ने कहा कि कमली को हेडमास्टर साब बुलाए हैं। दोनों के चेहरे पर दहशत छा गई। मदनलाल हेडमास्टर जैसे उन्हीं के इंतजार में बैठा था। वह एक नंबर का घमंडी और दो नंबर का मूर्ख था। दोनों आकर सिर नीचे कर खड़े हो गए। उसने पहले उन्हें ऊपर से नीचे तक देखा, फिर कहा, ''कमली, तुम आज से स्कूल में नहीं पढ़ोगी। सूरजदेव मुखियाजी ने तुमरा नाम काटने का हुकुम दिया है।'' एक भीषण भय की लहर उसके जिस्म में घुस गई। सूरजदेव के नश्तर ने दोनों बच्चों को लहू-लुहान कर दिया। दिन में काली रात हो गई।

बिना उनकी ओर देखे मदनलाल निर्मम भाव से रजिस्टर पर झुक गया। दोनों फालतू से खड़े रहे। जाहिर था कि अब बचाव का रास्ता नहीं, बस एक खौफ का अहसास था और सबकुछ समाप्त हो जाने की पीड़ा। मदनलाल काठ बना बैठा रहा जैसे एक मासूम बच्ची के पागल हो जानेवाली परिस्थिति से उसका कोई वास्ता नहीं, पर वे कोमल चेहरेवाले विद्यार्थी अभिशप्त थे सब सहने के लिए।

विचित्र कुहासे में लिपटे दोनों हेडमास्टर के कमरे से निकले। उदित को घुटन-सी हो रही थी। बहन के इस ध्वंस के लिए वह जिम्मेदार था। उसके लिए मन में घोर अनुराग पैदा होने लगा।

''तू कक्षा में जा भाई, घंटी बाजे के टैम हो गइल।''

उसे लगा कि उसके शब्द भाई तक पहुँचने के बजाय किसी अँधेरे की तरफ बढ़ रहे हैं। उसके भीतर गुबार-सा उठ रहा था, मानो एक इमारत भरभराकर गिर पड़ी हो। वह अकेली स्कूल से लौट गई। विचार-जाल में उलझी वह घर की ओर बढ़ी जा रही थी। चारों ओर शब्दहीन रुलाई गूँज रही थी। अब तक का संकलित जोश, उत्साह, साहस, आनंद सब लुप्त हो गया। मानो उसे देश-निकाला दे दिया हो। घर आकर भी हेडमास्टर के भर्त्सना भरे स्वर कानों में गूँजते रहे। वह पूरी कोशिश कर रही थी कि उसकी आँखों से आँसू नीचे न ढुलके, लेकिन वह रो पड़ी। सुबकियों से उसका सारा बदन हिलने लगा। बसमतिया जब लौटी तो आसमान के तारे गर्द में धुँधले हो रहे थे। बाहर से ही झोंपड़ी उदास और अकेली लग रही थी।

बेटी का चेहरा देखते ही उसकी बची-खुची तरलता भी लुप्त हो गई। निःसहाय कमली ने माँ को सब कह सुनाया और बिलख-बिलखकर उसकी गोद में गिर पड़ी। सुनकर वह सन्न रह गई। दुःख के किसी गहरे कुएँ से कमली की आवाज आई, ''माई, मन करता है हम मर जाई।''

''अइसे ना बोले के बेटी!'' वह बेटी की पीठ पर हाथ फेरने लगी।

आज उदित की आँखों में शेखी और शरारत की एक भी रेखा नहीं थी। अपराध भाव से ग्रस्त उसने बहन से पूछा, ''दिदिया, तू हमरा से नराज बाड़ु ?''

''धत, तोहर का कसूर ?''

''हम बड़ होके एगो टिरक्टर खरीदब, तो ओकरा चलइह। तब देखब इ साला सूरज देउआ कइसे डाँटता।'' उसके किशोर मन में आगे-पीछे की उलझी-उलझी बातें चल रही थीं। उसकी नन्ही आत्मा में हलचल मची थी, जिंदगी पर उसकी राय बदल रही थी। उसे सूझ नहीं रहा था कि मन में जो घुमड़ रहा है, उसे कैसे व्यक्त करे ? क्या वह मुखिया से भी सब छीन सकेगा, वैसे ही जैसे उसने उससे सबकुछ छीना है। कमली के मन की पीड़ा उसकी साँसों पर बोझ बनकर बैठ गई। हेड मास्टरजी के कहे गए एक-एक शब्द बर्छियों की तरह चुभते। माई के कहने पर दो कौर जैसे-तैसे निगलकर मुँह झाँपकर सो गई। रात को उसकी नींद खुल गई। खिड़की के बाहर अँधेरा ही अँधेरा था। उसे लगा कि अब इसी अँधेरे में उसको गुम हो जाना है।

सुबह हुई, पर सुबह की रौनक का कोई अवशेष नहीं, पर बसमतिया को धंधे पर जाना था और उदित को स्कूल। वे दोनों कब के जा चुके थे, पर कमली अब भी वहीं बैठी थी, जड़ सी। बेतहाए कपड़े खटिया पर पड़े थे, चूल्हा भी राख से

अँटा पड़ा था। घर में सब तरफ एक बासीपन था, पर उसमें कूवत कहाँ थी कि उन्हें सहेजे-समेटे। बस रह-रहकर हूक सी उठती।

इस विपत्ति में किसी ने साथ नहीं दिया। जिसकी समझ में जैसा आ रहा था, वैसा ही कह रहा था, किसी की जीभ पकड़ी नहीं जा सकती। बदनामी के धुएँ में दम घुट रहा था।

दिन सप्ताह एवं सप्ताह महीने होते चले गए। पतझड़ के आते जमीन पीले पत्तों से पट गई। बसमतिया पहले बेटी को डाँट-डपट भी दिया करती थी, पर अब डाँटना एकदम छोड़ दिया। वह घर बिखरने से रोक रही थी, मर्द साथ होता तो बात अलग थी। यहाँ तो अकेले ही उसे सँभालना था। भला क्या पाया इस जिंदगी से सिवाय जिल्लत और फजीहत के! माई-बाबू का घर क्या छूटा, जिंदगी जद्दोजहद और मुश्किल दौर से गुजरती रही। बेटी के स्कूल छूट जाने का गम उसे सालता। वह कभी बेटी के भावों को पढ़ती, कभी उसकी मुद्राओं पर दृष्टि डालती, उसे लगा यह दब्बू होती जा रही है, पर वह खुद अपने काम करने की भरसक कोशिश करती। सोचती कटा हुआ गाँछ फिर बढ़ता है, कटा हुआ चाँद फिर पूरा होता है, वैसे ही उसके दिन भी···उसके तो सारे मनोरथ मिट्टी में मिल गए। बेटी को पढ़ाने का सपना सपना ही रह गया। कमली का चित्त किसी चीज में समरस नहीं हो पा रहा था। इस मकड़जाल से निकलने की चेष्टा भी नहीं कर रही थी। उसके मन में बदले की भावना, घृणा, क्रोध जैसा कुछ भी नहीं था। सपनों में जीने वाली लड़की एक कोठरी में बंद हो गई। एक ही दायरे में छायाहीन प्रेत जैसी मंडराती रहती।

पर उदित के मन में आस थी कि बाबू आएगा। दिदिया फिर स्कूल जाने लगेगी। इधर बाबू का फोन नहीं आया था। जगत चच्चा अपने मोबाइल से हाल-चाल पूछते तो हैं। माई सब बात जरूर बताई होगी। कहीं ऐसा तो नहीं कि उनसे चच्चा का नंबर भुला गया? इन दिनों अटकलें लगाना जैसे उसका काम हो।

बसमतिया सूरजदेव के यहाँ चौका-बरतन कर रही थी। वह अपने काम से मतलब रखती, न किसी से बैर, न किसी से प्रीत, किंतु बेटी की व्यर्थता का बोझ दिनोदिन बढ़ता ही जा रहा था। सयानी बेटी को घर पर अकेली छोड़ना मुनासिब नहीं लगता था। मालिक के यहाँ नौकर-नौकरानियों की पलटन थी। एक दिन बटेसर बहू ने काम छोड़ दिया तो उसकी जगह उसने कमली को रखवा दिया। उसका सूरजदेव की ड्योढ़ी पर जाने का मन नहीं था, पर अब वह इच्छा-अनिच्छा से परे होने लगी थी। मालकिन ने समझाने के अंदाज में कहा, "बसमतिया के बेटी जान क तुमको

रख लिये···काम ठीक से करना पड़ेगा, नहीं तो मालिक का गुस्सा तुमको मालूम ही है।'' उसके समझाने में भी तल्खी थी। उसका तन दौलत की रोशनी में नहा रहा था। सूरजदेव का ऐसा कहना था कि कमरे में लेटो, सोओ, टी.वी. देखो, सिलो-काढ़ो बस घर से बाहर नहीं निकलना। तीन बेटियाँ थीं उनकी, तीनों अपनी-अपनी ससुराल। वह घर-बार क्या देखती, उसे तो कभी पेट में शूल, तो कभी सीने में। घर में कई जन थे, जो पुकारे जाने पर 'जी मलकिनी' कहते भागते।

रसोईघर में महराजिन की आवाज इतनी कर्कश थी कि कमली सहम जाती। माई ने उसे बताया कि वह हमेशा से ऐसी नहीं थी। उसकी सारी जमीन पट्टेदारों ने हड़प ली, उनसे लड़ते-लड़ते उसका सारा वजूद ही दक्खिनी गाँछ हो गया, सूखा-सूखा काँटों से भरा। उसके आते ही उसका काम पकड़ा दिया गया। वह सिल पर रखी मिर्ची पीस रही थी। उसकी लटें बार-बार आँखों पर झूलने लगतीं, लटें पीछे करती तो आँख में मिर्ची लग जाती। बसमतिया भी काम कर-करके उकता चुकी थी। उकताए स्वर में बोली, ''जा के मलकिनी के बोल आ कि चूड़िहारिन आइल बा।''

लोढ़ा चलाते-चलाते उसका शरीर इतना थक गया था कि उसे चारों ओर चीजें घूमती नजर आ रही थीं।

बगल गाँव से चूड़िहारिन बाँस की टोकरी में रंग-बिरंगी चूड़ियाँ लेकर आई थी। उसे देखते ही मलकिनी प्रसन्न हो उठी। उसका चूड़ियाँ पसंद करने का कार्यक्रम घंटों चलता रहा।

सूर्य की लाली अब कुहरों को चीरकर बाहर आ गई थी। सवेरे-सवेरे हल्की ओस के कारण जमीन काफी नम हो गई थी। इसी समय सोनपुर से रामसेवक ठाकुर आ गए। वह बसमतिया के गाँव के थे। उसके बड़े भाई की बेटी सुमित्रा के विवाह का निमंत्रण और हल्दी की गाँठ उसे देकर कहा, ''सुमितरा के सादी पक्का हो गइल। पाहुन (दामाद) के, तोहरा अउर बच्चन के बुलावा बा···सादी बीस तारीख के बा।''

''एतना जल्दी?'' बसमतिया ने पूछा।

''पिछले हफ्ते लड़कावाला जबान देलन, अब अषाढ़ के आखिर लगन, फेर बेटी के बिआह में देर करना ठीक नइखे।''

रामसेवक ठाकुर के जाते ही वह बच्चों को बताने लगी, ''अरे उदितवा, अरे कमलिया सुन-सुन···'' स्वर के उछाह सुन दोनों भागे आए।

''सुमितरा के बिआह बा, बीस तारीख के दिन धराइल बा।''

''हमनी सोनपुर जाएब?'' उदित ने पूछा।

''हाँ रे, सभे कोई जाई, मामा सभे के बोलइले बाड़न।'' इस खबर ने सबके चेहरे पर रंगत घोल दी। कमली को छोटकू मामा से मिलने का मन था, इस समाचार से उसके भीतर पुलक हिलोरे लेने लगी। बसमतिया अपना संदूक खोलकर देखने लगी। उन्नीस सौ रुपए थे। ये उसकी सालों की बचत थी, जो घर के खर्चे से काट-काटकर जोड़े थे। उसे सुमित्रा के लिए प्यार था, पर सुमित्रा कमली से छोटी थी, यह बात उसे भीतर ही भीतर खटकने लगी। वह चाहती थी कि कमलिया के लिए कोई अच्छा घर-वर मिले।

वह उत्साह से तैयारी करने लगी। इन दिनों अकसर आहें भरती रहती थी, पर अभी न जाने कहाँ से शक्ति आ गई थी। कब, कैसे, कितना करना है, इसकी छत्तीस बार योजना बना चुकी थी। भाई-बहिनों से मिलने की तमन्ना, माई को देखने की तमन्ना, शादी के आमोद-प्रमोद में शामिल होने की तमन्ना और न जाने क्या-क्या तमन्ना थी मन में! इस भाग-दौड़ में उसका ही नहीं कमली और उदित के विषाद भी घुल गए। पिछली घटनाओं को लेकर उठते सवालों की घुमड़ से पीछा छूट गया। वह अब एक घटना मात्र रह गई। उनकी हँसी वातावरण में तैरने लगी।

''रे कमलिया, हमार मनवे अस्थिर न रहे, समझे नइखे आवत का रखी का ना?''

''माई हमरा बइठ के लिखवा दे, फेहरिस्त बना लेब…''

मगर बसमतिया कुछ और ही सोच रही थी, ''देख उहाँ बढ़िया पहिन-ओढ़ के रहिअ, सादी-बिआह में दस लोग देखेला। हा, त लिख लाल, हरा टिकुली, रेशमी फूँदा, काजल।'' सहसा उसे कुछ याद आया, ''कमली तनि बकसवा त खोल।''

वह झट उठी और बक्सा खोलकर, उलटने-पुलटने लगी, ''माई, तोरा पहने-ओढ़े के तनिको सौक नइके। एतना सुंदर-सुंदर साड़ी बकसा में जोगा के रखले रहेले।''

''इ सब तोरा ला बा, सुन तनि इ ललका साड़ी पहिन के दिखा तो!''

वह तुरंत लाल साड़ी पहनकर उसके सामने खड़ी हो गई। लाल रंग से उसका सारा मुखमंडल सौंदर्य से दिपने लगा। बसमतिया ने प्यार से बेटी के चेहरे की चमक को निहारा और हौले से सिर हिलाकर कहा, ''बिआह के दिन यही साड़ी पहिनिह। हाँ, एगो डिढ़ोना जरूर लगा लिह।''

"काहे माई?"

"नजर-गुजर ना लागि।"

वह माँ के गले में झूल गई। खुशी आहिस्ता-आहिस्ता उस घर में समा रही थी। इस शुभ समाचार ने बहुत से अँधेरे को नष्ट कर दिया था।

नगेसर पूरे छह महीने बाद गाँव लौट रहा था। गमछा में मुँह पोंछा और तेज चलने लगा। रास्ता सुनसान था। थोड़ी देर ठहरकर उसने इधर-उधर तजवीजने की कोशिश की, वह नयका पोखर के नजदीक पहुँच गया था। अँधेरे में पोखर का पानी एकदम सोया हुआ था। शिवाला भी सुनसान था। वह दिल्ली से ढेरों धूल फाँककर लौटा था, सो पोखर के पानी से छप-छप हाथ-मुँह धोया। फिर बड़े-बड़े डग भरने लगा। वह इन रास्तों का इतना अभ्यस्त था कि आँखे बंदकर भी चल सकता था। बस्ती सलीमपुर के पास आते ही उसके पैरों में और तेजी आ गई। इधर कई दिनों से उसे घर की बहुत याद आ रही थी। वहाँ की भीड़-भाड़ में एक अजीब तनहाई थी, जो उसके अंदर हरदम बजती रहती। यादों की चकरी उल्टी घूमने लगी। एक-एक कर अपने यार-दोस्त सबका खयाल आया, पर अब वे वैसे नहीं रह गए थे। पता नहीं आदमी बदल जाता है या समय उसे बदल देता है। दिल्ली में तो बैल बनकर रह जाता है, बधिया बैल, दिन भर जाँगर पेरना पड़ता है। अपनी गुरबत किससे कहे। यहाँ आते ही वह आदमी की तरह सपने देखने लगता है। वह नए सिरे से झोंपड़ी मरम्मत करवाने और बेटी की शादी किसी खाते-पीते घराने में करवाने तक की सोच गया। घर के पास पहुँचते-पहुँचते वह भावातिरेक से भर उठा। वह सोचकर आर्द्र हो उठा कि कहीं उन्हें देखते ही खुशी के मारे रो न पड़े। झोंपड़ी में टिमटिमाती ढिबरी की रोशनी फैल रही थी।

अचानक नगेसर को देखकर पूरी झोंपड़ी में खुशी की लहर दौड़ गई। कमली-उदित के पाँव छूते ही उसे भीतर तक एक वात्सल्य नहला गई। वह देर तक सबको देखता रहा। बहुत कुछ था इस दृष्टि में—मोह-माया, ममता-आनंद; एक संपूर्ण दृष्टि थी यह। उसने रसिक भाव से पत्नी को देखा। वह दुबलाकर हड्डी हो गई थी। गाल की हड्डी धँस गई थी, पहले कैसी चंपा-सी महमह करती थी, पर होंठों की मुसकान की थिरकन अब भी पहले जैसे ही थी। मन में एक कचोट उठी और अनजाने ही वह किसी अपराधबोध से ग्रस्त हो गया।

"इ सिवान में आते जे सुख मिलेला ओकर कउनो तुलना नइखे, इहाँ के अकास तक अपन टोला-मोहल्ला लगेला।" नगेसर बहुत खुश नजर आ रहा था,

इस उम्र में भी चेहरे पर जज्बात की रोशनी आ गई, हालाँकि उसका बदन भी इस बीच बहुत कमजोर हो गया था। कलशी से पानी निकालकर वह मुँह-हाथ धोने लगा। उसके भीतर भावनाओं का संचार हो रहा था। कमली ने पानी में चीनी-नीबू डालकर शरबत बनाया और मुसकराकर पिता को दिया।

"कौन किलास में गई?"

उसकी मुसकराहट उदासी में परिणत हो गई। जवाब न पाकर नगेसर ने अपनी बात फिर दुहराई। उसकी आँखें बीते हुए हादसे की सुगबुगाहट क्षण भर के लिए अपनी पहचान दे गईं। नगेसर को लगा कि यह कुछ उलझन में है। बसमतिया ने बात सँभाली। वह रुक-रुककर समझदारी से सारी घटना बताने लगी। ध्वस्त वर्तमान और अनिश्चित भविष्य के लपेटे में उसका चेहरा आतंकित हो गया। अचानक वहाँ गाढ़ी उदासी फैल गई।

"भगवान् सबके रच्छा करलेन, हमनीओ के करिहैं।"

"भगवान् रच्छा करितन त इ परलय होइत।" नगेसर ने बात पकड़कर फिर उछाल दी।

दूसरे दिन सुबह चूल्हे में लकड़ी लहकाती मकई की मोटी रोटी थाप रही थी। कमली निःशब्द मिट्टी के घड़े से एक लोटा पानी निकालकर पिता के सामने रख दी। उदित को पिता की चुप्पी बबूल के काँटे की तरह चुभ रही थी। उसके चेहरे पर संघर्ष की छाया थी। बसमतिया विवाह की बात छेड़ते हुए बोली, "सब खातिर लूगा-लत्ता चाही, रुपया के इंतजाम करे के होई। माई सोनपुर सबके बोलवले बाड़ी।" नगेसर कुछ नहीं बोला।

"हमर बात रउआ सुनतानी।"

"तू हमरे दोस देबू, परदेस में धन कमइला आसान बा का? केतना कतर-ब्यौंत करो, चना फाँको, पेट-तन काटो, एक-एक पइसा दाँत से पकड़ो, मगर बेबाक होना मुसकिल। हमरा में अब पहले जैसा ताकत भी ना रहल।"

बसमतिया का सारा उल्लास बुझ गया, "खेल त सभे किस्मत के बा…"

तीसरे दिन से शुरू हो गया नित्य का प्रलाप, रुपए की खिच-खिच। इस चीख-चिल्लाहट से उदित को पिता का चेहरा बहुत खराब लगता। उसे लगता पिता की दुनिया उनसे अलग है। माई के पास आया तो वह रो रही थी, कोई सिसकी न सिहरन। वह अकसर माँ को चुपचाप रोते देखा था। अभी इस पल उसका मन हुआ कि माँ को दुःखी करनेवाले का गला घोंट दे।

बसमतिया आज सूरजदेव के घर से जल्दी निकल गई थी। वह तेज कदमों से चलती हुई घर लौट रही थी। रास्ते भर वह विवाह में जाने की योजना बनाती रही। वह दिन चढ़े तक काम पूरा कर लेगी, 5 बजे का बस है। घर पहुँचते उसने सामान का जायजा लिया। इतने में मालिक के घर से गणेशी आ पहुँचा। आते ही उसने कहा कि मालिक ने नगेसर को बुलाया है। नगेसर के जाने के नाम से रास्ते में जो योजना दिमाग में थी, वह सब गड़बड़ा गई।

अजीबोगरीब खयालों से घिरा नगेसर घर से निकला। बरसाती नम चिपचिपी हवा उसको छूती तो उसके माथे में बल पड़ जाते। वह सोच रहा था कि सूरजदेव ने किसलिए बुलाया होगा, जरूर टिरक्टरवाली बात होगी। ये लोग हमें जीने नहीं देंगे। कोई एक बवाल हो तो सुलटाया जाए, यहाँ तो सौ झंझट! दूसरे इ मेहरारू बेटी पर नजर रखती नहीं, मेरी इज्जत बिगाड़ने पर तुली है। इस वक्त वह काफी बेचैन मन:स्थिति में था। सूरजदेव ड्योढ़ी के सामने ही मिल गया। उसके हाथ में दारू का आधा गिलास था। पीकर वह बहकता नहीं था, उसे खुमार आ जाता था। नगेसर ने सलाम किया तो उसने जरा भी नरमाई नहीं दिखाई। नगेसर का गला खुश्क हो गया।

"कारे नगेसर! ढेर चर्बी चढ़ गया है, इहाँ आके माथा टेकने भी नहीं आता।" कटुता और व्यंग्य से उसके होंठ टेढ़े हो रहे थे। इसके आगे नगेसर को कुछ कहना बेकार लगा। तभी वहाँ बदरी डरेवर आकर खड़ा हो गया। अजीब काँइयाँ सी आँखें लग रही थीं उसकी।

नगेसर आगे सुनने की प्रतीक्षा में साँस रोके खड़ा था। गरीबी, लाचारी, सब उसके सिर चढ़ा आ रहा था, वह अलिप्त भाव से चारों ओर नजरें घुमाने लगा, पर अपने ऊपर सूरजदेव की सीधी नजर महसूस कर रहा था। उसके जबड़े कुछ देर ढीले रहे, फिर कस गए, "हमरे साढ़ू आरा से आ रहे हैं। उनके खातिरदारी के लिए तुमको तैनात रहना होगा।"

इन्हीं दिनों उसे सोनपुर शादी में जाना था। उसका सारा शरीर झनझना गया, पर जुबान पर भारी ताला लगा था। बुलाने पर वह कभी पीछे नहीं हटता, किंतु अभी···बदरी यह सब जानता था। वह चुप उसकी घबराहट देख रहा था। उसे तंग करने का वह एक भी मौका नहीं छोड़ता। धूर्तता की वजह से वह दो कदम आगे रहता। नगेसर की इस असाध्य स्थिति से उसे क्रूर सुख मिल रहा था। उसी ने उसके खिलाफ यह साजिश रची थी।

नगेसर के माथे की नसें बुरी तरह खिंच आईं, उसने हकलाकर कहा,

"मालिक ! ससुराली में बिआह बा, सभे के न्यौता बा, हमनी के" " उसकी कोशिश असफल हो रही थी, फिर भी उसने कोशिश नहीं छोड़ी। उसकी स्थिति अभी बहुत नीचे दर्जे की थी, "मालिक उहाँ से आके राउर सेवा में लग जाएब।" बहुत दबी जबान से कहने पर भी उसकी आवाज थरथरा गई।

"का रे बीस-तीस बेंत खा के बात मनवावे पड़ी ?"

इस पर तो नगेसर को घुन्ना चुप्पी मार गया। इस समय कुछ बोलना तोप के मुँह में गोला डालने के समान था।

"क्यों बे, बोलता क्यों नहीं ?" यह सरासर ज्यादती थी। सवाल और जवाब के बीच गहरी खाई थी। "तो कल भोरे से आ जाना, तीन-चार दिन की बात है।"

नगेसर की दृष्टि शून्य में भटक गई। वह निरुत्तर था, आखिर निरुत्तर ही रहा।

उसने उसकी बात मान ली। एक अजीब बेबसी से वह वहाँ से चला। सूरजदेव ने उसे बहुत बड़ी उलझन में डाल दिया। सपनों का जो जाल वह इतनी विसंगतियों के बावजूद बुनता आ रहा था, टूटकर चूर-चूर हो गया। शादी में जाना, साली-सरहज से मौज-मस्ती करना, साला-साढ़ू से बोलना-बतियाना, इस आदेश ने सब स्वाहा कर दिया। घर का विचार करते वह काँप जाता। धुंध और बादल के कारण आज असमय अँधेरा घिर आया था। खुशी के पल बिना अनुभव किए बीत गए।

वह हर मोरचे पर अकेला खड़ा था। बसमतिया कमली और उदित के साथ तैयारी में व्यस्त थी। खजूर-निमकी की सुगंध से घर महक रहा था। शादी की तैयारी में कहीं कोई कमी न रह जाए, इसी तरकीब में तीनों जुटे थे।

"रउआ आ गइली। हमर त प्राने सूखत रहे कि का बात हो गइल। अब जल्दी करीं, अबेर हो जाई त बस निकल जाई।" पति की चुप्पी देख उसे खटका हुआ, "का बात बा ?" आदेश और उसके पालन की अपनी स्थिति उसने स्पष्ट कर दी। वह अचकचा गई, "रउआ होस बा का कहतानी।"

पर बात सौ प्रतिशत होश में की गई थी। बसमतिया का संचित क्रोध उफन-उफनकर बाहर आ रहा था। गुस्सा नगेसर को भी आ गया। दोनों बच्चे फालतू पड़ गए। बिना एक-दूसरे को देखे वे अपनी उद्विग्नता दबाए खड़े थे। सच्चाई साँप की तरह अपना पंजा कस रही थी। सूरजदेव ने फिर जले पर नमक छिड़क दिया। उदित का मन हुआ; दे उसे कसकर एक झापड़।

इस घटना की अनुगूँज पूरे अतीत और भविष्य में पसरती गई। इतनी फजीहत देखी, अगड़म-बगड़म सुना कि बसमतिया का व्यक्तित्व खारापन और

संवदेनशीलता से मिलकर बना था। वह देख भी रही थी, मुसलसल देख रही थी। रेगिस्तान हर तरफ एक-सा नजर आता है।

"उहाँ बहिन-बहनोई, भाई-भौजाई का कही, रउआ ना रहब त..."

"अरे बिआह-सादी में हमर तबैत खराब हो जाला।"

"चार दिन खातिर इहाँ अइली, इहाँ अकेले कइसे रहब? रोटी, पानी..."

"कमलिया के इहाँ छोड़ दे।"

वह तिलमिला गई, "राउर कलेजा पत्थर के बा? अरे, सादी में जाए के एतना सौक से..."

कमली का दिल धक्-ध्क करने लगा।

"इ सब तोहनी के करल-करावल बा। अब तू उदित के साथ चल जा। मुखिया टिरक्टरवाला बात से पहिले ही नराज बड़न।"

वह तड़प उठी, "कइसन बाप बानी?" वह निढाल हो चुकी थी। खुशहाली का योग नहीं बन पाया।

"हमर धरम संकट रउआ का समझब? हमरा जाही के पड़ी।" उसका मन क्रोध, क्षोभ, पीड़ा, प्रेम और दायित्व का रंगमंच था।

कोठरी के कोने में कमली चुपचाप रोने लगी। उदित बहन के पास आया, "दिदिया, रो रहल बाड़ू।"

"ना रे, आँख में तिनका पड़ गइल बा।"

उदित से कुछ कहा नहीं जा रहा था। तनाव एवं प्रतिशोध के चक्रव्यूह में वह अविराम भटक रहा था। उसका मन हो रहा था कि सभी समान को जोर से जमीन पर पटक दे। वह कोई मशीन का पुर्जा नहीं, सुलगता हुआ किशोर था, उसके भीतर विद्रोह की लहरें धड़क रही थीं। उसे बहन को छोड़कर माँ के साथ शादी में जाना था, उसे लग रहा था कि बाबू तो कह दिया और छोड़ दिया उनको तबाही में भटकने के लिए। वह कुछ नहीं कर पा रहा था, निरुत्तर, निरुपाय खड़ा था। भीतर भयंकर कोलाहल था, एक ज्वालामुखी फट रहा था, बाहर चुप्पी, केवल चुप्पी। नगेसर को उनकी तकलीफ का पता था, वह उनकी पीड़ा महसूस कर रहा था, पर सख्त होने के लिए मजबूर था। बसमितया के विवाह से लौटते ही उसका दिल्ली लौटने का समय हो जाएगा। वह मन मारे बैठा था। बेटी का बुझा चेहरा देखकर उसने कहा, "अगले बेरा आयब त सभे सोनपुर मेला जाइब।"

पिता की नरमाई उस पर बेअसर साबित हो रही थी। वह जवाब में कुछ नहीं बोल सकी। उसकी आँखें बुरी तरह भीग चुकी थीं, वे झरना चाहती थीं।

बसमतिया की तमतमाई आँखों में आँसुओं की एक परत तैर रही थी, इन आँसुओं में शब्दों से ज्यादा वजन था। वह बेटे के साथ निकल गई। कुछ दूर जाने पर वह फिर मुड़ी, एक धुँधली-सी परछाईं जहाँ कमली को वह छोड़ आई थी, दिखाई दे रही थी, फिर उस परछाईं को भी अँधेरा लील गया। सिर्फ बस्ती सलीमपुर की बत्तियाँ टिमटिमा रही थीं।

नगेसर कितनी देर तक बेटी की ओर देखे बिना गरदन झुकाए चुपचाप बैठा रहा। उसके मन पर चोट पड़ रही थी। सोच और सोच उसको गजबज कर रही थी। रात का अँधेरा उसकी पीड़ा की भाँति गूँगा था। कमली घर में पिता के साथ थी, पर लगता कि वह निपट अकेली है, अपनी ही सीमाओं में घिरी हुई। उनका दिन जैसे-तैसे बीत रहा था। पिता-पुत्री के पास जैसे कहने को कुछ नहीं था। मौन उनकी मातृभाषा बन गया था। दोनों सूरजदेव के यहाँ साथ काम पर जाते, लेकिन लौटना साथ नहीं होता। मेहमानों की आवभगत में नगेसर को देर तक रुकना पड़ता। वह संवेदनशून्य होता जा रहा था। अब सुख-दु:ख अलग करके क्या देखना? जिंदगी तो चलती रहती है।

पत्नी और पुत्र सोनपुर से वापस आ गए। उन्हें देखते ही नगेसर की आँखें डबडबा गईं। कमली की आँखों के आँसू सूख गए थे। न आँसू, न शिकायत, न विलाप, वहाँ काँटे उग आए थे।

नगेसर का दिल्ली लौट जाने का दिन आ गया। उसको छोड़ने तीनों बस स्टॉप गए। वहाँ बस स्टॉप जैसा कुछ भी नहीं था, वह चुंगी नाका था, कर पटाने के लिए बसें वहाँ रुकतीं तो बस्ती सलीमपुर के यात्री भी चढ़ जाते। लगभग दौड़ते हुए नगेसर जाती हुई बस तक पहुँच सका। बस का दरवाजा खुला और बंद हो गया। वह चला गया, एक टीस को साथ ले भी गया और छोड़ भी गया।

वहाँ अब सिर्फ धूल का धुँधलका बाकी था। बस के ओझल होने तक वे वहीं खड़े रहे, फिर चल दिए। बीच का समय पंख लगाकर उड़ गया। दूर, बहुत दूर मछेरा बाँसुरी बजा रहा था, इतनी दूर कि बाँसुरी की पतली धीमी तान फैले हुए सन्नाटे को और गहरा बना रही थी।

नगेसर के जाते घर खाली और निर्जन हो गया, जैसे खामोश तारे आकाश में टिमटिमा रहे थे। समय कहाँ रुकता है? कालचक्र का पहिया आगे बढ़ता रहता है।

तीनों का जीवन पुराने ढर्रे पर चल पड़ा।

उस दिन दोपहर से बूँदा-बाँदी हो रही थी। बसमतिया कमली के साथ सूरजदेव के घर चौका-बरतन करने गई थी। शाम होते-होते आकाश बिफरे शेर-सा दहाड़ने लगा और झमाझम बरसात शुरू हो गई। बिजली और बादल जोर-जोर से चमकने और गरजने लगे। बसमतिया रास्ता देख रही थी कि कब बरसात थमे कि दोनों घर जाएँ। उदित घर पर अकेला था। असमंजस में उसने अँगडाई ली और थकान की गर्द को वजूद से झाड़ने की कोशिश की। आज मलकिनी का चेहरा उतरा हुआ था। तीन-चार दिनों से सूरजदेव बीमार था। शरीर में सूजन थी और छाती में दर्द हो रहा था। उनको देखने छपरा से उसके बड़े भाई विशुनदेव आए थे। विशुनदेव कायदे से बात करनेवाले आदमी थे। अपने छोटे भाई की तरह पत्थर दे मारने की आदत नहीं थी उनकी। सद्व्यवहार उनकी खासियत थी। उन्होंने गणेशी को डॉक्टर बुलाने छपरा भेजा था, किंतु उसकी कोशिशों के बावजूद कोई डॅक्टर आने को राजी नहीं हुआ। सूरजदेव की तकलीफ बढ़ती जा रही थी। घर में हलचल मची थी, कुछ तमाशबीन भी आ जुटे थे। विशुनदेव की राय थी कि सूरजदेव को छपरा अस्पताल लेकर चला जाए। बस्ती सलीमपुर से छपरा दस-बारह कोस दूर था, रात का समय, कोई वाहन नहीं, ऊपर से यह आकाश-तोड़ बरसात। सूरजदेव की दशा क्षण-क्षण खराब होती जा रही थी। पूरे बस्ती में दो ही ड्राइवर थे। चलित्तर पहले ही ड्योढ़ी के काम से पटना गया था। बिशुनदेव ने गणेशी को दौड़ाया, जहाँ से भी हो बदरी ड्राइवर को पकड़ लाए। चारों तरफ हड़बड़ी तारी हो गई। वर्षा ऐसी कि प्रलय पैदा करके ही थमेगी। बिशुनदेव की घबराहट बढ़ती जा रही थी। घंटे भर बाद पानी में भीगता गणेशी भयानक मुँह बनाए लौटा, ''मालिक, बदरी के चौपाल ताक अइली, गुलजारी साव दोकान झाँक अइली, खेत-खेतार, टोला-मोहल्ला सब जगह छान मरली, सार जाने कहाँ बिला गइल।''

गणेशी और बदरी पुराने जुआरी संगतिया थे। बदरी घर पर मुँह ढापे सो रहा था, कह दिया कि इस परलय में वह नहीं जा सकता, वह कोई बहाना बना दे।

सूरजदेव दर्द से छटपटा रहा था, कराहने की आवाज कमरे के बाहर आ रही थी। अचानक कमरे में चिल्ल-पोंट मच गई। अब क्या हो? स्थिति में सनसनाहट आ गई। विशुनदेव एक फैसले के साथ छोटे भाई की पत्नी के पास गए। अनिच्छा से ही, पर उसे जेठ भाई की बात माननी पड़ी। यह एक ऐसा फैसला था, जिसकी किसी ने सपने में भी उम्मीद न थी।

बसमतिया और कमली कोने में गठरी बनी बैठी थीं, सहसा देखा उनके सामने विशुनदेव खड़े हैं, दोनों झट खड़ी हुईं। कमली के चेहरे पर तनाव आ गया और होंठ अज्ञात भय से काँपने लगे। बसमतिया उनकी आँखों में तैरते सवाल पढ़ रही थी, पर उन्हें देखकर लगा जैसे उन्होंने किसी जटिल सवाल को हल कर लिया हो, "बसमतिया, कमली से कह कि ट्रैक्टर चलाए, हम सूरजदेव को लेकर आते हैं।"

वही नहीं, जो भी वहाँ खड़ा था, भौचक उनका मुँह देखने लगे। बसमतिया का मन भँवर में गोते खाने लगा। कई जोड़ी आँखें उस पर टिकी थीं। वह दुविधा में थी और घर में खलबली मची थी। ऊपर से लगातार हो रही वर्षा की आवाज। उसने सहमते हुए कहा, "मगर मालिक टिरक्टर चलावे से बहुत गोस्सा…"

"हम उसके बड़े भाई हैं, उसके पहले मेरा हुकुम है…" स्वर में बड़े भाई का अधिकार ध्वनित हुआ।

"सोच ली मालिक।" उसका मन रोशनी और अँधेरे के बीच फरेब खा रहा था।

"अभी सोचने का टाइम नहीं है," फिर गणेशी की ओर घूमकर कहा, "चल, सूरज के ले के ट्रैक्टर पर बैठ।" एक निर्णय पर पहुँच जाने का इत्मीनान था। घर में शोर–शराबा थम गया।

गणेशी दो–चार सेवकों के साथ सूरजदेव को सहारा देकर ट्रैक्टर पर बैठाया। दर्द से उसका बुरा हाल था। बिजली की चमक बादलों में नहीं थम रही थी। कमली डरी हुई थी। विशुनदेव ने प्यार से पुचकारकर कहा, "घबराओ मत बबुनी! हम हैं न।"

समय भी कितना पेचीदा है। एक वह दिन था जब यही सूरजदेव इस बात के लिए उसे दंड दिए थे। सभी दबी जबान से इस बात को कह रहे थे। बिना हील–हुज्जत के कमली ड्राइवर की सीट पर बैठ गई। सभी तमाशे की तरह उसे घूर रहे थे। विशुनदेव ने गणेशी, दो–तीन सेवकों के साथ बसमतिया को भी बैठा लिया।

ट्रैक्टर स्टार्ट हुआ और आड़ा–तिरछा रास्ता पकड़ चलता बना। सड़कों के बने गड्ढों में पानी के बुलबुले उठ रहे थे, सड़क भी उधड़ी–खुदड़ी थी। आसार थे कि पानी देर तक बरसेगा। सूरजदेव दर्द से तड़प रहा था, "ओह बचाओ, बड़ी बेचैनी…" विशनुदेव उसे जतन से सँभाल रहे थे। आमी, अवतार नगर, डोरीगंज, तेलपा, हुमकते हुए वे आधी रात को छपरा भगवान् बाजार पहुँचे। वहाँ चाय और दवा की दुकानें खुली थीं। बिशुनदेव का अस्पताल में डॉक्टरों से परिचय था, आते ही इलाज शुरू हो गया।

बाहर कमली और बसमतिया के बीच खामोशी बतियाती रही। रात गहरा रही थी। दोनों थक गई थीं। वे बार-बार ऊँघ रही थीं। धीरे-धीरे हल्की रोशनी की धुंध छाने लगी। सूरजदेव की स्थिति में सुधार होने लगा। बिशुनदेव ने बाहर आकर कहा, ''रे बबुनी, तुम ट्रैक्टर से इसको यहाँ न लाती तो जाने इसकी क्या गति होती! समय पर पहुँचाई हुई मदद से बढ़कर कुछ नहीं। डॉक्टर कह रहे हैं कि वह तीन-चार दिन में ठीक हो जाएगा।'' उनके उलझे चित्त को शांति मिली थी।

वर्षा रुक गई थी। चारों ओर रोशनी फैल रही थी। च लेत्तर पटना से लौट आया था। जीप से मलकिनी के साथ उदित भी आ गया। मल केनी आते ही वार्ड में चली गई। उदित इनके पास आ गया। तब तक बिशुनदेव फि र प्रसन्न भाव से इनके पास आकर बोले, ''कमली, तुम्हारा नाम वापस स्कूल में लिखवा दिया जाएगा। सूरजदेव ने खुश होकर तुमको यह इनाम दिया है।'' उनकी आँखों में ही नहीं, आवाज में भी सहानुभूति थी।

यह सुनते ही बसमतिया के पाँच महीने पुराने नासूर को नरमाहट मिल गई। सीने पर रखा सिल्हट उससे अलग हुआ था। भीतर से उछाह फूटकर बाहर आना चाहता था, पर वह गंगा की तरह शांत और निर्मल बनी रही। बस चेहरे पर मुसकराहटें अठखेलियाँ करने लगीं। कमली के चेहरे पर जाने कैसे भाव आए, पर स्कूल में वापस दाखिला मिलने की खुशी तो कतई नहीं थी। उसकी स्थिति ऐसी थी जैसे बंद पंछी का पिंजरा खोल दिए जाने पर भी वह पिंजरे में बैठा रहे। बसमतिया ने बेटी को कलेजे से लगा लिया। गर्व से उसके चेहरे की लकीरें चमक उठीं, किंतु उदित की आँखों में पुराने दृश्य कौंध रहे थे। इन क्षणों में उस पर न राहत थी, न तनाव, केवल भावनाओं का दबाव था। उसके सीने में कितने ही प्रश्न आकर फँस गए। उसकी सोच उसके शब्दों में नहीं समा पा रही थी।

''दिदिया, तू सूरज देउआ के असपताल काहे लइलू?' उसके स्वर में दबा हुआ क्रोध था।

''अरे, लाइत न त उ मर जाइत।'' बसमतिया ने तपाक से कहा।

''तो मर जाए देतू।''

समय कभी सवाल करता है तो कभी खुद जवाब भी देता है। यह समय का ही फेरा है। धूप में गरमी तेज होने लगी थी।

□

पीला चाँद

अंकित माथे पर त्योरी डाले पिता की बात खामोशी से सुन रहा था, अपनी पसंद-नापसंद को जाहिर किए बगैर। वह जाल में फँसा जितना फड़फड़ाता, उतना ही जकड़ता जाता। इस तरह 29 वर्ष में फँसे रहना उसे कायरता लगा, "हम एक बार नहीं, सौ बार बोले हैं आपसे कि हम लड़की देखने नहीं जाएँगे।" लाख कोशिश करने पर भी आवाज में दम न डाल सका, बस थोड़ा-सा तेज उभर आया।

अखिलेश जी की आँखें सिकुड़ीं, बेटे के लहजे से उनके दिल पर आरी चल गई। यह उनके हुक्म की नाफरमानी थी, "हम राजीव कुमार को टाइम दे दिए हैं, तुमको जाना पड़ेगा।"

"हम नहीं जाएँगे, आप सबके सामने लेन-देन की बात शुरू कर देते हैं, हमको…।"

उनकी आँखें जलने लगीं, "ये कायदे हमने नहीं बनाए, सदियों से यह रीत चली आ रही है।" उनकी गरदन की नसें कॉलर के बाहर दबती-उभरती साफ दिख रही थीं।

सुशीला देवी देर से पति-पुत्र की फजीहत झेल रही थीं। उनके भीतर अद्‌भुत संयम था, जो उनके भाव-बोध को प्रकट नहीं होने देता। वह भीतरी पेच समझ रही थीं—बाप को चाहिए दान-दहेज, बेटे को चाहिए मॉडर्न लड़की। उनकी स्थिति एक निर्दलीय सदस्य जैसी थी। अपना असंतोष व्यक्त करने के सिवा वह कुछ नहीं कर सकतीं। फिर भी बेटे को समझाने के अंदाज में बोलीं, "लड़की दिल्ली की है तो शहरी मिजाज की होगी ही, फिर वह नौकरी भी करती है। अगर तुम्हारे बाबूजी गाड़ी-घोड़ा माँगते हैं तो हर्जा क्या है ? यह दस्तूर है दुनिया का।"

"यह दस्तूर नहीं है। यह आप लोगों की सोच है। यह जान लीजिए, दहेज लेना जुर्म है आजकल।" वह चिढ़कर बोला।

अखिलेशजी की भृकुटि तन गई, ''लेक्चर मत झाड़ो यहाँ। हम इसी वास्ते पटना से दिल्ली आए हैं, अपना काम-धाम छोड़ के।'' उनके अंदर न जाने कौन सी कुंठा दमित रह गई थी कि वे रुपए के मोह में डूबे ही रहते।

कहने के लिए अंकित के दिल में दस बातें आ रही थीं, पर जुबान पर एक न ला सका। संकल्प-विकल्प में जूझता वह घर से निकल गया। बाहर नारंगी आसमान और धूप थी।

अखिलेश जी बेटे को जाते हुए देख रहे थे। वह कम खुर्राट नहीं थे। वे अपने आपको बहुत समझदार और गंभीर प्राणी मानते थे। इसलिए अपने भीतर झाँकने की जहमत नहीं उठाते थे। जिंदगी ने उनको जो कुछ भी दिया, बहुत तरसा-तरसाकर दिया। गाँव गुलटेनगंज के एक सुविधाहीन परिवार में जन्म लेकर वह सीढ़ी-दर-सीढ़ी चढ़कर पटना में डिप्टी डायरेक्टर के पद तक पहुँचे थे। पटना से उनकी बात राजीव कुमार से हो गई थी। मेट्रिमोनियल देखकर राजीव कुमार ने उनसे संपर्क किया था। अपना ब्योरा दिया था, ''वह सेंट्रल पी.डब्ल्यू.डी. में अभियंता हैं, छोटा बेटा बेंगलुरु में पढ़ता है और बड़ी बेटी मेघना एस.टी.सी. जैसे प्रमुख संस्थान में काम करती है।'' बातचीत से उनको मेघना का पिता सीधा लगा। उन्होंने जब दहेज का संकेत दिया तो उनका रुख सकारात्मक लगा। उनका हौसला बढ़ा—बिना टालमटोल किए वे पत्नी के साथ दिल्ली पहुँच गए, पर बेटे की हरकत से मन खट्टा हो गया। बड़ा बेटा सचिन शुरू से कमजोर था। छोटे अंकित से उम्मीदें थीं। वह हमेशा अच्छे मार्क्स लाता था, बड़ा होनहार था, तभी तो आज मल्टीनेशनल में लाखों कमा रहा है। उनके अंदर आकांक्षाओं की कुतुबमीनार खड़ी हो चुकी थी। दहेज की रंगीनियाँ गोलाकार चकरघिन्नी की तरह उनके चारों ओर घूम रही थीं।

अपना अभिनंदन करवाने वह बहुत-सी कन्याओं के द्वार जा चुके थे। कहीं अंकित को लड़की पसंद नहीं आती, कहीं पसंद आती तो मन लायक रकम नहीं मिलती। ऊपर से उनका चुगलखोर समाज, घर-वर में कोई-न-कोई ऐब निकाल अच्छे-खासे रिश्ते को फोड़-फाड़कर अलग कर देता।

तेज गति से कार चलाते हुए अंकित के भीतर उन्माद की लहरें सिर पटक रही थीं। एक असमर्थ क्रोध उसके भीतर घुट रहा था। बाप का जाने कैसा ख़ौफ था कि उसका सारा अस्तित्व हिचकोले खा रहा था। वह संकोची स्वभाव का, कभी हाथ बढ़ाकर कुछ नहीं लिया। दोनों भाइयों पर बाबूजी ने बचपन से ढेरों पाबंदियाँ लगा रखी थीं—यहाँ मत जाओ, वहाँ मत जाओ, फैशन मत करो, टी.वी. मत देखो।

उनके घर में बच्चों की इच्छाओं को पूरा करने का मतलब बच्चों को बिगाड़ना था। भाई तो बारहवीं के बाद ठप पड़ गए, उसपर दोहरा बोझ लद गया—एक तरफ बोर्ड की परीक्षा, दूसरी तरफ इंजीनियरिंग के एडमिशन टेस्ट। देर तक पढ़ने के बावजूद अलस्सुबह उठ जाता, फिर भी बाबूजी कहते, 'तुम पढ़ते नहीं, पांडेजी का बेटा 14-14 घंटे रोज पढ़ता है, मालूम··· ?'

वे हाथ धोकर उसके पीछे पड़े रहते। इधर-उधर से मिली थोड़ी जानकारी उनके दिमाग में चिपकी रहती, जिसे वह खुरचते रहते, 'कोचिंग पर टोटली डिपेंड मत करो। याद रखना केवल एग्जाम के लिए पढ़ना, अपने सब्जेक्ट से डेविएट नहीं करना।' सदियों से वे एक ही ढर्रे पर जीते चले आ रहे थे।

बारहवीं में 94 प्रतिशत अंक पाकर दिल्ली के इंजीनियरिंग कॉलेज में अंकित को दाखिला मिल गया। वहाँ से जुड़ी यादें थीं—कुछ साबुत, कुछ जीर्ण-शीर्ण। उच्च वर्ग के लड़के-लड़कियाँ वहाँ ऐसा व्यवहार करते, जैसे वे सब जानते हैं। उनके बीच वह बिल्कुल खोया-सा रहता। लड़कियों से उसे डर लगता। लड़के उसे इंट्रोवर्ट कहते, कुछ तो बेवकूफ समझते। उसके गाल थोड़े पिचके थे और आँखें भीतर की ओर थीं। एक हीनता का बोध मन में रहता, जिससे वह खुद को छोटा अनुभव करता। इस परिवेश में वह अपनी जगह नहीं बना पाता, लेकिन तब भी पूजा को देखते ही एक कली चटकने का अहसास होता। उससे कभी वह अपने दिल की बात नहीं कह पाया, लेकिन वह सब समझती थी। तभी मुसकान के मामले में वह उसके प्रति सदैव उदार रहती। वह आउटगोइंग थी, मूवीज, म्यूजिक की शौकीन। अंकित की आँखों में सपने जगने लगे, पर उन्हें पूरा होने के आसार दूर-दूर तक नजर नहीं आते। उसकी दृष्टि में अपनी हैसियत दिखाने के लिए अंग्रेजी फिल्में, फास्ट फूड, फास्ट लाइफ की नकली जीवन-शैली तैयार करने लगा। क्लास बंक कर दुकान-दुकान घूमकर नए डिजाइन के कपड़े लाता।

वक्त की तेज रफ्तार के सुर-ताल में संगति बिठा पाने में वह पस्त हो जाता। कई तरह के प्रयोगों के अनुभव ने उसे आधा तीतर आधा बटेर बना छोड़ा था। पता नहीं, आज पूजा कहाँ है ? पर कहीं भी हो, उसे एक प्रेमी के रूप में कभी नहीं भूली होगी।

वय:संधि की सपनीली दहलीज पर पाँव रखनेवाले अंकित के भीतर सलाखों भरी दीवार थी, जिसके अंदर सब महसूस किया जा सकता था, मगर वहाँ से निकलने की इजाजत नहीं थी। वह शादी करना चाहता है, ढंग की लड़की से करना

चाहता है, लेकिन बाबूजी हैं कि कैश-काइंड में ही अटक जाते हैं। अच्छी-भली नौकरी के बाद भी उसके भीतर जाने कैसी ग्रंथि थी, जो लाज, लाचारी, झिझक से उसे घेरे रहती। अपनी जिंदगी के बारे में वह तरतीबवार कुछ तय नहीं कर पा रहा था। एक अजीब-सी जकड़न उसकी रगों में समा गई थी, शायद इसीलिए वह आत्म-संवाद करता रहता।

उधर तिलक मार्ग के एक चार कमरोंवाले फ्लैट में सुबह से सरगर्मी थी। यह फ्लैट किसी आर्ट गैलरी से कम न था। श्यामा ने जगह-जगह से चुन-चुनकर डेकोरेशन पीस सजा रखे थे। दीवारों पर अब्सट्रैक्ट पेंटिंग थीं, फर्श पर पर्सियन गलीचा। हलके संगीत ने कमरे को कुछ रहस्यमय बना दिया था। श्यामा के अंदर एक गुस्सैल-जिद्दी औरत थी। राजीव कुमार अपनी पत्नी की भंगिमा से कुछ भयभीत थे। अखिलेशजी से उनकी जो भी बात हुई थी, उन्होंने श्यामा को बता दिया था। वह भी चुप थी। उन दोनों ने मेघना के लिए कई लड़कों के बारे में पता किया, लेकिन कोई छोटी-सी भी कमी देखते ही श्यामा फैसला सुना देती, 'ये नहीं हो सकता।' जिस अंदाज से वह घर की सजावट की चीजें खरीदती, उसी अंदाज से वह बेटी के वर की तलाश में रहती। वह लड़के के रंग, रूप, घर-परिवार, शिक्षा के मामले में सख्त थी। मेघना मनीष के साथ एम.बी.ए. करते समय साथ-साथ घूमी थी। वह गोरा-चिट्टा लड़का श्यामा को भी भाता था, लेकिन बाद में उसे दूसरी लड़की मिल गई, जो थोड़ी गोरी और ज्यादा तेज थी। चार साल बीत गए उस बात को, पर अभी तक कोई रास्ता दिखाई नहीं दे रहा था। मेघना निराशा और चाहत के बीच भटक रही थी। अब तो हर बात पर उसे गुस्सा आ जाता। माँ-बेटी का यह व्यवहार राजीव कुमार के दिल की धड़कन बढ़ा देने के लिए काफी था। लड़की को हर तरह की आजादी थी, लेकिन अभी चिंता यह सता रही थी कि कहीं आजादी के नाम पर विवाह के प्रति अनास्था, बिन ब्याही माँ, धूम्रपान या आगे बढ़ने के लिए गलत रास्ते न इस्तेमाल करने लगे। उनका मानना था कि जीवन में स्थिरता लाने के लिए शादी जरूरी है, लेकिन उनको पता नहीं था कि शादी कैसे लगाई जाती है—अखबार में अंकित का ब्योरा देखकर उन्होंने अखिलेशजी को एक पत्र डाल दिया था। उन महाशय ने यहाँ आने की सूचना भी दे दी। टेलीफोन पर उनके संक्षिप्त वार्त्तालाप में ही उन्होंने यह लक्ष्य कर लिया था कि वे माँग बहुत रखेंगे—सोचा, अगर वश में हुआ तो पूरा करेंगे, कब से तो दीया लेकर लड़का खोज रहे हैं, कहाँ मिल रहा है कोई। दुनिया में रहना है तो दुनियादारी भी करनी पड़ेगी।

अपने कमरे में बैठी मेघना किसी स्पर्धा में लीन माथा-पच्ची कर रही थी। साहित्य के संसार में जीनेवाली लड़की रुपए-पैसे के व्यावसायिक लेन-देन के जगत् से रू-ब-रू हुई थी। उसके चेहरे पर थकावट साफ नजर आ रही थी। गोरेपन को उन्मुख उसका रंग साँवला था, नैन-नक्श साधारण थे, पर आवाज खनकती हुई थी। कंप्यूटर बंद करने से पहले उसने अपना इ-मेल चेक किया, तभी सादिया का एस.एम.एस. आया, 'बीकानेर हाउस पहुँच रही हूँ। तुम भी आ जाओ, कॉफी का लुत्फ उठाते हैं।'

पिछले तीन सालों में सादिया उसकी जिंदगी में शामिल हुई थी—उनकी दोस्ती किस वैचारिक आधार पर है, यह समझना मुश्किल था। उसने मैसेज किया, 'आ रही हूँ।'

बीकानेर हाउस 10-12 मिनट के फासले पर ही था उसके घर से। सेलफोन दबाती वह कमरे से निकली तो घर में कुछ गहमागहमी लगी। मेज पर प्लेट, काँटे, चम्मच आदि ऐसे रखे हुए थे मानो किसी खास मेहमान के आने की तैयारी हो रही हो। श्यामा ने बेटी को ऊपर से नीचे तक देखा, राजीव अखबार में खोए थे, पर उनका ध्यान मेघना की ओर ही था। बेटी के सामने पड़ने पर उन्होंने कोई गरमाहट नहीं दिखाई।

"कल मिसेस खन्ना मुझसे पूछ रही थीं कि मेघना के लिए लड़का मिला कि नहीं या उसे जिंदगी भर अपने घर बिठाए रखना है?"

मेघना ने इस पर कोई प्रतिक्रिया नहीं जताई, बस यही कहा, "कुछ लोगों को दूसरों की जिंदगी में टाँग अड़ाने की आदत होती है।"

"लेकिन मेघा! हर बात की एक उम्र होती है, तुम्हारा छब्बीसवाँ चल रहा है और..."

"प्लीज स्टॉप इट, मॉम!" उसने झकझोरकर माँ को रोक दिया।

किंतु श्यामा ने अपना प्रलाप जारी रखा, "यहाँ लड़कियाँ अपने लिए एक से बढ़कर एक लड़के को पटा रही हैं।"

'पटाना' शब्द उसे अखर गया, "मैं यह सब नहीं कर सकती। मैं जैसी हूँ, वही ठीक हूँ।" उसके गुस्से के नीचे एक कील घरघरा रही थी। राजीव समझ गए कि यह न बेटी की भावुकता है, न भाषणबाजी, इसमें उसका चिंतन था, उसका अनुभव-संसार था।

राजीव ने प्यार से पुकारा, "मेघना," तो वह बिदक गई।

"मम्मी को टेंशन खड़ा कर सबको परेशान करने की आदत है। अभी शादी के आगे इनको कुछ सूझता ही नहीं है।" जींस के ऊपर टॉप की सलवटें ठीक करती वह अपने कमरे में चली गई। खुद को बिखरने से सहेजा, जरूरी चीजें टेबल से उठाकर बैग में डालीं और माँ-बाप को अनदेखा कर जल्दी-जल्दी कदम बढ़ाती ऐसे जाने लगी जैसे उसे कहीं भागना है—दुनिया नापनी है, वह भी बहुत कम समय में।

'कब लौटेगी' पूछना बेकार था। एक असहज-सी छाया फैल गई पूरे घर में। तनाव बढ़ गया था। राजीव का भाव-बोध कुछ और हो गया। श्यामा का मन अजीब सा हो गया। बड़ी जली-भुनी शक्ल बनाकर उसने कहा, "अच्छे लड़कों की कमी नहीं दुनिया में, पर बाप ही जब हाथ-पर-हाथ धरे बैठा हो तो बेटी का कल्याण कैसे हो?"

शादी के 28 साल बाद भी राजीव पत्नी की कड़वी बातें और टेढ़े मुँह के आदी नहीं हुए थे।

मेघना ने जब बीकानेर हाउस के रेस्टोरेंट में कदम रखा तो हॉल में दो-चार लोग ही बैठे थे। एक टेबल के इर्द-गिर्द चार कुरसियाँ रखी थीं। सादिया उसके इंतजार में थी। देखते ही बोली, "हाय!" और पीछे टेक लगाकर लंबी हो गई। वेटर आकर खड़ा हो गया।

"दो कॉफी, कॉपीचीनो।" उसने कहा।

मेघना ने अपने अंदर उठते तूफान को किसी तरह जज़्ब किया, फिर भी आँखों में आक्रोश के बिंदु चमक रहे थे।

"इतनी परेशान क्यों हो, हुआ क्या?"

"मैं नहीं, मेरे पैरेंट्स मुझे लेकर परेशान हैं, उनको मेरी शादी की बहुत फिक्र है।"

"तो इसमें इतना नाराज होने की क्या बात है?"

वेटर दो कॉफी रख गया। दोनों ने अपने-अपने कप को होंठों से लगा लिया। कॉफी की गरमाहट अंदर तक फैल गई। मेघना ने अपने को कुछ ढीला करते हुए कहा, "कोई आकर मुझे देखे, नाप-तौलकर मेरा सौदा करे, यह मुझसे बरदाश्त नहीं होता। इसी विरोध में घर छोड़कर चली आई।"

"बहुत खूब! विरोध करना हो तो जमकर करना चाहिए, ऊँचे स्तर के विरोधी को मिनिस्टर का दर्जा मिलता है।"

"यह मजाक नहीं सादिया!"

"कुछ लोग विरोध और गुस्से को एक मानते हैं। बिना गुस्साए विरोध जाहिर कर ही नहीं सकते।"

मेघना अब भी गुस्से में थी, "पता नहीं मॉम-डैड 21वीं सदी में दुनिया को किस चश्मे से देखते हैं।" फिर तो उन्हें दकियानूस, हिप्पोक्रेट और न जाने क्या-क्या कहने लगी।

"मुझे पता है, वे आएँगे, नाश्ता-पानी करेंगे और मुझे नापसंद करके चल देंगे।"

"तुमको नापसंद करना वर्ल्डकप में बँगलादेश को जीतने के बराबर है।"

इस बार मेघना के चेहरे पर एक फीकी मुसकान उभरी, किंतु आँखों में हताशा छाई रही। सादिया ने अपना मोबाइल देखा, फिरोज का टेक्स्ट मैसेज था, "मैं अपने एक दोस्त के साथ वहाँ आ रहा हूँ।"

मेघना फिरोज से कई बार मिल चुकी थी। आत्म-दया से मुक्त वह एक निर्दोष व्यक्ति था। फिरोज और उसके मित्र के आने की खबर से वह अपने बाहर-भीतर से सामंजस्य बिठाने की कोशिश में कुछ गड़बड़ महसूस करने लगी। फिरोज अपने मित्र अंकित के साथ आ पहुँचा। वह सीधी होकर बैठ गई। सादिया ने दो और कॉफी का आदेश दे दिया। उनके आते ही आस-पास की हवा कुछ और ही हो गई। मेघना अंकित को बिना किसी निश्चित इरादे के देखने लगी। उसके चेहरे पर झिझक एवं गोपनीयता का घुला-मिला भाव था।

दोनों का परिचय कराते हुए फिरोज ने कहा, "यू नो मेघना! कॉलेज में हमारे ज्यादातर साथी बहसबाज थे। हम खूब बहस करते, खासकर शादी के मसले पर।" उसका व्यवहार दोस्ताना था, "हममें से कई थे, जिनका शादी में कतई विश्वास नहीं था, पर नौकरी मिलते ही शादी के मंडप में रँगे हाथ पकड़े गए।"

इस पर सभी हँस पड़े।

"अब कोई शादी न करे तो क्या करे? कॉर्पोरेट जॉब में स्ट्रगल है, कंपिटीशन है, यहाँ तो बस किलर इंस्टिंक्ट चाहिए। तो जनाब अंकित मियाँ! इस टेंशन से बचने के लिए शादी अच्छा तरीका है।"

अंकित कुछ अजीब ढंग से मुसकराया। कुछ हैरानी भी हुई कि फिरोज ने उसकी तड़प को कैसे देख लिया। उसके भीतर के जंगल में न जाने कितने परिंदे एक साथ फड़फड़ाए, पर अभी वह शादी से जुड़े सवालों का जिक्र नहीं करना चाहता। कुछ देर के लिए बात रुक गई।

कुछ सोचकर सादिया ने कहा, ''जमाना बड़ी तेजी से बदल रहा है।''

''ऐसा इसलिए कहा जाता है कि हम एक जगह से दूसरी जगह पहले के मुकाबले बहुत जल्दी पहुँच जाते हैं, वरना लड़की से प्रेम का इजहार करने में उतना ही वक्त लगता है, जितना वाजिद अली शाह के जमाने में।''

''यह तुम्हारा वहम है, फिरोज! आजकल मोहब्बत और निकाह की दूरी बहुत कम हो गई है, वरना पहले महबूबा की एक झलक के लिए आशिकों को सैकड़ों चक्कर लगाने पड़ते थे।''

''दरअसल इश्क में नजरें कमजोर हो जाती हैं और साधारण लड़की भी परी लगने लगती है।'' फिरोज ने सादिया की ओर इशारा कर कहा।

सादिया भी कहाँ माननेवाली थी, ''हाँ, बुजदिल लड़का भी बहादुर जान पड़ता है।''

''सच यार अंकित, इश्क में बड़ी ताकत है। यह बुजदिल को शेर और शेर को बुजदिल बना देता है। मैं बहादुर खाँ डर गया था, पर बात-बात पर शरमानेवाली सादिया झाँसी की रानी बन गई थी।''

''प्यार में इतनी ताकत न होती तो प्यार-मोहब्बत के नाम पर भला इतनी फिल्में बनतीं?'' सादिया ने सहमति जताई।

मेघना की पलकों के नीचे भाव बन-बनकर बिखरने लगे। उसका चेहरा गुस्साया न लगकर सजीव लगने लगा।

सादिया अपने चैनल बड़ी जल्दी बदल देती, ''शादी के लिए मुझे लड़के देखने आते तो मुझे बहुत बुरा लगता। यह बात मुझे एक सिरे से गलत लगती है, है कि नहीं अंकित भाई?''

''सही-गलत की समझ हर किसी की अपनी होती है। वैसे पर्सनली मुझे भी यह पसंद नहीं।'' अंकित के स्वर में एक अछूते भाव का आस्वाद मिला हुआ था।

मेघना भी मैदान में आ डटी, ''अनजान लोगों के सामने कॉमोडिटी की तरह उसे पेश करने का मतलब हुआ उसे हीन समझना।''

''हाँ, मैं भी यही समझता हूँ कि सेल्फ रेस्पेक्ट एक इनसानी जरूरत है।''

अंकित की आवाज में एक उलझन और बेचैनी लगी। अचानक यह साँवली-सी लड़की उसके मन-आँगन में झाँककर उजाला फैलाने लगी। उसके कान गरम होने लगे।

अंकित को सुनते हुए मेघना अपने भीतर की आवाज सुनने लगी। उसे महसूस

हुआ कि जो कुछ यह कह रहा है, उसमें दिमाग की भूमिका कम और दिल की अधिक है। वहाँ जैसे जीवन की आँख-मिचौली चलने लगी। गरम कॉफी के घूँट वह अपने सूखे गले के नीचे उतारने लगी।

"अंकित, मैं एक सलाह देता हूँ। अपनी शादी के मामले में अपने पिता के भरोसे मत बैठना, उम्रदराज से केवल चार दिन मिले हैं, दो आरजू में तो काट ही दिए, बाकी के दो तो इंतजार में बरबाद मत करो। किसी से प्यार कर लो, मेरी मानो।"

"इश्क का तजुरबा है इन्हें अंकित भाई! इन्हें तो मजनू अवॉर्ड से नवाजा भी गया था।" सादिया ने कहा।

"मुबारक हो फिरोज, पर मेरे घरवाले प्यार-व्यार को जरा ठीक नहीं समझते।" अंकित ने कुछ संजीदगी से कहा।

"तेरे क्या, किसी के घरवाले प्यार को ठीक नहीं समझते। मेरी अम्मी ने मुझसे कहा था, 'ऑफिस काम करने जाते हो या लव करने?'' "यह तो हमारी नेशनल प्रॉब्लम है, मैं अकेला क्या जवाब देता? प्यार किए बिना प्यार के राज को नहीं समझ सकोगे। जाने कैसे ख्वाब को सच मानकर सादिया पर लाइन मारने लगा। लाइन का डेफिनेशन मुझे याद था, दो बिंदुओं के बीच निकटतम दूरी, पर यहाँ पता चला कि यह दो बिंदुओं के बीच की दूरी बड़ी दूर और घुमावदार है।"

मेघना भी मुसकराए बिना न रह सकी।

"मेरी हसीना मान गई, अंकित! मेरी रब ने जोड़ी बना दी। सच्चे प्यार का पहला अध्याय जो भी हो, पर अंतिम अध्याय तो शादी ही है।"

मेघना और अंकित दोनों की पहचान एक नई शक्ल अख्तियार करने लगी। आहिस्ते से वे इतने करीब आ गए कि एक-दूसरे के आसमान में उड़ने लगे। यह रहस्य सादिया और फिरोज से छुपा नहीं रहा। फिरोज ने मुसकराकर अपनी खातून को देखा। उसने शौहर को खामोश रहने का इशारा किया। दोनों खामोशी से इस मंजर को देखते रहे। कॉफी खत्म हो चुकी थी, फिरोज ने बिल अदा किया और पत्नी से कहा, "घर नहीं चलना क्या?" फिर अंकित के कान में धीमे से बोला, "बात यहीं रहेगी या आगे बढ़ेगी?"

सादिया जाने के लिए उठ खड़ी हुई। दोनों खुदा हाफिज कर निकल गए। उनके जाते ही वहाँ अस्वाभाविक चुप्पी छा गई। अंकित के अंदर एक मचलता सवाल कुलबुला रहा था, लेकिन एक थरथराहट, एक कँपकँपी बीच में आ जाती। वह किसी भँवर में घिरने लगा, वह जैसे कोई अवसर तलाशने लगा।

जाने मेघना को क्या हुआ, जो उसे अपनी जगह रोके हुए था। एक संकोच, एक दबी-दबी चाहत, एक बहुत ही महीन मुसकराहट की रेखा उसके होंठों के बीच झलकी और तत्क्षण गायब हो गई। उसकी आँखें झील-सी न होते हुए भी वह उसमें डूबने लगा। बंजर जमीन पर गुलाब खिलने लगे। अंकित का मोबाइल बजा, अखिलेशजी का था। वह उठकर चला गया और जल्दी ही बात खत्म कर वापस आकर बैठ गया।

क्षणांश दोनों कहीं खो गए। तमाम बातें दिमाग से गुम हो गईं, पर कुछ बातें शब्दों की मोहताज नहीं होतीं—भावनाओं का एक झीना सेतु उनके बीच निर्मित होने लगा। जिंदगी में कुछ नया जुड़ने लगा।

"दुनिया रोज बदलती है और बदलती दुनिया के साथ हम भी बदल रहे होते हैं।" अंकित का स्वर इतना धीमा था जैसे अपने आपसे कह रहा हो। एक साथ कई विचार उसके दिमाग में विद्युत् गति से आने-जाने लगे। आँखों के आगे सपनों के विजुअल्स दिखाई देने लगे। लगा कि उसे इसी वक्त शादी का प्रस्ताव रख देना चाहिए, किंतु प्राण हलक में आ गए, खून का दौरा तेज हो गया। दिल धक्-धक् करने लगा। उसे दुविधा में अवसर गँवाना ठीक नहीं लगा, "मुझसे शादी करोगी?" आँखें उत्सुकता से उसके चेहरे पर स्थिर हो गईं।

उसके होंठ कुछ कहने के लिए काँपे, लेकिन काँपकर ही रह गए। तितली, जो उड़ने को होती है और फिर कुछ सोचकर बैठ जाती है। स्वीकारोक्ति के साथ उसकी आँखें झुक गईं, वह ललित-ललाम हो गई। एक शाम ने उसकी काया पलटकर रख दी।

अंकित को फिरोज का एस.एम.एस. मिला—

"कौन कहता है मुहब्बत को जुबाँ होती है,
यह हकीकत तो निगाहों से बयाँ होती है।"

उसने 'शुक्रिया' टाइप कर दिया। यह उसके जीवन का सबसे अविश्वसनीय क्षण था। फिर तो बातों का पिटारा खुल गया। यह कैसा आकस्मिक संयोग था! दोनों एक-दूसरे की ओर हैरान हो जानेवाली नजरों से देखने लगे, एक-एक कर हकीकत से परदा उठने लगा। अब वे घर जाकर माँ-बाप के खुशी और आश्चर्य से भरे चेहरे देखने को उतावले हो उठे।

एक-दूसरे की बगल में चलते वे बाहर आए। साँझ भी कुछ अलग ढंग की लगी। राजस्थान रोडवेज की बसें आ-जा रही थीं। लोग बसों पर सवार हो रहे थे,

कोलाहल था, भीड़ थी, लेकिन तब भी पूरी कायनात में रिद्म थी।

पिछले दिनों के जद्दोजहद के बाद आज अंकित एक अनोखे सुख की अनुभूति करने लगा। वह एक ऐसे मुकाम पर पहुँच गया, जहाँ जेहन में नई हिम्मत उभरने लगी। वह कुछ नहीं बोल रहा था, पर रह-रहकर उसके चेहरे की तरफ नजर डालकर देख लेता। कोई मौन संवाद था, जो धीरे-धीरे ध्वनित हो रहा था।

मेघना का मन दुर्बलता के परिमंडल में चक्कर काट रहा था। कोई ठंडी सी चीज उसकी पीठ पर फिसल रही थी।

अखिलेशजी के भीतर अधैर्य का एक ऐसा क्षुब्ध गुबार उठा कि वे बेटे बगैर पत्नी के साथ सधे कदमों से राजीव कुमार की बैठक में दाखिल हो गए। उनके आते ही जैसे घर ने साँस लेना बंद कर दिया, सबकुछ थम गया। श्यामा और राजीव बेटी की अनुपस्थिति में अपनी मानसिकता व्यवस्थित करने लगे। वातावरण में कुछ ऐसा घुलने लगा था, जो सबकी पकड़ के बाहर था। हवा एक अलग किस्म का बेसुरा संगीत पैदा करने लगी।

राजीव के चेहरे पर कुछ खो जाने का भाव छा गया, "घर ढूँढ़ने में दिक्कत तो नहीं हुई?" जाने कैसी लाचारी उनकी आवाज में गूँजी।

"आपका एड्रेस था, तब भी टैक्सी ड्राइवर को दो बार समझाना पड़ा।" वह किसी खास मकसद से नजरें घुमाकर कमरे का जायजा लेने लगे। शहरी टीम-टाम की सारी चीजें वहाँ मौजूद थीं।

राजीव कुछ कहने से पहले चुप हो गए, जैसे शब्द ढूँढ़ रहे हों। मन-ही-मन साहस जुटा रहे थे कि कुछ कहने से इन पर क्या प्रतिक्रिया होगी। श्यामा को अखिलेशजी की सूरत मसखरों जैसी लगी। लगा कि उसे हँसी आ जाएगी, उसने उनकी ओर से नजरें हटा लीं। सुशीला काठ की पुतली की तरह एक कोने में निर्विकार बैठी थी। श्यामा को लगा, इन लोगों को मेघना शायद ही पसंद करे। उसका चेहरा फीका पड़ गया। उसे ये लोग उसकी कल्पना के जरा भी अनुरूप नहीं लगे। मन में लड़केवालों की जो छवि थी, उसके साथ कोई समानता ही नहीं थी। उनके रहन-सहन में ऐसे संबंधी का तालमेल नहीं बैठेगा। उसका उत्साह ठंडा पड़ गया, लगा कि अच्छा हुआ मेघना यहाँ नहीं है।

सुशीला इधर-उधर देखने लगी। उसे कन्या की प्रतीक्षा थी।

"आपकी लड़की कहाँ है?" आखिर अखिलेशजी ने पूछ ही डाला।

अब तक राजीव अनिश्चय में बैठे रहे थे, यह सुनते ही बगलें झाँकने लगे।

श्यामा ने बात सँभाली, ''अचानक उसे ऑफिस जाना पड़ा, आती ही होगी।''

सब एक विचित्र अहसास से गुजर रहे थे। जानने के क्रम में अखिलेशजी से जो कुछ शेष रह गया था, वह भी जान लिया। उनका चिंतन चालू था। अंकित की कमी उनको बुरी तरह खलने लगी।

''देखिए न! आजकल महँगाई तो हदें पार कर रही है। पेट्रोल के दाम सरकार रोज बढ़ा देती है।'' राजीव ने अपनी मनोभावनाएँ छिपाए सहज बने रहने की कोशिश की।

अखिलेश कंधे उचकाकर असहमत हो गए, ''महँगाई तो बढ़ी है, पर लोगों के पास पैसा भी बहुत हो गया है।'' उनकी आवाज के तीखेपन में बहुत सारे अर्थ समाए हुए थे।

पत्नी को देखकर राजीव ने कहा, ''मेरे खयाल से अब चाय ले आओ।''

श्यामा उठकर अंदर चली गई। कामवाली को उसने जानबूझकर नहीं बुलाया था। याद था, इंदौर से लड़केवाले आए थे, खाए-पिए, जाने के बाद जवाब तक देने की जरूरत नहीं समझी। उसे तो यह रिश्ता पसंद नहीं आया। इनके तौर-तरीके, हाव-भाव सब फूहड़ लगा। वह मुंबईवाले लड़के के बारे में सोचने लगी। नाश्ते की ट्रे लेकर वह बैठक में आई, खाने-पीने का सिलसिला चलने लगा, लेकिन वक्त में जैसे ठहराव आ गया, ऐसा ठहराव, जिसमें कुछ भी घटित नहीं होता, लेकिन इसी समय एक ऐसी अनहोनी घटित हो गई, जिसकी किसी ने सपने में भी उम्मीद नहीं की थी।

मेघना और अंकित दरवाजे की चौखट पर आकर फ्रीज हो गए। सभी भौचक, खलबली मच गई। केवल सुशीला तटस्थ रही, क्योंकि वह बहुत पहले चौंकना भूल चुकी थी। राजीव एवं अखिलेशजी कुछ समझने की चेष्टा करने लगे। एक अनजान लड़के के साथ बेटी को श्यामा फटी-फटी आँखों से देखती रही। शाम धुआँ-धुआँ हो गई। सब माया और सच के बीच झूल रहे थे।

मेघना बिल्कुल अलग दिखाई दे रही थी। एक नूर था उसके चेहरे पर, अँधेरी रात के बाद निकलती हुई सुबह की तरह। अंकित के चेहरे पर संकोच के साथ एक खूबसूरत-सा गर्व था। राजीव बच्चों की मंशा समझ गए, लेकिन उन्होंने अपनी प्रतिक्रिया व्यक्त नहीं की। श्यामा इस स्थिति को आत्मसात् नहीं कर पा रही थी। महीन सुई की तरह कुछ चुभ रहा था उसके भीतर। अखिलेशजी का अब तक का सारा निष्कर्ष गड़बड़ा गया। बस सुशीला बेटे को देखकर सुख की साँस ले रही थी

और मेघना को एकटक देखे जा रही थी।

"ये हैं मेरे सुपुत्र अंकित।" अखिलेशजी ने दुविधा के क्षणों से गुजरते हुए कहा।

"ये है मेरी बेटी मेघना।" श्यामा ने जैसे स्वीकारोक्ति की।

"तुम लोग कैसे मिले?" राजीव ने बेटी से पूछा।

मेघना ठिठकी। उसका डर बढ़ने लगा, लेकिन असलियत बताने का यही समय था, "बीकानेर हाउस में, और हमने···" आगे कुछ कहने की उसकी हिम्मत नहीं हुई।

"हमने शादी करने का फैसला किया है।" अंकित ने खुद को रोका नहीं या संभवतः रोकना मुमकिन नहीं था। इस उद्घोषणा के लिए कोई तैयार न था। प्रति-उत्तर में सब मौन हो गए। अखिलेशजी के चेहरे का तो रंग ही उड़ गया।

"आप भी तो यही चाहते थे न, बाबूजी।" अपनेपन से कहता हुआ अंकित पिता के पास जाकर बैठ गया। अखिलेशजी के चेहरे से साफ जाहिर था कि वह खुश नहीं, उनकी गरदन अकड़ गई थी। वह मन-ही-मन कुपित हो रहे थे। एक पराजय-बोध भी हो रहा था।

वह भावहीन बने रहे। उनको लग रहा था कि माँगने का उच्चतम क्षण खिसक रहा है। वह क्षोभ की स्थिति में कुछ देर बैठे रहे। बेटे के व्यवहार से खिन्न थे। वे जाने के लिए एकदम से उठ खड़े हुए। आते समय जो घमंड का भूत उनके सिर पर सवार था, वह गिरकर चकनाचूर हो गया। राजीव हँसने की चेष्टा में गंभीर हो गए। सब चुप थे। शायद शब्दों की भूमिका समाप्त हो गई थी। मेघना का ध्यान अंकित की तरफ था। वह भी सम्मोहित भाव से उसे देख रहा था। सूरज डूबने लगा था। रोशनी घटने लगी थी। खिड़की से आती हवा कभी तेज, कभी धीमी हो जाती।

उन लोगों के जाते ही ऐसा लगा, मानो अभी-अभी जो घटना घटी, वह एक छलावा था।

बच्चे अपना फैसला खुद करें तो इसमें क्या बुराई है! राजीव के होंठों तक यह बात आई, पर कहें या नहीं, वह निश्चय नहीं कर पाए। उन्होंने चुप्पी को हथियार बना लिया। उनमें न उत्तेजना थी, न लगाव।

श्यामा सिर पकड़कर बैठी थी। उसकी भाव-भंगिमा देख मेघना घबरा गई, "ममा! तुम ही चाहती थीं न कि मैं शादी कर···।"

"हाँ, शादी करना चाहती हूँ तुम्हारी, पर ऐसे लड़के से नहीं। मुझे न लड़का पसंद आया, न उसका बाप।"

मेघना को झटका लगा। वह रोनी-रोनी सी हो गई। एक विचित्र मोहबंध उसे अंकित की ओर खींच रहा था।

"ममा! मुझे अंकित अच्छा लगा, तुम···" हलकी-हलकी लहरियाँ उसके दिल में उठ रही थीं।

"क्यों भला?"

"वैसे ही, अच्छा लगा बस, दैट्स ऑल।" उसके चेहरे पर वैसी दीनता बनी रही, जैसे जानना चाह रही हो कि इसमें गलत क्या है।

"दहेज के लालची लोग हैं। ये क्या किसी की बेटी की इज्जत करेंगे!" चेहरे पढ़ने में श्यामा खुद को माहिर समझती थी, "दिल की बात मैं ताड़ लेती हूँ। ये बाप-बेटे की चाल थी, तुम सबको न खेल का पता है, न हार का, न जीत का।" कुछ देर वह बेटी की तरफ देखती रही, फिर अपने कमरे में चली गई, पर उसकी फुफकार सुनाई देती रही।

मेघना के सीने में कुछ फँस गया। उसने पिता की ओर देखा। उनकी आँखों में हमदर्दी थी। उसे लगा कि एक ही घर में रहनेवाले माँ-बाप के सोच में इतना फर्क क्यों है? वह बिखर गई, उसका मानसिक संतुलन बिगड़ने लगा; किंतु जब कोई नदी हिमालय के हृदय से निकलती है, चाहे बड़ी हो या छोटी, शिलाओं से मार्ग नहीं माँगती। वह शिलाओं को पार करती हुई चलती है और अपना तट स्वयं बनाती है। वह अंकित के उस जुनून में डूब गई, जिसमें हर मुहब्बत करनेवाला डूबता है।

कल तक कौन सोच सकता था कि अंकित के जीवन में इस तरह कोई लड़की आ जाएगी। यादों और आकांक्षाओं से झिलमिला रहा था उसका चेहरा, लेकिन अखिलेशजी पर यह शाम भारी होकर उतरी थी। घर पहुँचते ही बोले, "इसी लड़की को पसंद करना था तो उसे साथ लेकर क्यों आ गए? कुछ लेन-देन तय हो जाने देते!" आवाज में पछतावा और गुस्सा दोनों मिला हुआ था।

"मति मारी गई थी तुम्हारी। हमारा तो समाज में रहना दूभर कर दिया। यह तुमने ठीक नहीं किया, अंकित।" वह इस शादी को अब तोड़ने पर उतारू हो गए।

अंकित भी अब दृढ़ता से स्थिति का मुकाबला करने को तैयार था, "क्या ठीक नहीं, बाबूजी! वे दान-दहेज क्यों देंगे? उनकी लड़की खुद कमा रही है। आपको जो चाहिए, हम देंगे।" उसके स्वर में सच्चाई थी और अपने आप पर भरोसा भी।

अखिलेशजी संवेदनहीन बने रहे। वे समझ गए कि प्रेम पर उतारू बेटा मानेगा नहीं, अभी एक लड़की की प्रेमधारा में बह रहा है, चाहे वह धारा सबको डुबोकर ही रहे। सुशीला मंत्रविद्ध-सी बेटे के नए आयाम को खुलते देख रही थी।

अंकित को अपने आस-पास मेघना की खुशबू महसूस हुई। बहुत-सी ख्वाहिशें अंदर पैदा हो रही थीं। वह खुद अभियुक्त, वकील और जज बना और अपने को बाइज्जत बरी कर दिया। उसके भीतर चीजें बिल्कुल साफ हो गईं। मन दूर कहीं बज रही धीमी-धीमी शहनाइयों में डूब चला। एक पूरे दिन की कशमकश के बाद दिल्ली के आसमान पर पीला चाँद निकला था।

□

निरीहता के पार

पिछवाड़े लॉन में बैठकर बुचिया माई ने थकान की गहरी साँस ली। इस घर में काम का अंत नहीं। अल्ल सुबह नहा-धोकर जो कम में जुटती हैं तो बस···। कहने को रमेसरा और बीरू दो नौकर हैं, पर इनका क्या भरोसा, आज हैं, कल नहीं। फिर ये हैं भी कितने अजीब, मान-अपमान की कोई भावना नहीं, गलतियाँ करने के बाद भी इनकी आँखों में न कोई शरम, न कोई संकोच। तभी माई ने रमेसरा से कहा, "इतना जोर से रेडियो मत बजा।" पर वह तो उसी तरह निडर होकर बजाता रहा, बीड़ी का धुआँ उड़ाता रहा और वो बीरू दूध लेने गया तो लापता हो गया··· आलसी! कामचोर।

उनके बिना इस घर का काम चल सकता है, यह तो बुचिया माई सोच भी नहीं सकती। बहूरानी को तो क्लब-पार्टी, सजने-सँवरने और सखी-सहेली से ही फुरसत नहीं। यह गृहस्थी माई की ही वजह से आराम से चल रही है। तीनों बच्चों को अपने प्यार से ऐसे घेरे रहती हैं कि उन्हें माँ का नहीं रहना अखरता नहीं है। ऐसे भी वे क्या कम मेहनत करती हैं! जी-जान लगा देती हैं, पर बहूरानी तो छोटी-छोटी गलतियों पर झल्ला उठती हैं, न बड़ा मानती हैं, न कोई आदर देती हैं, ऊपर से सब नौकर-चाकर के साथ उन्हें मिला देती हैं। उन्हें नौकर समझना क्या असंगत नहीं? बड़की मालकिन थीं तो उन्हें बराबरी का दर्जा देती थीं। आँगन में बैठकर दोनों घंटों दुनिया-जहान की बातें करतीं। इस घर के सुख-दुःख से जुड़कर उन्हें सार्थकता की अनुभूति होती थी, इसीलिए एक बार परसा से यहाँ आकर आगे का नहीं सोचा। परसा से भी संबंध टूट गया, अब तो बस मेहमान की तरह ही साल में एकाध बार जाना हो पाता है।

बड़की मालकिन का प्रेम उनके लिए बहुत बड़ा संबल था। उनके साथ उस अपनत्व और निजता का ही एक बहुत बड़ा हिस्सा खत्म हो गया।

"बुचिया माई..." बहूरानी की सख्त आवाज चीरती हुई इस कोने से उस कोने तक गूँज गई। हल्के अपमान से शिथिल वे धीरे से उठीं, "ये औरत मेरी कदर नहीं..." रिंकू भागा आया, "माई! आपको मम्मी बुला रही है, कब से..."

सब्र तो एक सेकंड का नहीं। उनका घायल अहं सुलगने लगा, पर अपने पर संयम किया। सारे गुस्से और दुःख को पीछे धकेलकर समझदार बन गईं। टीना और बुबु को पढ़ाने में व्यस्त बहूरानी ने बिना उनकी ओर देखे कहा, "आज मेरा और डॉक्टर साहब का खाना बाहर है, केवल बच्चों के लिए खाना बनेगा।"

उन्हें कहने का अंदाज अच्छा न लगा, जैसे वे बिल्कुल उपेक्षणीय हों। उनका मन उचाट हो गया। उसी उचाट मन से वे रसोई में जुट गईं। सोचा, टीना के लिए मूँग की दाल बना दें, कब से कह रही है। कमरे से बहूरानी के डाँटने-मारने की आवाज आ रही थी। अरे, नादान बालक हैं, अब गट्ठर भर किताबों की विद्या-बुद्धि भरने की कोशिश करेंगी तो यह हल्ला तो करेंगे ही। और पढ़ाई में मारने की क्या बात हो गई? छोटे-छोटे अबोध बच्चों के लिए मन छोह से भर गया। काम छोड़कर बच्चों के पास आईं। तीनों सहमे हुए थे और बहूरानी की आँखों में क्रोध फड़क रहा था। ऐसे में कुछ भी कहना व्यर्थ था, "अंधे के आगे रोवै, अपना दीदै खोवै..." बहूरानी की नजर उन पर पड़ी तो उसी रोषयुक्त प्रवाह में बोली, "आप यहाँ क्या कर रही हैं?"

एक क्षण को तो किंकर्तव्यविमूढ सी खड़ी रह गई, समझ नहीं आया कि सह जाए या तुरंत प्रतिकार करे। उसी समय डॉक्टर डिस्पेंसरी से थके लौटे और माई को देखते ही बोले, "अपने हाथ से एक प्याला अच्छी चाय बनाकर दीजिए तो माई।" स्वर में लिपटे अपनत्व से वे निहाल हो उठीं। बच्चों की तरह स्वच्छंद मन से मुसकराईं।

परीक्षा के प्रश्न-पत्र के मनोयोग से वह चाय बनाने लगी। शरीर में अपने आप स्फूर्ति आ गई। भीतर कहीं एक तृप्ति की भावना हो रही थी। चाय लेकर पास पहुँची तो बहूरानी बोलती-बोलती बीच ही में रुक गई, लगा कि उन्हीं के बारे में बात हो रही थी। डॉक्टर को चाय थमाकर वे वहाँ खड़ी रहीं, डॉक्टर ने घूँट भरी तो वे प्रशंसा पाने के लिए उनको देखने लगीं, पर वहाँ तो प्रशंसा की छाया तक नहीं थी। मन हुआ कि पूछे चाय कैसी बनी है, लेकिन अगले ही क्षण बात ऐसे गटक गई, जैसे कोई थूक निगल जाता है।

घंटों आईने के सामने तैयार बहूरानी निकली तो सुगंध का कोहरा चारों ओर छा

गया। चलते-चलते कहा, "माई! बच्चों को खिलाकर टाइम से सुला दीजिएगा।" अभी आवाज कुछ सरल थी और भौंहों में वह सदा का तनाव भी नहीं था।

माँ के जाते ही तीनों बच्चे गिरते-पड़ते माई की साड़ी पकड़कर झूल गए, "माई कहानी सुनाओ…।"

माई के पास कहानियों का खजाना था।

"पहिले खाना खा लो फेर…" कहकर उन्होंने दाल में जीरे का छोंक लगाया, छोंक की सोंधी खुशबू से चौका महक उठा।

"नहीं, पहले कहानी…" वे जिद करने लगे। उन्होंने कृत्रिम रोष दिखाया, "देखो, तुम लोग सीधे ढंग से नहीं खाओगे तो हम अपने गाँव चले जाएँगे…"

इस धमकी से टीना बहुत डरती थी, वह चुपचाप खाने बैठ गई। रिंकू तो है ही समझदार, और छोटा बुबु! उसे एक-एक कौर दूध-बताशा राजा खाए…कह-कहकर खिलाना पड़ता है।

तीनों को खिलाकर सोने भेज दिया और खुद स्टोर में चली गईं। वहीं उनका बक्सा था। आज बहूरानी ने दरमाहा (तनख्वाह) दिया था। उस समय काम अत्यधिक होने के कारण ताखे के अखबार के नीचे रख दी थी, कहीं रमेसरा या बीरू की नजर पड़ गई तो…। अपनी भानुमति के कुनबे जैसा बक्सा जब भी खोलतीं, सब नए सिरे से सहेजतीं। यहाँ तो उनकी सारी पूँजी है। इसे वे जान से भी ज्यादा हिफाजत से रखती हैं। इस खटर-पटर के बीच तीनों उन्हें खोजते-खोजते वहाँ पहुँच गए। अपने बक्से पर माई को झुका देखकर टीना ने संदेह भरी दृष्टि डालकर पूछा, "माई, आप सच्चो-मुच्चो जा रही हैं?" पीछे से आकर बुबु ने पूछा, "तुम कहाँ चली गई थीं?" उनके खो जाने से वह रोने लगा था और उसके कुम्हलाए गालों पर अभी भी आँसू की बूँदें थीं। सयाना रिंकू उन्हें हाथ पकड़कर उठाने लगा। उनकी आँखें छलछला आईं। कौन कहता है, परायी संतान अपनी नहीं होती, दिन-भर की पीड़ा वाष्प बनकर उड़ गई।

बुबु माई के पास सोया। उसे माई से सटकर सोना अच्छा लगता है। टीना ने चिढ़ाया, "छोटा बच्चा!"

"मारेंगे गंदी बात की तो।" बुबु हाथ उठाकर अपनी झेंप गुस्से में छिपाने लगा। माई ने पुचकारकर बुबु को और सटा लिया और कहानी शुरू कर दी। तीनों की उत्सुक आँखें उन पर टिक गईं।

धीरे-धीरे कहानी की जादुई दुनिया बच्चों की आँखों में उतरने लगी और वे

बेखबर सो गए। सोये में बुबु का मासूम चेहरा और मासूम लगने लगा। उसके माथे पर बालों की जो लटें छितरा आई थीं, उन्हें समेटकर कानों के पीछे कर दिया और धीरे से उसे झुककर प्यार किया।

माई एक हाथ सिरहना बनाकर आत्मस्थ और चुप लेटी रही, दूसरा हाथ सहज ही बुबु की पगतली पर पड़ा रहा। वह भूला हुआ दर्द एकांत में फिर सजीव होने लगा। वे बच्चों को इतना प्यार करती हैं…इस घर में जिंदगी लगा दी…उन्हें जिंदगी का तजुरबा है…क्या उन्हें यहाँ एक बुजुर्ग का सम्मान नहीं मिला सकता? यथार्थ के नुकीले पंजे उन्हें गड़ा–गड़ाकर बता रहे थे कि उनकी हैसियत क्या है? करवट बदलकर निद्रस्थ हो जाना चाहा, ताकि निरर्थक उलझनों की उधेड़–बुन मिट जाए, लेकिन नींद नहीं आई। रात काफी बीत चुकी थी, अभी तक डॉक्टर और बहूरानी लौटे नहीं थे। इस तरह बाल–बच्चों को छोड़कर देर रात तक घूमा जाता है? उन्होंने सायास अपना ध्यान उधर से हटाया और भीतर भजने लगीं, "उमा, उमापति संग बिराजै…"

डॉक्टर सुबह सात बतें ही डिस्पेंसरी निकल गए। उसके बाद रिंकू और टीना स्कूल गए। बुबु का स्कूल नौ बजे लगता है। उसी के लिए दूध लेने चौके में गईं तो देखा कि रमेसरा सीधा डेकची में ही मुँह लगाकर जल्दी–जल्दी दूध पी रहा है। उन्होंने शोर किया, न करती तो बहू को क्या जवाब देती? पहले भी एकाध बार नौकरों की छोटी–मोटी चोरियों को नजरअंदाज किया था तो तोहमत लगी थी कि उनसे साँठ–गाँठ कर लेती हैं। इसीलिए उनसे रहा न गया, "अभी उसी में से बुबु को दूध देना है और तुम दूध जूठा कर…।

रमेसरा के मुँह का रंग बदल गया। वह बुरी तरह सकपका गया। एक मिनट जैसे सब जहाँ–का–तहाँ थम गया। तभी न जाने कहाँ से करमजला बीरू टपक गया। पता नहीं दोनों ने आपस में क्या इशारा किया कि बीरू उल्टा उन्हीं पर आरोप लगाने लगा, "माई राते अपने दुधवा पी गई हैं और एक घड़ी…" वे सन्न रही गईं। इतनी बड़ा झूठ। अपमान के इस दंश ने उन्हें तिलमिला दिया। एक गहरी उत्तेजना भरती जा रही थी। वे दोनों को गालियाँ देने लगीं। चख–चख सुनकर बहू वहाँ आ गई। आते ही बीरू ने शिकायत लगाई, "माई अपने दूध पीकर…"

माई के तन–बदन में आग लगी थी। दिमाग बौखला रहा था। आपत्तिजनक स्वर में कहा, "देख बीरू…"

बहू की कठोर मुद्रा देखकर उनका आवेश कड़वाहट में बदल गया। चेहरे

के साथ बहू की आवाज भी सख्त हो गई, "माई, आपकी तो किसी नौकर से नहीं पटती, आप तो चाहती ही नहीं हैं कि इस घर में कोई दूसरा नौकर रहे। नौकर न रहे तो आपकी पूछ होती रहे इसीलिए…।"

सबके सामने यह बात उन्हें भेदकर मर्म में इस तरह चुभ गई कि वे अपमान से लाल हो उठीं। रोयाँ-रोयाँ बींध गया। उन्होंने ऐसा तो कभी नहीं सोचा था। रोष से तमतमा उठी, "आप त चउका के तरफ देखती नहीं और हम पर अइसा इलजाम! हमको बरदास्त नहीं होता…हम इहाँ कइसे रहे"

"देखिए माई! आपकी बहुत इज्जत की, पर आप तो हद से ज्यादा बढ़ती जा रही हैं…अगर आपकी यही मर्जी तो खुशी से जाइए।"

मन पर मानो फिर कुल्हाड़ी की चोट हुई। वे विवर्ण हो उठीं। उनके होंठ सूख गए। उनकी स्थिति एकदम गड़बड़ा गई। कुछ कहने की कोशिश की, पर बहूरानी की आँखों में जो पढ़ा, उससे मन परिताप से भर गया। समूचे वातावरण में जहर फैल गया। बड़े उद्धत भाव से रमेसरा बोला, "अब जाने की तइआरी करिए…"

"हाँ, जा रहे हैं…" कहते-कहते उनका कंठ अंतर के आँसुओं से काँप उठा।

बहू उसी तरह चुप खड़ी रही, कुछ नहीं बोली। इस चुप्पी से माई के मन में बड़ी बेचैनी घुलने लगी। वे जाकर अपना बक्सा ठीक करने लगीं। घबराहट, अपमान और आक्रोश को छिपाने के लिए बक्से में व्यर्थ ही कुछ रखने और निकालने लगीं। उनकी समझ में नहीं आ रहा था कि अचानक यह क्या हो गया? इस आकस्मिक आघात से उनकी विचार-शक्ति लुप्त हो गई।

बक्सा लेकर निकलीं तो देखा बहू के मुख पर अभी भी क्रोध की छाया है। बिजली की त्वरा से कोई चीज उन्हें छील गई। बुबु ने अब रोए तब रोए-सा आकर माई की उँगली को कसकर पकड़ लिया। बहू ने उसे तीखे स्वर में डाँटा, "बुबु!"

वह छिटककर दूर हो गया। एकाएक सब विच्छिन्न हो गया। उन्होंने चारों ओर एक निरुपाय-सी दृष्टि घुमाई, वहाँ रुकना एकदम अनावश्यक लगा।

वे चल पड़ीं। पर मन में कहीं एक विश्वास था कि कोई रोक लेगा, मना लेगा। सहसा उन्हें लगा कि पीछे से कोई बुला रहा है, मुड़ी तो देखा, सब चित्र-लिखित से खड़े थे। वे सिर झुकाए बढ़ने लगीं, कोई उनके पीछे नहीं आया, उन्हें किसी ने नहीं पुकारा, उनके उस मोटे अलमस्त बुबु ने भी नहीं। सब तरफ म्लान धूसरता छा गई। बक्सा लिये वे भारी हृदय से चल रही थीं, उनका मन रो रहा था। फाटक से बाहर निकलते एक अजीब-सी अपराध भावना से भर गईं, जैसे बहुत गलत काम

करके जा रही हों। वे चाहती तो इस छोटी सी अप्रिय घटना को टाल सकती थीं। वे ठिठककर खड़ी हो गईं और घर को ऐसे देखने लगीं, मानो कह रही हों, हमको रोक लो बहूरानी···अरे, हम तो मूढा हैं···हम तो सदा से तुम लोग के हैं··· उनकी आँखों से झर-झर आँसू बह आए। अपने हाथों सब खत्म कर दिया। तब गुस्से में वे इस विवशता को समझने में असमर्थ थीं।

सड़क पर आकर लगा कि सारी गलियों के मुहाने बंद हो गए हैं और वे अंधी गली में खड़ी हैं। भीतर बवंडर नाच रहा था, जो मन को न सोचने दे रहा था, न समझने। इस घड़ी वे कहाँ जाएँ? परसा तो बहत दूर है···फिर कुंती का घर बचा। दो वर्ष पूर्व उन्होंने अपनी इस भतीजी का विवाह अपने देवर के बेटे रघु से करवाया था। यहाँ से उसका गाँव दसेक किलोमीटर था।

खोई-खोई पगलाई-सी वे बस-स्टैंड तक पहुँची। बस में ऐसी अन्यमनस्क बैठी रहीं, जैसे किसी वन में भटक गई हों और उन्हें कोई रास्ता नहीं सूझ रहा हो। इस तरह सबकुछ छोड़-छोड़कर आने की क्या जरूरत थी? अपनी सनक का दुष्परिणाम भोगने के सिवाय उन्हें क्या मिला? उनके मन के दोषी भाव ने कहा। उनका चेहरा किसी मासूम बच्चे-सा दयनीय हो उठा। वे खुद को कोसने लगीं, इधर उनके मिजाज में बहुत तेजी आ गई थी। कब से खरी-खोटी सुनाकर जी ठंडा करना चाहती थीं। चौदह बरस साथ रहते-रहते अपने को नौकर से मालिक समझने लगी थी, अरे किस हक से उन पर अपना अधिकार समझा···उनका अन्न खाते हैं, जो मुँह में आया बक दिया···चेत ही नहीं रहा। उन्हें क्या पता था कि अहं की इस जरा-सी फाँस से इतना बड़ा अनर्थ घट जाएगा। चेहरे पर दर्द उभर आया। लगा सारे संपर्क एक झटके से खत्म हो गए। सारा इतिहास टूट गया और रह गया एक शून्य फैलाव···उन्हें महसूस हुआ कि वे नितांत अकेली हैं, निपट निस्संग। जैसे एकदम खाली और खोखली हो गईं। चलती बस की खिड़की से आकाश देखने लगीं, मगर वहाँ क्या था? सूना आकाश। मन में जाने कैसी घबराहट होने लगी, पता नहीं वे किस सफर पर निकल पड़ी हैं! उनका मन कहीं गहरे में डूबता जा रहा था। नि:संतान विधवा बुचिया माई का विषाद क्षण-क्षण घनीभूत होता जा रहा था।

बस से उतरकर वे और उदास हो गईं। गंतव्य तक पहुँचने की कोई खुशी नहीं मिली। मन का अवसाद गोले कुहरे-सा चेतना पर छाया था। धूल-धक्कड़ भरे कच्चे सँकरे रास्ते पर चलने लगीं। घर पहुँचकर बक्सा रखा, आस-पास देखा, वहाँ गंदगी थी और बाहर से घर भी असुविधाजनक लग रहा था। उन्होंने दरवाजा खटखटाया।

भीतर से साँकल खोलने की आवाज आई। कुंती ने ही किवाड़ खोला, उन्हें देखते ही अकचकाकर बोली, "अरे फुआ!" और उनके पाँव पर झुक गई। पर उनकी आँखें सूखी रहीं। कुंती के स्वागत के बावजूद कोई स्नेह महसूस नहीं हुआ। कुंती के पीछे-पीछे वे भी अंदर आ गईं।

"बैठिए फुआ, ई अचानक कैसे आना हुआ?" उसके स्वर में अपनत्व की लहक थी।

पर माई खामोश रही, जैसे कुछ सोच रही हों। कुंती ने शीतलपाटी बिछाई और भीतर चली गई। वे धीरे से बैठ गईं। बैठते ही मन ने कहा, ये कहाँ चली आई बुचिया! तू यहाँ रह पाएगी? यहाँ क्या करने आई है? कोई भावनात्मक तार नहीं जुड़ पा रहा था। मन का धिक्कार उग्र होता जा रहा था। कुंती एक हाथ में पानी का गिलास और दूसरे हाथ में कुछ खाने के लिए ले आई। माई के सामने रखते हुए कहा, "फुआ! आपके आने से बहुत अच्छा लग रहा है।"

उसके होंठों के बीच एक मनोरम मुसकान फूट रही थी। कड़वे तेल से सँवरे बालों के बीचोबीच सिंदूर की रेखा उसका चेहरा बड़ा सलोना लग रहा था, पर कुछ गँवार सा भी।

"खाइए न!" अपनी छपुआ साड़ी में नाक सुड़कते हुए उसने साग्रह कहा।

उनकी खाने की इच्छा नहीं थी। थोड़ा सा मुँह में रखकर अनमनी मुँह चलाती रहीं। किसी तरह दो कौर खाकर तश्तरी सरका दी और गिलास का पूरा पानी पी गईं।

"क्या हुआ फुआ? खाइए न! अच्छा नहीं लगा क्या?"

"नहीं, बहुत थक गए हैं, खाने का मन नहीं है। रघु कहाँ है?"

"ये ऑफिस के काम से संझोली गए हैं। इधर ऑफिस के काम से इनको बराबर बाहर जाना पड़ता है। ऐसे में हमको···" वह बोलते-बोलते शरमा गई।

तब उन्होंने कुंती के उभरे हुए पेट को देखा। इस ओर उनका ध्यान ही नहीं गया था। मुसकराना चाहा, पर मुसकराया नहीं गया।

रात देर तक जागती रही। दीवारों के पार कहीं हुक्के की गुड़गुड़ सुनाई दे रही थी। कभी सड़क पर कोई रिक्शा या साइकिल गुजर जाती तो कंपन की हल्की सी लहर उन्हें भी छू जाती। मच्छर बहुत थे और कमरे की गरमी में उनका दम घुटने लगा। वहाँ सुख-सुविधा का सारा प्रबंध था। छोटी सी बात उनकी जिंदगी को कहाँ ले आई।

सुबह अँधेरे में ही आँख खुल गई। पहले जैसे उनको समझ में नहीं आया कि

कहाँ हैं, किंतु अगले ही क्षण क्रमशः सारी घटना याद हो आई और उसके साथ ही स्मरण हो गया कि वे उन बच्चों से दूर है। वे उन्हें खोज रहे होंगे और दुःखी होंगे। बाहर सड़क पर नल की पटर-पटर स्वरों के साथ कुल्ला करने, गला साफ करने और स्नान करने की आवाज आ रही थी। कुंती भी घर झाड़ रही थी। उनकी चौदह वर्षों से चली आ रही व्यस्तता आज एकदम से गड़बड़ा गई थी। वे पिंजरे में बंद मैना के समान हो गई थीं, जो या तो उड़ना भूल गई थी या उसके पर ही काट दिए गए थे। कुंती ने आकर पूछा, "उठ गईं फुआ ?"

वे निरुत्तर लेटी रही, जैसे किसी सूने लोक में खो गई हो।

"क्या बात है, फुआ ? जब से आई हैं, अनमनी हैं, उठिए तो मुँह धोइए, हम चाह बनाते हैं।" उसने लगाव-भरे स्वर में कहा।

"उन्हें लगा, जैसे उनके पास करने को कुछ काम नहीं है। न बच्चों को स्कूल भेजने की हड़बड़ी है, न डॉक्टर की चाय-नाश्ता कराने की। लेकिन भीतर-ही-भीतर लग रहा था कि उस घर में उनकी जरूरत है। डॉक्टर, रिंकू, टीना, बुबु सभी व्याकुल होंगे। बुचिया माई के बिना भला उनका काम चल सकता है ! ये उन्हें लेने जरूर आएँगे। यहाँ का पता बहू की डायरी में लिखा है। उनका स्नेहाग्रह इतना वेगपूर्ण होगा कि उसे टालना उनके लिए कठिन हो जाएगा। उन्हें जाना ही पड़ेगा। इस खयाल से सभी कुछ बड़े अतींद्रिय-सा हवा में ठहर गया, सपने जैसा लगा। पुलक से मन भर आया। मोहतंद्रा में डूबी जाने की तक सोचती रही।

□

रघु काम से लौटा तो उन्हें देखकर प्रसन्न हो गया।

एक दिन वह माई के पास बैठकर गरम दूध में एक मुट्ठी चूड़ा डालकर मसकने लगा और बहुत लाड़ जताकर बोला, "अब यहीं रहो चाची। नौकरी-वौकरी छोड़ो, हम इतने बड़े ऑफिस में चपरासी हैं···और फेर तुम्हारी भतीजी···"

रघु की बातें वे भावशून्य सी सुनती रहीं। उनके प्राण तो वहीं अटके थे, मानो फिर से वहाँ लौटना हो। वे उस घर से जुड़कर सारी दुनिया भूल गई थीं। उन्हें तो लगता ही नहीं था कि वे उनके लिए परायी है। वे तो समझती थीं कि उन्हीं में से एक हैं।

इन दिनों प्रतीक्षा और प्रत्याशा में बने रहना उनका स्वभाव बन गया। रोज लगता, आज तो आएँगे ही। आज सुबह कौआ बोल रहा था। कौआ बोलता है तो किसी प्रियजन के आने का संदेश लाता है। आज तो उनका मन कह रहा है कि वे जरूर आएँगे, सुबह उठते ही बंसीवाले कृष्णजी का फोटो देखा है।

वे घर के बाहर बैठी इंतजार में समय काटतीं। यहाँ दिन के दस बजते-बजते सन्नाटा छा जाता है···एक दिन इसी समय उन्होंने अपनी तरफ आती एक पदचाप सुनी। ये तो डॉक्टर की पगध्वनि है, जानी-पहचानी··· । लो वे आ गए। मन भीतर से उछलने लगा। वे जान-बूझकर बेखबर उसी तरह बैठी रही' लेकिन शीघ्र ही उनका भ्रम टूट गया, वो डॉक्टर नहीं, कोई और था। उम्मीद के दरवाजे हठात बंद हो गए।

दिन, सप्ताह और महीने होते चले गए। उनके आने की आशाएँ दुराशा होने लगीं। उस घर से उखड़कर वे जैसे सभी जगह से उखड़ गईं। कुंती और रघु के बीच होकर भी उनसे कटी रहतीं। उन्हें यहा अच्छा नहीं लग रहा था, वे इस घर को अपना नहीं समझ पा रही थीं।

संध्या का अवसाद छा गया था। माई शून्य में अपनी संवेदना बिखेर रही थी। व्यर्थता का बोझ दिनोदिन बढ़ता ही जा रहा था। एक वेदना हर वक्त कौंचती रहती, उस दिन उस विषम विष को क्यों नहीं पी लिया। वे शिव भक्तिन हैं, शिव भी तो··· अरे, वे जरा सा गुस्सा हुई थी और वे समझीं कि···उस घर को वे थोड़ी देर के लिए भी नहीं भूल पातीं। सदा उनके बारे में जानने को उत्सुक रहतीं, क्या बात हो गई? कहीं कोई दु:ख-विपदा तो नहीं आ गई? नहीं तो जरूर आते···वे न आते तो कम-से-कम चिट्ठी जरूर भेजते···क्या मालूम, पता ही गुम हो गया हो··· जैसे अटकलें लगाना उनका प्रिय कार्य हो गया।

अब क्या देकर उनको पा सकेंगी? भूल हो गई। उन्हीं से बड़ी भारी भूल हो गई। शायद वे चाहते होंगे कि वहीं आकर माफी माँगे। यदि वे वहाँ गई तो क्या वे माफ कर देंगे? अरे, बूढ़ी औरत से ऐसा बैर क्या उचित है? उनका मन लगातार बोलता रहता।

"आप क्या सोचती रहती हैं?" रघु की आवाज कानों में पड़ी तो पता चला कि वह सचमुच कुछ सोच रही थी।

"कोई परेसानी है तो कहिए न।

पर वे क्या कहतीं?

पोस्टमैन आता तो जरूर पूछती, "मेरे लिए कोई चिट्ठी-पतरी नहीं है?"

पोस्टमैन 'न' कहकर आगे बढ़ जाता। उन्हें बहुत निराशा होती। दिन प्रतीक्षा में बीत रहे थे। कभी-कभी तो टकटकी लगाए उनकी आँखें पथरा जातीं। दरवाजे पर मूर्ति की तरह बैठी रहतीं।

रात के सन्नाटे में नींद खुल जाती। वे सोचतीं कि जिस तरह वह उनकी यादों

में जाग रही है, वे जाग रहे होंगे। आँखों से झरा आँसू कनपटी को भिरोता हुआ बालों की लट में लटक जाता।

उनके मन का फितूर दिन-रात, उल्टी-सीधी बातें सोचा करता। कभी-कभी डर लगता कि कहीं बच्चे उन्हें भूल तो नहीं गए। बच्चों के हजार-हजार चेहरे उनके सामने घूमने लगे—उन्हें प्यार करते हुए, उनके गले में बाँहें डाले हुए, उनके बगल में लेटे कहानियाँ सुनते हुए। मन में स्नेह का उत्स फूट आया। एक उन्मादी इच्छा उठी कि उन सबको पकड़कर छाती से लगा लें। उन्हें पाने के लिए उनका अंत:करण पागल हो उठा।

एक दिन कुंती ने कहा, "फुआ, आप ठीक से क्यों नहीं खाती-पीती हैं? इधर सब कहते हैं, आप आने के बाद से दुबरा गई है। देखिए तो, कइसा मुँह निकल गया है?"

लेकिन उन्हें अपना खयाल ही कहाँ था!

वहाँ से आए दो महीने हो रखे थे। अब उनका धैर्य जवाब देने लगा। कहीं उन्होंने नहीं बुलाया तो… ? संदेह का छोटा सा मेघ पूरी विश्वास पर फैल जाता। उन्होंने अपनी स्थिति के विषय में नए सिरे से सोचना आरंभ कर दिया। कितने दिन इस तरह चलता? अब वे सहन नहीं कर पा रही थीं। भले ही उन लोगों को माई की जरूरत नहीं, लेकिन उन्हें तो है। फिर डॉक्टर को बीमारों की भीड़ में से आना क्या आसान है? एक दिन बैठे-बैठे निश्चय कर लिया कि कल सुबह वे जल्दी तैयार हो जाएँगी।

सुबह भोर होने से पहले जाग गईं। उन्होंने रात का संकल्प फिर दुहराया। सुबह भी मानो किसी आमंत्रण से भरा था। लगा जाने का यही अवसर है। अपने कामों से जल्दी निवृत्त हो गईं। जाते-जाते कुंती से कहा कि वे आज शहर जा रही हैं, लौटने में शायद देर हो जाए…वह इंतजार न करे।

बस ने उन्हें स्टैंड पर उतार दिया। ढलती दोपहर में सुबह का कलरव शांत था। दिमाग उस घर के बारे में सोच रहा था और पग अपने रास्ते पर चले जा रहे थे। सोच रही थीं, वहाँ उन्हें देखते ही सबका मुख खिल उठेगा। प्रश्नों की झड़ी लग जाएगी, इतने दिन कहाँ थी? क्यों नहीं आई? क्या उनको यहाँ की याद नहीं आई? ऐसा भी क्या गुस्सा? ये विचार ही उनकी थकान सींचने लगे। भीतर अपनत्व की अनुभूति फूट रही थी, मंसूबे बँध रहे थे और लग रहा था कि वहाँ सब बदला हुआ मिलेगा। गांधी चौक पहुँचकर कुछ ठहरीं, माथे पर पसीने का अनुभव किया, साँस फूलने

लगी। पसीने को आँचल से पोंछकर वे फिर चल पड़ीं, जैसे एक अदृश्य तार उन्हें खींचे ले जा रहा था। लेकिन मनोलाप के संवादी स्वरों के बीच कभी-कभी विरोधी स्वर भी उभर आते। तब उनका मन तरल अविश्वसनीयता में डूबने-उतरने लगता।

कोठी में घुसते ही एक सुखद अनुभव हुआ। लॉन की हरी घास नरम धूप में सीलन सोख रही थी। वहाँ तक मायाविनी चुप्पी व्याप्त थी। सबकुछ अजगुत-अजगुत लग रहा था। इस समय उनकी पारदर्शिनी सरल आँखों में आशा-निराशा का मिलन साफ-साफ दिखाई दे रहा था।

बुबु दौड़ता हुआ बाहर आया, उसे अतृप्त नेत्रों से ऐसे देखने लगी, मानो किसी तृष्णा को शांत कर रही हो। वे कितने दिनों बाद उसे देख रही हैं। वे स्नेहाप्लावित हो उठीं और अपनी दोनों बाँहें फैला दीं। पर वह आया नहीं, वापस अंदर भाग गया। भीतर टेलीफोन की घंटी बज रही थी। उन्हें बेचैनी हुई कि कोई इसे उठा क्यों नहीं रहा···आखिर घंटी बंद हो गई। बहू के आने की आहट आई, जैसे-जैसे आवाज समीप आने लगी, उन्हें अपनी धक्-धक् सुनाई देने लगी।

"अरे माई! कैसे आना हुआ?" बहू देखकर चौंकी, पर चेहर पर प्रेम या बिछोह की एक भी रेखा नहीं उभरी।

माई का स्वर अपने आप मंद पड़ गया, "ऐसे ही इधर से जा रही थी···"

बहू के हाथ में चाय का प्याला था। वहीं बैठकर वह चुपचाप चाय पीने लगी। बार-बार प्याले की गरमाई को यों ही छू रही थी। ऐसे में न उसके भीतर का कुछ प्रकट हो रहा था और न उसके भीतर कोई झाँक सकता था।

"रिंकू और टीना किधर हैं?" जवाब के लिए बहू को देखने लगीं।

"अपने एक दोस्त के जन्मदिन की पार्टी में गए हैं।"

एक बार फिर खामोशी छा गई। बात का सूत्र टूट गया। बुचिया माई सोचने लगी, ऐसे तो सैकड़ों बातें दिमाग में आएँगी, पर इस बखत···समझ नहीं आ रहा था कि असली बात कहाँ से शुरू करें। क्या कहें कि भीतर की बात जान लें। शायद, आँगन में कोई बरतन धो रहा था। गिरते हुए पानी की आवाज के साथ-साथ खड़-खड़ की आवाज आ रही थी।

"रमेसरा बरतन धो रहा है, क्या?"

न जाने बहू ने सुना या नहीं, उसी तरह बैठी रही। दोबारा वही सवाल करने का साहस नहीं हुआ। बहू के चेहरे पर कोई शिकन नहीं, कोई छाया नहीं या उनकी अपनी ही दृष्टि धुँधला गई है या देखने का सामर्थ्य नहीं रहा। कैसे कुरेदे, किस

तरह प्रस्ताव रखें कि बात बन सकती है। कहने के लिए कितनी ही बातें हैं, पर सारे शब्द गूँगे हो गए।

बुबु परदा पकड़कर खड़ा हो गया और वहीं से माई को देखने लगा। वह भी उसे एकटक देखने लगी, हर बात पर उन पर निर्भर करनेवाला बुबु। उन्हीं का पाला-पोसा, बड़ा किया हुआ। अंदर से एक नई नौकरानी आ गई। उसके हाथ में दूध का गिलास था। बिना किसी लगाव के शिकायती स्वर में बोली, "मीमसाब, ये दूध नहीं पीता।"

अरे, बुबु क्या ऐसे दूध पीता है? क्या मजाल जो नहीं किए बिना दूध पी ले। उसे दूध पिलाने के लिए दूध बताशा राजा खाये…जपना पड़ता है, तब जाकर चिड़िया की चोंच जैसा मुँह खोलकर दूध पीएगा। उन्होंने धीरे से कहा, "लाओ, हम पिला दें…" हल्के अपनेपन के अधिकार से कहे गए ये शब्दा जरा से थे, लेकिन स्वर काँप गए।

तभी बाहर गाड़ी रुकी और डॉक्टर आ गए। वे डॉक्टर की प्रतिक्रिया में उठ खड़ी हुईं। माई को देखते ही डॉक्टर के मुख पर खुशी की एक छोटी सी चमक दिखाई दी। प्रकट विस्मय के साथ उन्होंने मधुर स्वर में पूछा, "कैसी हो बुचिया माई?"

"ठीक हैं।"

डॉक्टर बहू से अंग्रेजी में बातें करने लगे और फालतू-सी खड़ी रही। धर्म-संकट में पड़ी सोचती रही कि किस सेतु से उस बात तक पहुँचे? वह अपने में सिमटती जा रही थी। कमीज की बाँह सरकाकर घड़ी देखते हुए डॉक्टर बोले, "जल्दी करो, नहीं तो देर हो जाएगी…।"

एक ही घूँट में ठंडी चाय पीकर बहू उठ गई। डॉक्टर माई से बोले, "हम लोग रिंकू, टीना को लेने जा रहे हैं।"

मन हुआ, कहें कि बच्चों को देखने का बहुत मन है, वे जब तक आएँगे, हम इंतजार कर लेंगे, पर इसके पहले डॉक्टर भीतर चले गए।

उन्होंने देखा, घर की सजावट का सारा ढंग वही था। यहाँ तक कि छत का पंखा भी वैसे ही तेज चल रहा था और उसी तरह उसकी हवा में चीजें हिल रही थीं। ये अपनी भरी-पूरी जिंदगी जी रहे हैं, अब कोई कसक उनके लिए बाकी नहीं। मान-मनुहार कुछ भी नहीं हुआ, उनकी सारी उत्कंठा समाप्त हो गई। आशा का क्षीण तार भी टूट गया। वे बहुत बेचारी और उपेक्षित हुईं। अपनी हीनता से मन भरा जा रहा

था। वे पूरी कोशिश करने लगीं कि उनकी सजल आँखों से आँसू नीचे न ढुलक पड़ें।

डॉक्टर और बहूरानी जाने के लिए निकले। एक बार फिर लगा कि अभी भी समय है, अब चूक गईं तो···पर उनकी मति गुम हो गई। बहू ने उनके हाथ पर बीस का नोट रख दिया और स्नेहरहित स्वर में कहा, "कभी-कभी आते रहिएगा···" फिर डॉक्टर को संकेत में चलने को कहा।

सहमी बच्ची की तरह वे एक ओर हो गईं। बिना एक क्षण ठहरे वे निर्मम भाव से चल दिए। देखते-देखते दृष्टि से ओझल हो गए और आँखों के सामने शून्य के बबूले उठ-उठकर तैरने लगे। एक अवसन्न-म्लानता घिर आई। उनके भीतर कुछ क्रमशः ठंडा, निर्जीव और स्पंदनहीन होता जा रहा था। चारों ओर एक शब्दहीन रुलाई गूँज रही थी।

वे विचित्र कुहासे में लिपटी बढ़ी जा रही थीं। चलने के पहले उन्होंने क्या-क्या नहीं सोचा था? मन में कैसा उत्साह था? लेकिन वे जिस जादू में डूबी थीं, वह खत्म हो गया। यों इस बात का डर कहीं शुरू से था। अचानक लगा कि यहाँ नहीं आना चाहिए था। आने का अफसोस होने लगा। वे ग्लानि का अनुभव करने लगीं और मन उन पर धिक्कार बरसाने लगा कि यहाँ आई ही क्यों?

सारी निरीहता के पार कोई चीज उभरती चली आ रही थी। भीतर बहुत दूर अहसास जाग रहा था, जैसे उनका एक और मन है, जहाँ कुछ और संचित हो रहा था। उनकी मुखाकृति बदलने लगी। उस बिखरी और टूटी औरत में एक नई औरत प्रकट होने लगी। कुंती और रघु के सद्व्यवहार के कोमल रेशे अनायास उनकी तरफ बढ़ने लगे। कुंती ने कितने प्यार से कहा था, "फुआ, आप ठीक से क्यों नहीं खाती-पीती हैं···" उन सबको हमारी इतनी फिकर है···और हम हैं कि···अभी तो उनको हमारी जरूरत है···।

मन की कोई अवशिष्ट ग्रंथि खुल गई। बद्ध के बंधन ढीले पड़ गए···निर्बंध कुछ बँध गया। इस नवजन्य विचार भाव की गहराई में वे उतरती चली गईं। मन एक द्वंद्व से मुक्त हो गया। कुहरा छँट गया। मन हल्का हो गया। हवा जो थोड़ी देर से पहले गरम थी, ठंडी होने लगी। वे तेज-तेल कदमों से चलने लगीं, निष्काम, निस्तेंद्र पर स्नेहतरल···।

□

अम्मी

सावित्री के मुख पर एक विवश क्रोध का अपमान भाव उभर आया। उन्हें लगा कि वे धरती के छोर पर नितांत अकेली खड़ी हैं और चारों ओर मरुस्थल की रेत उड़ रही है। जब सुना था तो लगा, सारा स्नायुमंडल झनझना उठा था, "इस बुढ़ापे में वकील साहब दूसरी बीवी ला रहे हैं ''उस औरत के चक्कर में मुझे धोखा दिया और अब उससे रिश्ता जोड़कर मेरी तबाही का सामान पैदा कर रहे हैं।"

पचपन-साठ की उम्र पर पहुँची सावित्री के भीतर जैसे प्रचंड अंधड़ चल रहा था। चित्त अशांत और उद्वेलित था। दिमाग में बहुत सी आवाजों का शोर गूँज रहा था।

"क्या वह इस स्थिति को स्वीकार कर ले?"

"नहीं।"

"स्वयं को सौत की दया पर छोड़ दे?"

"नहीं।"

"क्या समर्पण के सिवा कोई रास्ता नहीं?"

फिर-फिर अंतरात्मा के अतल गह्वर से आवाज आती—"नही, नहीं, नहीं।"

"नहीं तो क्या करें?" जैसे समूचे अस्तित्व की मुक्ति इस प्रश्न के उत्तर में अटकी हो। वे किसी भी निर्णय पर नहीं पहुँच पा रही थीं। भीतर कुछ नहीं ठहर पा रहा था। मंजिल नहीं, चिराग नहीं, क्या इसलिए अँधेरे से समझौता कर लिया जाए? क्या वे इतनी निरीह हैं कि परिस्थितियों द्वारा तिनके-सी धकेली जा रही हैं?

शिवरतन वकील, उनके पति, उनसे कभी आँखें फेर ली थीं। उनको जोड़नेवाली सारी बातें खत्म हो गईं। इस जहाजनुमा कोठी में बात-बात पर उनका अपमान होता था और उनके हर काम में खोट निकाला जाता था।

जाने कैसा क्या था, जो चुनौती भरे हठ के साथ बाहर आ जाना चाहता था। पराजय पर पराजय हुई थी, लेकिन कुछ था, जो उनकी ओजस्विता को बनाए हुए था।

क्या करें? कहाँ जाएँ? अपमान और अकेलेपन में वे बिस्तर पर पड़ी रहीं, अजीबोगरीब खयाल दिमाग को मथते रहे।

वर्षों पूर्व पिता ने आशीर्वाद दिया था, "तुम उस कुल की संतान की जननी बनोगी, उन्हें उत्तम संस्कार देना।"

लेकिन वह न गर्भधारण कर पाई, न प्रसव पीड़ी झेली, न संतान गोद में ली, न स्तनपान कराया। वह घाव फिर रिसकर बहने लगा। आज जवान बेटा होता तो क्या वकील साहब सौत लाने का साहस कर पाते?

वे तो मान लेना चाहती थी कि सब समाप्त हो गया। पर मान लेने के बाद भी सब समाप्त नहीं हो जाता। बाकी कुछ रह जाता है। न जाने क्यों एक निराकार-सी प्रतीक्षा बनी रही।

गोंसाई टोला में उनके नाम एक छोटा सा घर था। एक बार उसमें किराएदार भी बसाया था, पर तंग आकर खाली करवा दिया। तब से वह घर बंद पड़ा था। वह अपने इस पुश्तैनी मकान को कैसे भूल गई? अँधेरे में सूर्योदय के पहले जिस प्रकार उषा की आभा आ जाती है, हृदय में उसी प्रकार एक उजाले को अनुभव हुआ।

उन्होंने बिखरते साहस को सँजोया और आँसू पोंछकर उठ खड़ी हुईं। उन्हें यह अधिकार है कि अपना मार्ग स्वयं चुनें। उन्हें वहाँ जाना होगा। इस विचार ने मन को हल्का कर दिया। मन द्वंद्व से मुक्त हो गया। एक साहसी स्थिरता मन में समाती चली गई।

दो सूटकेसों में अपना सामान रखा और घर के चारों ओर दृष्टि घुमाई, वहाँ रहना एकदम अनावश्यक लगा।

सरना को साथ लेकर वे गाड़ी में बैठ गईं। उन्हें एक अदृश्य तार खींच ले जा रहा था। शाम ढलने लगी थी और बाजार बंद होने लगा था। अरसे बाद अपने इस घर में जा रही थीं। गली से हलवाई और पनवाड़ी की दुकानें गायब थीं। तमाम चेहरे नए लग रहे थे, लेकिन वह छोटी मजार अभी भी वहाँ मौजूद थी, जिसने यकीन दिलाया कि वे सही जगह आ गई हैं।

घर पहुँचकर उन्होंने चेहरे पर छलक आए पसीने को रुमाल से इस तरह

पोंछा, जैसे दिलोदिमाग से पुराने घर को मिटा रही हैं। अब उन्हें थोड़ी हिम्मत और सब्र चाहिए, सब ठीक हो जाएगा।

उन्होंने सरना के साथ मिलकर दो घंटे के भीतर घर रहने लायक बना लिया। वे अव्यवस्था में व्यवस्था का आविष्कार करना जानती थीं।

ड्राइवर और सरना को वापस भेजकर उन्होंने मुक्ति की साँस ली, लगा कि बहुत दिनों में पहली बार साँस ली हो। हवा ठंडी होने लगी।

इस घर में आकर उन्होंने अपनी दिनचर्या शुरू कर दी। हर आनेवाले दिन के साथ वे स्थिर और संतुलित होने लगीं। एक सुबह वे अपने बरामदे पर खड़ी थीं, उनके पास एक सुंदर, स्वस्थ, युवक-सा दिखनेवाला आदमी आया, आकर बोला, "मेरा नाम बहराम है। मैं किराए के घर की तलाश में हूँ। आपके यहाँ क्या जगह मिल सकेगी?" इतना कहकर वह चुप हो गया और उसकी सरल पारदर्शी आँखों में आशा की चमक दिखाई देने लगी।

सावित्री ने ज्यादा नहीं सोचा और 'हाँ' कह दिया।

बहराम के जाने के बाद अनायास सावित्री के भीतर एक माँ ने करवट ली, "इसकी माँ कितनी भाग्यशालिनी होगी।"

वहाँ शाम को बहराम अपनी बीवी नाहीद और बच्ची समन के साथ आ गया। नाहीद के सुघड़ सलोने चेहरे पर सौम्य पवित्रता थी, उसके होंठों के बीच एक मनोरम मुसकान फूट रही थी। समन तो जितनी सुंदर थी, उतना ही मीठा बोलती थी। सावित्री के भीतर उनके लिए एक अपनत्व की अनुभूति होने लगी। उनका घर गुलजार हो गया।

बहराम समय से अपना दफ्तर जाता और समन स्कूल। नाहीद घर का सारा काम सँभालती। नाहीद, बहराम और समन उनसे ऐसा व्यवहार करते, जैसे वे उनकी अत्यंत आत्मीय हों और उनसे बहुत पुरानी पहचान हो। एक दिन नाहीद ने उनसे कहा, "ये कहते हैं कि आप बिल्कुल उनकी अम्मी जैसी लगती हैं, तभी तो आपको अम्मी कहते हैं।...ये बताते हैं कि इनकी अम्मी बड़ी जिगरवाली औरत थीं, उनके सामने अच्छों-अच्छों का पसीना छूट जाता था।"

शाम को डूबते सूरज की लाली आकाश में ठहर गई थी और उनसे लाल-लाल किरणें झर रही थीं। हाथ में लूडो लिये समन ने पूछा, "दादी! मेरे साथ लूडो खेलोगी?"

"हाँ-हाँ, जरूर।"

वे समन के साथ लूडो खेलने लगीं। नाहीद उनके लिए चाय बनाकर ले आई, "अम्मी, आप मेरे हाथ की चाय पीएँगी ?"

सावित्री ने कहा, "बहू। मेरे पिता स्वतंत्रता के लिए आंदोलन में कई बार जेल गए थे। हमने कभी छुआछूत जाना ही नहीं। हम तो बचपन में अपनी मुसलमान सहेलियों के साथ आजादी का तराना गाते थे।

नाहीद एक शिशु की तरह धीरे से हँस दी।

"अम्मी! अम्मी!" बाहर से बहराम की आवाज आई।

"मैं यहाँ हूँ, राम!" सावित्री ने कहा।

उनका राम उनके लिए दसहरी आम लेकर आया था, 'ये खास आपके लिए लेकर आया हूँ, अम्मी!"

सावित्री के भीतर-ही-भीतर अम्मी का संबोधन गूँजता चला गया। एक नया अनुभव हुआ, जैसे आत्मा के अंतरात्मा का वह अँधेरा कमरा एकदम आलोकित हो उठा। वात्सल्य का एक नन्हा-सा कण समस्त केंद्र को आंदोलित कर गया। यही है 'वह' जिसकी खोज में उनके प्राण अनादि काल से भटक रहे थे। उन्होंने सुना था, प्राणी की प्रत्येक कामना महामाया जान लेती हैं और जन्म-जन्मांतरों में पूरा करती हैं। उनकी कामना पूरी हो जाएगी, वह भी इसी जन्म में। हे अष्टभुजा! मैंने सोचा ही न था।

संध्या-आरती के समय समन उनके पास भाग आती। वे ममत्व की अतल गहराई में डूब जाती। समन कहती, "दादी! तुम कितनी अच्छी हो।" इससे बढ़कर दुनिया में दूसरी कोई उपलब्धि नहीं। वे समन को सीने से ऐसे चिपका लेतीं, जैसे मरनेवाले को जीने का बहाना मिल गया हो।

सावित्री अपना खाना बनाने बैठती तो लगता चूल्हे के साथ वे भी जल रही हैं। उन्हें देखकर नाहीद ने कहा, "अम्मी! आपका खाना मैं बना दूँगी, हम तीनों का काम ही कितना होता है।"

अम्मी-अम्मी के मधुर स्वर से सारा घर महक उठा था।

सावित्री समन के साथ लूडो खेल रही थी, उसी समय वकील साहब आए। उन्हें देखते ही सावित्री को लगा, जैसे अब रिश्तों और भावनाओं का कहीं कोई अवशेष नहीं, उनके बीच किसी भी प्रकार के विचारों या संवेदनाओं का विनिमय संभव नहीं।

वकील साहब ने सख्त स्वर में कहा, "मैं तुमको लेने आया हूँ।"

उन्हें उस दिन की मानसिक यंत्रणा के एक-एक क्षण याद थे, "वहाँ मेरा कौन बैठा है? यह मेरा घर है···" और समन को देखकर बोलीं, "इससे मेरा मन लगा रहता है, मैं यहीं ठीक हूँ।"

"क्या इस तरह दूसरे धर्म के लोगों के साथ रहना ठीक है?"

"ये नेक हैं, मेरी इज्जत करते हैं, तब क्यों धर्म की बात उठाकर झमेला करूँ?"

"सुना है, वह तुमको अम्मी कहता है।"

"हाँ, बनाने से कभी-कभी बेटा भी बन जाता है, और जो न बनाए, उनका तो अपना भी पराया हो जाता है।"

"जिसे बेटा कह रही हो, उसकी नजर तुम्हारे घर पर है।"

"आप वकील हैं। आपकी जिंदगी कत्ल, कब्जा, बेदखली जैसी चीजों में बीती है। मगर यहाँ जो है एकदम दूसरा है···" सावित्री ने फैसले के स्वर में कहा, "मेरी जिंदगी मेरे हाथ में है, आप मेरी चिंता मत कीजिए।"

वकील साहब लौट गए।

दिन बीत रहे थे। जिंदगी में मिठास आ गई थी। एक दिन सावित्री कैंची, सूई, धागा लेकर चटाई डालकर बैठी थी। समन के लिए गुड़िया बना रही थी। स्कूल से आते ही समन ने पूछा, "दादी! गुड़िया बन गई?"

"जा कपड़े बदल, कुछ खा···अबकी आएगी तो गुड़िया सिली-सिलाई मिलेगी।"

गुड़िया के पैरों की खोलियाँ सीते ही जैसे हाथ काँपने लगे और आँखों के आगे सितारे टूट-टूटकर झरने लगे। उनकी आँखें पहले से कमजोर थीं। भारी शरीर देखने भर का था, उनकी साँस चलते-फिरते फूल जाती थी।

गुड़िया पूरी होते ही सुई-धागा हाथ से छूट गया और वे वहीं चटाई पर लेट गईं। नाहीद भागी आई, "अम्मी! आपसे नहीं होता तो क्यों करती हैं?···समन! तू भी बड़ी जिद्दी हो गई है।"

"अरे, इस बच्ची को न डाँटो···तुम तो मुझे मिट्टी का माधव बना दोगी। अरे, कामकाज नहीं करूँगी तो देह पटख नहीं जाएगी?"

बहराम ऑफिस से लौटा तो सावित्री के लिए ऊनी मोजे लेकर आया, "आपके लिए लाया हूँ, अम्मी। अब यहाँ सर्दी बढ़ेगी, इससे आपके पैर ठंडे नहीं होंगे। उनकी आँखें आनंद के अश्रुबिंदुओं से झिलमिला उठीं।

इसके बाद सावित्री को बुखार आ गया, साथ में खाँसी भी। दिनोदिन बुखार और खाँसी बढ़ने लगे और खाना छूटने लगा। बहराम शहर के डॉक्टरों से इलाज कराता रहा, नाहीद समय से दवा देती रही। वे दोनों दिन-रात सेवा में लगे रहते। सावित्री सोचती, इतना प्यार। इतना प्यार तो सगा बेटा भी नहीं दे सकता।

नाहीद को घबराया देख वे कहतीं, "तुम बेकार परेशान होती हो, मुझे कुछ नहीं हुआ, थोड़ी कमजोरी है, ठीक हो जाऊँगी।" उनमें जीने की ख्वाहिश जाग गई थी। वे पड़ी-पड़ी गुनगुनातीं, "तू दयालु दीन हौं, तू दानि हौं भिखारी…"

पर डॉक्टर के बार-बार दवा बदलने पर भी उन्हें आराम नहीं मिल रहा था।

इन दिनों मुहल्ले में बस एक ही बात दबी जुबान से चल रही थी कि बहराम सावित्री देवी का सेवा-टहल कर घर अपने नाम करवा लेगा, लेकिन बहराम और नाहीद इस चर्चा से बिल्कुल बेखबर थे।

नाहीद अपनी अम्मी के पूजा स्थान पर रोज अगरबत्ती जला देती। इस एक साल में वे इनके कितने करीब आ गए थे। धर्म इनसान को भले ही बाँट दे, लेकिन मन के भाव? उनमें तो मानवीय स्फुरण होता है।

आधी से ज्यादा रात बीत गई थी। घर में सभी सो रहे थे, पर सावित्री की आँखों में नींद न थी, वे जैसे मौत को आते हुए देख रही थीं।

वे किसी तरह अपने बिस्तर से उठीं। अपना चश्मा लगाया और अपने बक्से तक गईं। इसी में उनकी सारी पूँजी थी। बक्से में से कलम और पैड निकाला। बड़ी मुश्किल से कुछ लिखा और वापस वहीं रख दिया।

उठी तो टाँगें थरथराने लगी। भीतर वायु का गोला चक्कर खाने लगा। आँखों के सामने एकाएक सारा कुछ काले-काले धब्बे में समाने लगा। अपने को सँभालने की नाकाम कोशिश में वह जोर से 'राम! राम!' पुकाने लगी, मगर आवाज गले में फँसी रही।

नाहीद की नींद खुल गई, उसने बहराम को जगाया। दोनों अम्मी के पास आए। सावित्री डूब रही थी, पर चक्करों के गुंजलक में उनका दिमाग अब भी सजग था। नाहीद का जी धक्-धक् करने लगा। सावित्री ने आहिस्ता-आहिस्ता कहा, "भगवान् तुम सबको सुखी रखे।" अपना काँपता हुआ हाथ राम के हाथ पर रखकर मुसकराईं। यही उनकी अंतिम मुसकान थी। उनकी गरदन निढाल हो गई। काया का पिंजरा सूना हो गया।

बहराम बिल्कुल खामोश हो गया। दु:ख के बयान के सामने अल्फाज और

जबान घुटने टेक देते हैं। नाहीद फफक-फफककर रोने लगी। विलाप का कोहराम मच गया।

आस-पड़ोस के लोग आने लगे। जैसे-जैसे घर में भीड़ बढ़ती गई, वे अकेले पड़ते गए। उनके आंतरिक दु:ख से किसी को वास्ता न था।

वकील साहब के आने के बाद अंत्येष्टि हुई।

दूसरे दिन न समन स्कूल गई, न बहराम दफ्तर गया। वह मसजिद चला गया। सावित्री की चप्पलें और एक-दो साड़ियाँ इधर-उधर पड़ी थीं। नाहीद ने साड़ी उठाकर सीने से लगा ली, उसमें से अम्मी की गंध आ रही थी।

बाहर से वकील साहब आए। उनके साथ उनके अपने कुछ आदमी और मुहल्ले के दो-चार लोग थे। उनके चेहरे पर क्रोध की छाया थी और इस भाव को छिपाने की जरा भी जरूरत नहीं समझ रहे थे। नाहीद की कनपटियों पर बेतरह दबाव पड़ने लगा।

आते ही वकील साहब ने सबके सामने बीवी का बक्सा खोला। ऊपर ही पैड पर बड़े-बड़े अक्षरों में लिखा था, "मैं अपना घर अपने बेटे बहराम और बहू नाहीद के नाम लिख रही हूँ। यही दोनों मेरी सारी निजी संपत्ति के हकदार भी होंगे।"—सावित्री देवी

कागज पर घर का रजिस्ट्री नंबर, तारीख वगैरह सब लिखा हुआ था।

पढ़ते ही वकील साहब के चेहरे का रंग उड़ गया। वे बोले, "मुझे तो पहले ही शक था।"

समूचे वातावरण में जहर फैल गया।

बहराम मसजिद से लौटा, उसकी आँखों में पीड़ा की एक गहरी श्याम रेखा थी। आते ही वकील साहब ने उसे वसीयत का वह कागज पकड़ा दिया।

वह पढ़कर हक्का-बक्का रह गया। लोग कहने लगे, "उस भोली औरत को फुसलाकर घर अपने नाम करवा लिया न।"

"बड़ी खोटी नीयत निकली भाई।"

"अरे, सोचता होगा कि बुढ़िया मरे कि घर और धन हाथ लगे।"

ये बातें बहराम को भेदकर मर्म में इस तरह चुभ रही थीं कि वह अपमान से लाल हो उठा। उनकी मुहब्बत ऐसे खाते में दर्ज हो रही है। लोगों की आँखें उसे छील रही थीं। अपने को जब्त करना उसे लिए कठिन हो गया। उसने कहा, "अभी मैं मसजिद से कुरान पढ़कर आ रहा हूँ। खुदा गवाह है, मुझे इस बात की जरा भी

खबर नहीं थी, अगर होती तो मैं अम्मी को हरगिज ऐसा नहीं करने देता। यह सच है।" बहराम की आवाज कहीं बहुत भीतर से आती जान पड़ी।

"आपको मेरी बात का यकीन नहीं तो···" उसने हाथ में पकड़े कागज को टुकड़े-टुकड़े कर कहा, ये लीजिए।"

सब अवाक् बहराम का मुँह देखते रहे। वह कमरे से चला गया। फसाद की झाग सतह पर बैठ गई। बहराम को लेकर लोगों के मन में उठनेवाले सभी सवालों के जवाब मिल गए।

बहराम अंदर आकर नाहीद से बोला, "जल्दी सामान बाँधो, मैं एक घर देखकर आया हूँ।" नाहीद सामान समेटने लगी। उसकी आँखों से झर-झर आँसू बह रहे थे। समन अपनी गुड़िया सीने से चिपकाए खड़ी थी। उसकी समझ में कुछ नहीं आ रहा था।

□

निर्वासित

बच्चे बहुत खुश हैं। कर्जन रोड के दो बंद कमरों से निकलकर इस हरियाली को देखने का अपना सुख है। फूलों की महक से भरी हुई ताजा गंध अंदर तक समा जाती है। पहले तो विवेक अपने बड़प्पन में यहाँ आने के नाम से नाक सिकोड़ रहे थे, पर यहाँ आते सब भूल-भाल गए। नन्हा विशाल। उसी की तो जिद थी, "माँ! चिल्ड्रेन पार्क ले चलो न! जब से पापा गए हैं, तुम हम लोगों को कहीं घुमाने नहीं ले गई हो।" सच बात थी। अशोक तीन महीने के लिए विदेश गए हैं। उनको गए महीने से ऊपर हो गया, कहीं निकलना नहीं हुआ।

मैं बच्चों को झूले पर छोड़कर पार्क के दूसरे भाग में आ जाती हूँ। यहाँ महानगर की भाग-दौड़ का शोर बिल्कुल नहीं है। एक पेड़ के नीचे नरम घास पर बैठ जाती हूँ। आसमान के हल्के, नीले विस्तार में फैले सफेद बादल···प्रसन्न दिशा···फूलों से ढकी धरती···। विशाल आ-आकर मुझे देख जाता है···आश्वस्त हो जाना चाहता है···पिता के पास न होने से माँ उसके लिए और जरूरी हो गई हैं। मुझे देखते उसकी उत्फुल्लता और बढ़ जाती है। हँसी के बगूले छोड़ वह वापस भाग जाता है।

मेरा मन अनजाने अपने बेटों को लेंकर सपने बुनने लगता है, मेरे खयालों में वे बहुत बड़े हो जाते हैं···जवान···योग्य···आज्ञाकारी।

देखती हूँ, पेड़ के पास बूढ़ा व्यक्ति आकर बैठ जाता है। दूर से उस व्यक्ति में मुझे अपने सर की झलक मिलती है। वही मुद्रा, वही धोती-कुरता का सरल परिधान। राँची छोड़े तेईस-चौबीस वर्ष बीत गए···उसके बाद सर कभी नहीं मिले। अभी अनायास उस व्यक्ति के माध्यम से सर मेरी चेतना में फैलने लगे··· वह दो साल तीन महीने फैलकर मेरे जीवन की पूरी लंबाई पर छा गए हैं। आज भी नेपथ्य में कहीं वह शक्ति कार्यरत है···अकसर सोचती हूँ, सर न मिले होते

तो आज मेरी जिंदगी क्या होती? या तो मैं इस दुनिया में होती नहीं, अगर होती भी तो किसी मानसिक चिकित्सालय में।

जिंदगी लकड़ी के कुंदे की तरह चुप और बोझिल हो चुकी थी। असफलता और पराजय की ग्लानि से शरीर और मन अवसन्न हो गया था। अतीत की यादों ने वर्षों पूर्व छोड़े कैशोर्य को वापस ला दिया। हर आदमी का एक इतिहास होता है, मेरा भी था और उसमें सर का नाम स्वर्णाक्षरों से लिखा हुआ था। सर कहाँ होंगे? वे तो छपरा के रहनेवाले थे। क्या रिटायरमेंट के बाद वहीं लौट गए होंगे? उनकी प्रशंसा और शाबाशी के आबदार मोती आज भी मन की तिजोरी में सुरक्षित हैं।

उन दिनों हम भीतर से इतने रीत गए थे कि कुछ करने लायक नहीं रह गए थे। मैं तो यह समझ चुकी थी कि पढ़ाई मेरे बस की बात नहीं है। पर उनकी पारखी आँखों ने जरूर उस निरीह बालिका में कुछ देखा होगा, इसमें जीवन-रस का अंश है, सूखकर समाप्त नहीं हुआ, कोशिश करने पर फिर से अंकुरित और विकसित हो सकता है। उनके पास जाकर पहली बार आत्म-साक्षात्कार हुआ था और लगा था इस विराट् ब्रह्मांड में कुछ शक्तियाँ ऐसी भी हैं, जो मेरे जैसी नगण्य चीजों का खयाल रखती हैं।

बाबूजी का स्थानांतरण राँची हुआ था···। वे अपने नए कार्यभार में अत्यधिक व्यस्त हो गए थे। उन दिनों माँ अपने ही दुःख के सागर में डूबी हुई थीं। नानी की मृत्यु हाल में ही हुई थी। अपने गाँव घर में उन्हें तिरस्कार ही मिलता। ईमानदार, कर्तव्यनिष्ठ अफसर की पत्नी होने के नाते वे किसी को प्रसन्न नहीं कर पातीं, न पैसे से, न छोटी-मोटी मदद से। उनको अधिक समय तक बाबूजी के पास नहीं छोड़ा जाता। किसी-न-किसी बहाने गाँव बुलवा लिया जाता। वे हम सब भाई-बहनों को तुलसी बाबा के भरोसे छोड़ गाँव चली जातीं।

मेरा दाखिला वहाँ गर्ल्स स्कूल में करवा दिया गया। नए स्कूल में मुझे कुछ भी अच्छा न लगा। स्कूल की प्रधानाध्यापिका कांति शरण थी। एक दिन मुझे बुलाकर बहुत प्यार से बोली, "अपने डैडी से कहना, मैं कल उनसे मिलने आऊँगी।"

मैं सुनते ही सहम गई थी। छोटी थी, पर समझती थी कि बाबूजी किसी की नहीं सुनते और अगर कोई गलत काम कहता तो उसे घर तक से निकाल देते थे। डरते-डरते बाबूजी को उनके आने की खबर दी।

दूसरे दिन वे ढेरों साज-शृंगार किए पहुँची। बाबूजी घर में ही बने अपने ऑफिस में फाइल देख रहे थे। मैं उन्हें वहाँ तक ले गई। तुलसी बाबा को चाय के

प्रबंध के लिए कहकर खुद ऑफिस के बाहर इर्द-गिर्द घूमती रही। अंदर से उनकी धीमी-धीमी आवाज आ रही थी। जो आवाज स्कूल में बाघ की तरह दहाड़ती थी, वह यहाँ भीगी बिल्ली बनी हुई थी। बाबूजी गंभीर स्वर में पहले तो हाँ-हूँ करते रहे, फिर न जाने किस बात पर एक छोटा-मोटा भाषण-सा वक्तव्य देने लगे। जब वे बाहर निकलीं तो उनका सारा मैकअप विवर्ण हो गया था। मैं चाय के लिए कहती रही, पर वे रुकी नहीं, बाहर ठहराए रिक्शे पर बैठकर लौट गईं।

उसके बाद मेरी यातना का लंबा सिलसिला शुरू हुआ। स्कूल पहुँचते ही मुझे नौवीं ए से नौंवी बी में कर दिया गया। नौवीं बी की गणित कक्षा वे स्वयं लेने लगीं। वे मेरे प्रति बेहद सख्त थीं—जानबूझकर टेढ़े सवाल करना, झिड़ककर बोलना और बात-बात पर क्लास से बाहर कर देना। ऊपरी तौर से मैं भले ही मामूली होती, लेकिन तार-तार हो जाती। वे आते ही मेरे अंदर इतना आतंक पैदा कर देतीं कि जो कुछ भी याद किया होता, हलक तक आकर न जाने कैसे चकराते हुए पेटी की अँधेरी तलहटी में जाकर गुम हो जाता। उनके प्रश्न पूछने का ढंग इतना धारदार होता कि भय से कनपटियाँ झनझना जातीं। उनकी सवालिया निगाहों से बचने के लिए क्लास में सबसे पीछे कोने में बैठती···धुकधुकी-सी बनी रहती···आधा घंटा भयंकर तनाव में कटता···रात के अँधेरे में वह आकृति दुःस्वप्न बनकर मेरा पीछा करती। दिनोदिन असुरक्षा और अस्थिरता का नासूर गहरा होता चला गया···एक ड्राइंग टीचर थी, मनोरमा दी! मैंने कुछ दिनों से उन्हें अपने प्रति विशेष कृपालु पाया। मन में थोड़ी हिम्मत बँधी, कहीं तो टिकाव मिला। पर एक दिन एकांत में मुझसे बोली, "मंजू! तुम्हें मेरे विषय में चिंता करने की कोई जरूरत नहीं है। तुम अपने पापा से कहकर मेरे लिए खूँटी से राँची तक का पास बनवा दो।"

मैं ठक्क! क्या सभी शिक्षिकाओं ने मेरे विरुद्ध षड्यंत्र कर रखा है। "जी।" जुबान तालू में चिपक गई और साँस जैसे रुकने को हो गई। डूबते को तिनके का सहारा भी जाता रहा। मेरे लिए बाबूजी के अफसरी मान-सम्मान कितने नकली और झूठे थे।

स्कूल में कोई सहपाठी मेरी आत्मीय न बन पाई, पता नहीं मेरी अपने ही कुंठा थी या कुछ और···किसी की सहानुभूति मेरे साथ नहीं थी। हमारी तरफ कोई देखता तक न था। इस अनदेखे अपमान से मेरा कोमल कैशोर्य लहूलुहान हो जाता···धीरे-धीरे मेरा पूरा व्यक्तित्व ही सिकुड़ने लगा···स्कूल में घुसते लगता, मैं किसी अँधेरी, अंतहीन, धुआँ भरी गुफा में प्रवेश कर गई हूँ। निराशा के इस दौर में अकेले पड़ी

रहती···कौन कहता है वय:संधि की यह उम्र रंगीन सपने देखने की होती है···मेरे लिए तो इस उम्र में बेरहम यथार्थ और कँटीली वास्तविकता से परे कोई कल्पना ही न थी।

घर पर मुझे पढ़ाने के लिए एक मास्टरजी रख दिए गए थे, पर वे मुझसे केवल साइंस रटवाते और ट्रांसलेशन बनवाते। उनके नीरस पाठ्यक्रम ने पढ़ाई को और भी उबाऊ और भारी बना दिया था। रात में इन सारी विवशताओं का अंत आँसुओं से होता। माँ गाँव से लौटी तो एक दिन उन्होंने मेरा बस्ता खोलकर देखा। कॉपी में मेरे उत्तर और नंबर देखकर हैरान रह गईं। उसी वक्त बाबूजी के ऑफिस फोन पर पेशकार साहब को बुलवाया।

"हुकुम कीजिए, मेमसाहब।"

"पेशकार साहब! लड़की पढ़ाई में एकदम गड़बड़ा गई है, जानिए बेटी जात है, पढ़ेगी-लिखेगी नहीं तो···इसके लिए किसी योग्य मास्टर का इंतजाम कीजिए।"

दो दिनों के बाद पेशकार साहब राँची के पूरे मास्टरों का ब्योरा लेकर पहुँचे। अंत में सर का परिचय देते हुए बोले, "मास्टर त अइसे हैं मेमसाहब कि कउआ को भी हंस बना दें। पर एके गो बात है उनमें, उ घर पर नहीं आएँगे। अपने ही घर ट्यूशन करते हैं।"

माँ मुझे लेकर सर के यहाँ गई। उनसे मेरी असफलताओं का रोना ले बैठीं। उस समय मैं अपने आपको बहुत छोटा महसूस कर रही थी। सर सुनते रहे। माँ ने जब बोलना खत्म किया तब धीरे से बोले, "इसकी आँखों में तेज है। इसे पढ़ाई में पिछड़ना तो नहीं चाहिए।" कैसा विश्वास जगानेवाला स्वर था। उस संतुलित स्वर में कहीं आवेश नहीं था, लेकिन ऐसी सच्चाई थी, जो मुझे छू गई। जीवन में पहली बार सराहना मिली थी। क्या पता मेरा हौसला बढ़ाने के लिए मनोवैज्ञानिक तरीका हो।

उनके पास जाने से मेरे भीतर एक अनोखी प्रक्रिया का आरंभ हुआ। मैंने अनुभव किया, जैसे शरीर, मन, प्राण में एक नई शक्ति उदय हो रही है। सर पाठ्य-बिंदुओं को इस तरह समझाते कि लाइन-लाइन दिमाग में समा जाती। दुरूह-से-दुरूह हिसाब भी आसान बनाकर सामने रख देते। मेरे अंदर की सारी संभावनाएँ जागने लगीं। ऐसा लगा कि पढ़ाई में ऐसा कुछ नहीं है, जो मैं नहीं कर सकती। सुबह चार बजे ही उठकर पढ़ने बैठ जाती। जीवन का एक ही मतलब रह गया था, पढ़ाई-पढ़ाई। जहाँ एक-एक पंक्ति पहाड़-सी प्रतीत होती थी, वहाँ सारा पाठ कंठस्थ होने लगा। एक लंबे समय के बाद पढ़ाई में व्यस्त हुई थी और इस तरह व्यस्त होना

बहुत अच्छा लग रहा था। मन एक निश्चय पर सध गया था।

वार्षिक परीक्षा में मैं प्रथम आई थी। एक ही छलाँग में कई कतारों को लाँघ शीर्षस्थ हो गई थी। जैसे मुझे किसी अँधेरे कुएँ से निकालकर किरणों की मीनार पर बैठा दिया गया हो, जैसे सड़क के एक ठीकरे को कह दिया जाए तू तो बेशकीमती नगीना है। एक उत्साह से मन भर गया था। मेरा भी एक अस्तित्व है, इस संसार के साथ और इस संसार से अलग भी। जिंदा रहने का एक मौलिक सुख।

न जाने कितनी देर तक यों ही उन बातों को याद करती रही···शाम के पाँच बज गए हैं···बच्चों को समेटने उठती हूँ···एक अज्ञात मोहवश उस सर से मिलते-जुलते व्यक्ति के निकट जाती हूँ। पेड़ पर चिड़ियों का खूब शोर है···ढलती धूप उस व्यक्ति के बाईं कनपटी पर पड़ रही है···सफेद बाल चमक रहे हैं···ध्यानस्थ मानव-मूर्ति को देखती रहती हूँ, अपने पीछे किसी छाया का आभास पाकर पलटकर देखते हैं···अरे! यह तो सर ही हैं अपने सर···एक साथ उत्साह के, उल्लास के आवेग के ढेरों भाव स्पंदित होते हैं। मैं भूल जाती हूँ कि हमारे बीच समय का दीर्घ अंतराल खड़ा है।

"मुझे नहीं पहचाना सर?" मेरा लबालब भरा उत्साह छलक रहा है।

पहले वे हल्का सा चौंके, फिर जिज्ञासु दृष्टि से मुझे देखा कुछ देर ध्यान से मुझे ताकते रहे···शून्य के विस्तार में निमग्न आँखें एकदम से यथार्थ में आ जुड़ी अजनबीयत का संशय छँट जाता है। उन आँखों ने मुझे पहचान लिया। उनके पहचानने में पुलक भाव है।

"कौन···मंजू? यहाँ कैसे?"

एक खोया हुआ बहुत मूल्यवान समय मेरे सामने लौटा है। सब एक साथ बता देने और पूछ लेने के प्रयास में सारी जानकारी आधी रह जाती है।

उनके बड़े पुत्र कनाडा में अपनी विदेशी पत्नी के साथ वहीं बस गए हैं और छोटे विद्याधर यहाँ दिल्ली में उच्चाधिकारी हैं। सर उन्हीं के पास हैं।

"चाचीजी?"

"वह नहीं रहीं।" उनका स्वर आत्म-करुणा के चरम-बिंदु पर पहुँचकर पिघलने-पिघलने को हो आया। चाची का चेहरा आँखों के सामने तैर गया। गोल तिकोन चेहरा, सुघड़ नाक, नाक में छोटी सी सोने की कील। जिस कमरे में हम पढ़ते थे, उसके पीछे ही उनकी रसोई थी। एक बार मैं उधर चली गई थी, "आव, आव बबुनी। हम इहें ओसारा पर खाना बनावेली, रसोई में हमर मिजाज घबड़ाला।"

खुले प्यार से उन्होंने बुलाया था। पहली ही मुलाकात में उन्होंने परिचय के घेरे में बाँध लिया था। उनकी सहज-स्नेहिल आत्मीयता ने मेरी झिझक दूर कर दी थी।

बच्चे भागकर हमारे पास आ जाते हैं। सर को यह जानकर बहुत खुशी होती है, मैंने उन्हें पहले से ही सर की विद्वत्ता के विषय में बता रखा है। वे उनके सिर पर प्यार से हाथ फेरते हैं।

"आपका घर कहाँ है, सर ?"

"पास ही, काका नगर।"

"काका नगर! चलिए, आज आपके साथ आपका घर देख लेती हूँ, मैं केवल नंबर से घर नहीं खोज पाती।"

मेरे अनुरोध को अनसुना कर तटस्थ बैठे रहे। फिर न जाने कैसी खोखली निगाहों से देखा···कुछ कहते-कहते रुक गए। उन्होंने घड़ी देखी और आसमान की ओर देखकर निर्लिप्त भाव से बोले, "अच्छा चलो!" सहारा लेकर धीरे से उठ खड़े हुए।

हम पार्क के बाहर जाकिर हुसैन मार्ग पर आ जाते हैं। सूरज डूबने वाला है··· डूबते सूरज में सड़क के दोनों तरफ पेड़ की झलमलाती पत्तियाँ, नए सिरे से चैतन्य हो गई हैं। सर के यहाँ जाने का यही वक्त होता था। वे रास्ते जिन्हें रोज देखते हुए जाया करती थी, आज भी याद है···कचहरी रोड, भुतहा तालाब, महिला चरखा मंदिर, आई.बी.पी. और अंत में जिला स्कूल का गेट।

विशाल, विवेक भाग-भागकर आगे की ओर चल रहे हैं। सर के दुर्बल पाँव एक-दो बार लड़खड़ा जाते हैं।

"इधर मेरी आँखें कमजोर हो गई हैं।"

"आपने चेक करवाया ?"

"क्या चेक कराना, शरीर तो नश्वर है इसे तो···" आगे के शब्द गुजरती हुई बस की घुरघराहट में दब जाते हैं। उस अधूरे वाक्य में न जाने कैसी आत्म-व्यथा ध्वनित होती है। हम सुब्रह्मण्य भारती मार्ग की ओर मुड़ जाते हैं। सड़क पार कर काका नगर के अंदर आ जाते हैं।

हम एक फ्लैट के आगे रुकते हैं। बाहर देशी-विदेशी गाड़ियाँ खड़ी हैं। सर कहते हैं, "ऊपरवाला है।" वे धीरे-धीरे सीढ़ियाँ चढ़ने लगते हैं, हम तीनों उनके पीछे हैं। ऊपर पहुँचकर घंटी बजाते हैं। सीढ़ियाँ चढ़ने के कारण उनकी साँस फूलने लगती हैं, रुमाल में मुँह पोंछने लगते हैं···सर पहले से अधिक गंभीर हो गए हैं।

दरवाजा खुलता हैं। सजी–सँवरी एक अत्याधुनिक महिला सर को देखते ही बोली, "पापा! बहुत जल्दी आ गए।" स्वर में अप्रियता का भाव है। उनकी नजर हम पर पड़ती है। प्रश्नवाचक आँखें विस्मय से गोल हो जाती हैं।

"मेरी छात्रा है। आज अचानक पार्क में मिल गई।"

उनका विस्मय बासी पड़ जाता है।

अंदर पार्टी चल रही है। उसमें ढेर सारा ग्लैमर का रंग चढ़ा हुआ है। यह क्षण पता नहीं कैसा है। हम बाहर संकोचजनक स्थिति में खड़े हैं, एक भीड़ भरे कमरे में घुसने के पहले, जहाँ हमारे लिए कोई जगह नहीं। मेरी वाणी के तमाम स्रोत अवरुद्ध हो जाते हैं और लगता है कि हम लोग यहाँ फालतू उपस्थित हैं। सर सिर झुकाकर अपने कमरे में चले जाते हैं। जहाँ अवहेलना की संभावना रहती है, वहाँ से नजरें बचाकर चले जाना ही ठीक है। एक–दो लोग अभ्यर्थना में जरूर उठे, पर वहाँ आदर का भाव जरा भी नहीं था। नीम अँधेरा···शराब और सेंट की मिली–जुली महक, सिगार और सिगरेट के धुएँ की धुंध और कोलाहल।

हम सर के कमरे में बैठते हैं। अब मुझे अपनी बचकानी मूर्खता पर खीज होती है। मुझे यहाँ इस तरह नहीं आना चाहिए था।

वही महिला आती है। औपचारिक स्वर में पूछती है, "क्या लेंगी? मेरे खयाल से सॉफ्ट ही चलेगा। हाँ!"

हमें तीन बोतल लिम्का थमाकर बोली, "क्षमा कीजिएगा, जरा उधर देख लूँ।"

वे एक ऐसी महिला हैं, जिनके प्रथम दर्शन ने ही मुझे क्षुब्ध कर दिया। शातिर आँखें, पतले होंठ, व्यवहार में जो लोग घोर प्रैक्टिकल होते हैं और किसी हद तक भी। उधर से एक मर्दानी आवाज उभरी, "सोनिया! व्हिस्की का एक लार्ज पैग बनाओ, तुम्हारे हाथों का जाम आज की शाम।" फिर एक अश्लील हँसी···।

गिलास देते समय आँचल गिरकर उनके हाथों में आ जाता है···यहाँ आकर सबकुछ इस तरह अनावृत हो जाएगा, यह मैंने सोचा भी न था। यह बिल्कुल दूसरे किस्म का घर है। हम ही उन जैसे नहीं, और यह न जुड़ पाने का अहसास हमें दर्शक बना देता है।

"आजकल प्रतिष्ठा, रोब–दाब रुपयों में है, मंजू! यही सब उन्नति के रास्ते हैं। इनके लिए चरित्र और सद्भाव गँवारूपन है।" सर का वितृष्णा भरा स्वर ऊपर से शांत होते हुए भी आवेशमय है। वे बहुत चिढ़े हुए हैं, पर अपनी चिढ़ पर अंकुश भी लगा रहे हैं।

जिस औचक तरीके से मेरे बच्चे यहाँ पहुँच गए हैं, वहाँ उनकी समझ में कुछ नहीं आ रहा है। उन्हें सामने पड़े ढेरों कॉमिक्स दिख जाते हैं और दोनों उसी में उलझ जाते हैं।

"अभी आता हूँ।" सर अंदर चले जाते हैं। मैं उठकर खड़ी हो जाती हूँ। दरवाजे के दोनों ओर मखमली भारी परदों के बीच से सरसराती हुई मेरी नजर पार्टी के अंतरमय कोने तक चली जाती है। शहरी–अमीरोंवाला ठाट कोने में बना छोटा सा बार, पाश्चात्य संगीत···ट्रॉली पर रखे गिलास और आवाजें–ही–आवाजें···।

आधुनिक शब्द बहुत मीठा है, पर जीवन–व्यवहार में कभी–कभी कितना कष्टदायी हो जाता है। वह सात्त्विक घर बहुत पीछे छूट गया। किताबों से भरे चार–पाँच रैक, काठ की चौड़ी चौकी और दीवार पर टँगा शिव–पावर्ती की तसवीरवाला कलेंडर···सब समाप्त हो गया रेत पर पड़े निशान की तरह।

बार से एक मोटा व्यक्ति उठता है···आँखों में सुर्ख डोरे···नशे में अनिश्चित ठगमगाते कदम···किसी तरह सोफे तक पहुँचता है। चेहरे का मांस भारी होकर लटक गया है। कब की सुनी बात कानों में गूँज गई, 'जो जैसा जीवन जीता है, उसकी वैसी ही रेखाएँ चेहरे पर उभर आती हैं।'

सोनियाजी चहकती हैं, "विद्याधर को वोडका बहुत पसंद है, पर इन्हें जल्दी चढ़ जाती है···मैं कहती हूँ शैंपेन पिया करो।"

यही विद्याधर है, सहसा विश्वास नहीं हुआ। वह पुराना चेहरा अब कहीं नहीं दिखता अनायास एक घटना आँखों के सामने आ गई। मैं चाची के पास बैठी थी, उन्होंने जिद करके मुझे पिट्ठा खाने को दिया था। अचानक विद्याधर आ गए। मेरी उपस्थिति से अनभिज्ञ। लंबा, दुबला, साँवला रंग, माँ की–सी सरल शिष्ट मुखाकृति, एक भोली उत्सुकता से मेरी ओर देखा और अपने कमरे की ओर चले गए।

"बहुत पढ़िनिहार बा बबुनी, बस दिन–भर पढ़त रही, न कहीं आना, न जाना, ऐही से हरदम फरस्ट होता। बड़को अइसने बा। पटना में इंजनरी पढ़ता। बापे पर गइल बाड़न दुनो। उ हो त दिन–भर कितबबे में मगन रहेलन।" आत्म तुष्टि की परम आश्वस्त मुसकान उनके चेहरे पर फैल गई थी।

वे संस्कार, वे शिक्षा–दीक्षा धुएँ–से कहाँ विलीन हो गए?

सर लौटकर आते हैं। उनके चेहरे पर तकलीफ का एक भाव साँय–साँय कर रहा है। जैसे अनचाही परिस्थिति के शिकंजे में कैद हो गए हों। हर्ष के अतिरेक में तब यह समझ न सकी थी कि हमें यहाँ लाने से कतरा क्यों रहे थे। शायद मेरे सामने

अपनी जिंदगी को मजबूरी की शक्ल नहीं देना चाहते थे। मुझे यह सूझ नहीं रहा है कि क्या बात करनी चाहिए। पर वे अपनी अंतर्भावनाओं को दबा नहीं पा रहे हैं।

"विद्याधर, अंधाधुंध पैसे बना रहे हैं। उनकी पत्नी सारा दिन ताश खेलती है और शाम को पार्टियों में जाती है। बच्चों को न जाने कैसी शिक्षा दे रहे हैं। उनसे खाली अंग्रेजी में बोलते हैं। नामी स्कूल में पढ़ाने को झूठी शान···बच्चे तो सारा दिन क्रिकेट या कॉमिक्स। अभी यहाँ वयस्कों की कॉकटेल है, सो किसी दोस्त के यहाँ वीडियो देखने भेज दिए गए हैं।" उनका आक्रोश अब अर्थहीन है। साफ जाहिर है कि घर के किसी काम में उनका दखल नहीं है।

"समय तो बदलता ही है। आजकल तो यह आम बातें···" मैंने कह तो दिया, लेकिन मुझे खुद अपनी आवाज अजीब सी लगी। उन्होंने शायद मेरी बातें भी नहीं सुनी। सर को कैसा लगा होगा? एक आदमी की जिंदगी से जुड़ी कितनी बातें होती हैं। रिटायरमेंट के बाद ही बँधा-बँधाया क्रम टूट गया होगा। सुबह उठना, घूमना, स्कूल जाना, पढ़ाना···चाची की मौत! पूरी-की-पूरी शृंखला छिन्न-भिन्न हो गई।

"मेरे पढ़ाए लड़कों के गुण आज दुनिया गाती है।" उनके सामने मानो कई तसवीरें उभरने लगीं।

"दीपक मेरा स्टूडेंट था, बहुत बड़ा पुलिस अफसर बन गया है। उसकी सत्यता और निर्भीकता के चर्चे दूर-दूर तक फैले हुए हैं। महेश्वर तो डॉक्टर है। रोज सुबह एक घंटा मुफ्त गरीब मरीजों को देखता है···बड़ा नाम है उसका··· विद्याधर कम प्रखर थोड़े ही हैं···पर ये तो इतने लघु-स्तर पर उतर गए हैं···ये सब बिजनसवाले हैं, इन्हें पिला-पिलाकर इनसे अपना नाजायज काम करवाते हैं।"

इस उपेक्षित कोने में बैठा व्यक्ति केवल एक निपुण या दक्ष शिक्षाशास्त्री ही नहीं···बल्कि उससे भी गहरी कोई चीज है। उसके भीतर···बात बदलकर मैंने कहा, "मैंने तो सपने में भी नहीं सोचा था कि इस तरह आपसे मिलूँगी।"

"जीवन में इतना अप्रत्याशित घटित होता है कि जिसकी कोई पहले से कल्पना नहीं कर सकता, मंजू!" निर्गुण वाणी में जैसे वे अपने आपसे बोले।

एक विचित्र अहसास से मुझे घबराहट होने लगती है, मैं तो थोड़ी देर बाद यहाँ से चली जाऊँगी, लेकिन सर? मैं बहुत भावुक हो जाती हूँ। सोचती हूँ अशोक आएँगे तो कहूँगी कि बड़ा घर ले लो। मेरे सर भी वहीं रहेंगे। पर साथ ही यह भी जानती हूँ कि एक निरर्थक भावावेश की स्थिति है, यह संभव नहीं हो सकता। जीवन बस ऐसे ही चलता रहेगा···मैं उन्हें तसल्ली के रूप में कुछ भी नहीं दे पा रही हूँ। समझदार

आदमी को फुसलाना कठिन होता है। एक बार तो उत्कट इच्छा हुई, विद्याधर को बुलाकर कुछ कहूँ। पर वहाँ उन आँखों में प्यार, सम्मान या सांत्वना जैसा कोई भाव नहीं है। इस सहानुभूति विहीनता में तो कुछ भी नहीं समझाया जा सकता।

अब विशाल ऊब गया है। वह पूरे बोझ से मेरी पीठ पर लद जाता है, "माँ! घर चलो।"

मैं सोच में पड़ जाती हूँ। मेरा ठहरना या चले जाना किस बात पर निर्भर है। सर खिड़की के बाहर घिरते अँधेरे को देखते रहे। वे बोले, "अब जाओ मंजू! रात हो रही है···तुम्हें बच्चों के साथ जाना है।"

आवाज में लगाव की चिंता है। सच्चे प्यार में हमेशा चिंता होती है। मैं चलने के लिए उठती हूँ···कुछ देर पहले का उनका आक्रोश दयर्नयता में बदल जाता है। लगा आँखों में कोई बरसात छिपाए बैठे हैं। जैसे उदासी, हताशा और अकेलेपन का अहसास उनके मन में कुंडली मारकर बैठ गया हो। मेरे अंदर-ही-अंदर कुछ पसीजने लगता है, टप-टप! सर मौन खड़े हैं, मानो कोई वृक्ष नग्न शाखाएँ लिये भीषण सर्दी में ठिठुरे।

"आती रहना मंजु!" मुझे मन के भीतरी छोर से आती आर्त पुकार सुनाई दी।

"हाँ-हाँ, सर! हम आते रहेंगे, आपको भी अपने घर ले चलेंगे।" मैंने तत्परता से कहा।

उनकी आँखें मुझ पर टिक गई। मेरे शब्दों को साफ-साफ समझने के लिए वह मेरा चेहरा ठीक से देखना चाह रहे हैं। उनका वह रूप जिसे वर्षों अपने अंतर की कोमल परतों से सहेजकर रखा था, तिर-तिरकर बिखरने लगा। पाँव छूकर प्रणाम करती हूँ, आशीर्वाद में उठा ममता का हाथ जहाँ रहो, सुखी रहो, कहता-सा प्रतीत होता है।

बच्चों के साथ नीचे उतर जाती हूँ। जिंदगी बहुत सख्त चीज है, वह सारी पीड़ा का अनुभव करके भी आगे बढ़ जाती है। हारने जैसी गहन शिथिलता भीतर ऐंठने लगती है। कितनी तरह से अपने मन का धैर्य बँधाया, कोई गलती नहीं की तूने, लेकिन अपने खोखलेपन को नहीं भर पाई···इस समय मेरी अनुभूति में सुख और दुःख का फासला इतना कम हो जाता है कि उन्हें अलग करना मुश्किल हो जाता है।

सारे पेड़ चुपचाप सिर झुकाए खड़े हैं। एक ऑटोरिक्शा निकलता है, उसे रोककर हम सब बैठ जाते हैं। दोनों बेटों को अपने दोनों तरफ बिल्कुल सटा लेती हूँ। वैसे ही जैसे वनमुर्गी अपने चूजों को पंखों तले घुसा लेती है, किंतु उनके संपूर्ण

कोमल स्पर्श के बावजूद कुछ प्रश्न मेरा पीछा नहीं छोड़ते···जिस व्यक्ति ने अपने अकपट वात्सल्य से न जाने कितने छात्रों को सँवारा होगा, उनके अपने बेटे वैसे क्यों न बन सके? जिनके लिए टूटो, वे सँभालने क्यों नहीं आते? इतने वैभव के बीच कोई निर्वासित क्यों हो जाता है? क्यों···क्यों? क्यों?? केवल सवाल उठते हैं, जवाब नहीं उभरते।

□

अनाम रिश्ते

शरीर में कहीं कोई फुरती नहीं महसूस कर रही। बदन टूटा-टूटा सा लग रहा है। वह भूला हुआ दर्द मेरे भीतर सजीव हो उठा है। उस दर्द के अलावा भीतर कुछ और है, जो मुझे बेचैन कर रहा है। मेरा दिमाग बंद क्यों नहीं होता? क्यों लग रहा है कि मुझसे कोई अपराध हो गया है। तब से अपने आपसे लगातार एक सवाल पूछे जा रही हूँ, "वहाँ एक बार जाना भी क्या सचमुच नामुमकिन था?"

किसी कोने में पड़ी छटपटाहट कूदकर सामने खड़ी हो गई। उसकी आँखों के अक्स मुझे परेशान करने लगे। वे आँखें कैसी अनाथ बच्ची सी दयनीय हो उठी थीं। सबकुछ तीर की तरह लौट आता है और मर्म को बेधता रहता है।

भीतर एक अंधड़ चलने लगा। एक अजीब सी बेचैनी मुझमें समा गई। उसी बेचैनी में उठ-बैठ रही हूँ। घर का सारा काम जहाँ-का-तहाँ स्थगित पड़ा है।

वह बीहड़ प्रयास...वह सारी की सारी भाग-दौड़...वह मूक प्रार्थना क्या अर्थहीन थे? व्यर्थ की चेष्टा थी? या अभिशप्त मृत्यु-पथ के एक यात्री को थोड़ी देर रोक लेने का भावुक आग्रह? किंतु इस प्रक्रिया में जो माया-मोह जागा था, उसका? लेडी डॉक्टर ने पूछा था, "आप, इसकी कौन हैं?"

मैं उसकी कौन थी? उस रिश्ते को क्या नाम दूँ? वह सब भीतर ठहर गया। वह सबकुछ।

वह अनुभव कैसा रोमांचकारी था। अजीब धुकधुकी मेरे अंदर हो रही थी। बार-बार आँखें लेबर रूम के बंद दरवाजे की ओर उठ जातीं। बार-बार ध्यान घड़ी की ओर चला जाता और लगता अभी तो तीन ही मिनट बीते हैं। वह आधा घंटा भयानक तनाव में बीता था।

नर्स एक नन्हीं सी पोटली मेरी गोद में थमा गई। उस छुअन के साथ एक विशिष्ट अनुभूति हुई। पंचतत्त्व की यह सृष्टि! यह नन्ही सी जान। जीवंत, साँस लेती

हुई! जैसे पत्थरों से फूटकर कोई छोटा सा सोता निकल आया हो। मेरी तनी हुई नसें ढीली पड़ गई थीं।

उससे मेरा कोई संबंध नहीं था, पर विदा लेते समय मन कितना भारी हो गया था। लगा था कि इससे एक लंबे समय से जुड़ी हूँ। उस दिन और उसके आगे भी कई दिनों तक एक विचित्र अनुभूति होती रही थी। यह अनुभूति केवल भावना के स्तर पर नहीं, बल्कि उससे बहुत गहरे अंतर्मन में उतरी थी। उसके बाद जब भी किसी भोली शक्ल को देखा, तो निमिष भर के लिए उसका ध्यान जरूर आया।

सुबह ठेलेवाले से सब्जी खरीद रही थी। वहीं मुनेसरीजी की मामी मिल गईं। उन्होंने बताया, "बेचारी मुनेसरी बड़ी दुःखी है, उसकी पुत्रवधू का देहांत हो गया⋯"

सुनते ही एक सन्न-सी हौक ने मुझे चीर डाला। मृत्यु के साथ उस निरीह बालिका का संबंध बैठाना आश्चर्यकारी नहीं था। उस असुरक्षित घर में उसे कभी भी मौत अपने मुँह में दबाकर उड़ सकती थी, लेकिन⋯।

"उसकी बच्ची कैसी है?"

"वो तो दो महीने पहले ही मर गई। उसे निमोनिया हो गया था।"

जैसे फिर भीतर झन्न से कुछ टूटा। समूचा तंतु जाल सुन्न हो गया। आत्मा के बीच गहरा सन्नाटा छा गया। मैं विदीर्ण, स्तब्ध, संज्ञाहीन-सी खड़ी रह गई। पता भी नहीं चला, वे कब चली गईं।

"और क्या डालें?" सब्जीवाले का प्रश्न कान में पड़ा, तब लगा कि मैं किसी दूसरे लोक में खो गई थी।

इस भयानक खबर को सुनते ही मन उचाट हो गया। लोभ की लिप्सा ने एक दीप को बुझा दिया, वह दीपशिखा अनंत में विलीन हो गई। वे लोभी तो हैं, पर यह नहीं पता था कि इस हद तक क्रूर हैं। मैं बहुत भावुक हो गई हूँ। मैं अपनी जिंदगी के बीच घिरी रही, अपनी ही भीड़, अपनी क्रियाओं और व्यस्तताओं में फँसी रही। एक प्रश्न अंतर को मथे जा रहा है, "क्या मेरी दुनिया इतनी सीमित थी कि उसमें कुछ भी समाना असंभव था?" लेकिन अब तो यह प्रश्न ही निरर्थक है।

कितनी बार उसके पास जाने की इच्छा हुई। यह जानने के लिए कि वह कैसी है? उसकी बच्ची कैसी है? कभी-कभी तो उनके बारे में सोचते-सोचते उनके अंत की अति तक पहुँच जाती। फिर खुद अपने ही मन को झूठी तसल्ली देती, "नहीं, वह मेरे शंकालु मन का वहम है।" कभी खुद पर झल्ला उठती, "दूसरों के मसलों पर मैं इस कदर आकंठ डूबकर क्यों सोचती हूँ?"

वह गूँज धीमी पड़ती अनुगूँज बनकर जीवन के सतही शोर में खो गई।

लेकिन वे बदरंग परछाइयाँ मेरा पीछा नहीं छोड़ती। जब भी वहाँ जाने का निश्चय करती, एक नामालूम-सी अवश स्थिति मेरे चारों ओर फैल जाती। शायद मैं मुनेसरीजी के अक्खड़पन से खौफ खाती थी। पता नहीं कुछ ऐसी बात कह दे कि मन की कटुता और बढ़ जाए। उनसे मैं डरती थी, ठीक उसी तरह जैसे एक मामूली औरत एक दबंग और झगड़ालू औरत से डरती है।

मेरे पास भीषण सत्य है, पर मैं कुछ नहीं कह सकती…मैं द्रष्टा, हूँ मात्र द्रष्टा। वाणी नहीं मेरे पास। क्या सिर्फ अनकहा रहने से सत्य असत्य हो जाता है।

एकाएक कमरे की हवा बहुत भारी हो गई। भीतर की घुटन इतनी बढ़ गई कि उठकर खिड़की का पल्ला खोल दिया…बाहर सब ठिठके हुए हैं…हवा चुप, पेड़ चुप, खंभे चुप। सड़क एक अकथ्य बोझ के नीचे दबी पड़ी है। दूर-दूर तक कोई नजर नहीं आता…सब गतिहीन, निस्पंद, खामोश! मैं रोना चाहती हूँ, पर अंदर सब सूखा-सूखा है, रुलाई नहीं फूट रही।

उस जटिल संवेदनमयी श्रृंखला की एक-एक कड़ी याद आती चली गई… उस दिन मंगलवार था। घर के कामों को खत्म करने की जल्दी थी। मुझे हनुमान मंदिर के मंगल-बाजार से कुछ पूजन सामग्री लेनी थी। उसी समय किसी ने कसकर कॉल-बेल दबाई। घंटी जोर से घनघनाई।

दरवाजा खोला तो वहाँ एक औरत खड़ी थी, प्रौढ़ और बलिष्ठ। चेहरा पहचाना-सा लगा, सहसा याद आया कि अरे, ये तो ग्यारसी लाल की पत्नी मुनेसरीजी हैं। ये इसी तरह अचानक प्रकट हो जाती हैं, फिर महीनों चुप।

"पहिचाना नहीं, मुनेसरी को भूल गई?"

"आपको कैसे भूल सकती हूँ?" अपनी झेंप जब्त करने की कोशिश में आरोपित मधुरता मेरे शब्दों में भर आई।

अंदर प्रवेश करते ही उन्होंने एक अभद्र जिज्ञासा से मेरे घर के मामूलीपन का जायजा लिया। मुझे पता था कि उनके लिए किसी की सफलता को मापने का पैमाना पैसा था।

मैंने कहा, "आज इधर का रास्ता कैसे भूल पड़ी?"

"इसी मुहल्ले में मेरी मामी रहती है, उनसे मिलने आई थी तो सोचा कि आपसे भी मिलते चलें।" वे बेवजह हँस पड़ीं।

उनकी हँसी के पीछे मुझे कभी उल्लास का आभास नहीं होता, एक विकराल

घड़घड़ाहट ही सुनाई देती। मुनेसरीजी कभी मेरी पड़ोसन थीं। तब इस शहर में हम नए-नए आए थे। घर की तलाश में पूरे महीने भटकने के बाद पुराने मुहल्ले में एक मकान लेने पर मजबूर हो गए थे। उस मुहल्ले की इज्जतदार औरतें परदे में बंद रहना ही इज्जत समझती थीं। केवल ये मुनेसरीजी ही थी, जो पूरी गली में इधर से उधर डोला करती थी। चार महीने के बाद हमने मकान बदल लिया और उसके बाद वहाँ से संबंध बिल्कुल टूट गया।

"का सोचने लगी ?"

कुछ नहीं···" मैं तुरंत सँभल गई, "बिरजू तो अब बहुत बड़ा हो गया होगा··· क्या कर रहा है ?"

"अब तो उ भी दोकान पर बइठने लगा है। हम लोग नेया मंडी में एगो आउर दोकान कर लिए न उसी में···" उनका उथला अभिमान छलक पड़ा।

वे जब भी आतीं, उनकी भौतिक उपलब्धियाँ पहले से बढ़ गई होतीं। बातचीत में भले ही वे फूहड़ और बेवकूफ अशिष्ट लगती थीं, पर उनमें व्यवसाय बुद्धि प्रचुर मात्रा में थी।

"कब कर रही है बिरजू की शादी ?" मैंने यों ही पूछा।

"परसाल कर न दिए···का बताएँ बड़ा ठगाए उसके विआह में···लड़कीवाले बड़े धोकेबाज निकले···विदाई के बेरा रो-रो के अइसे रिरआने लगे जइसे हम उनका गला काट रहे हैं।" उनकी दबी क्षुद्रता सतह पर आ गई, "गया वाली पारटी पहले ही पचास हजार नगद और दस तोला सोना दे रहे थे, पर का कहें···लिख्खा···।"

मैं समझ नहीं पा रही थी कि जवाब में मुझे क्या कहना चाहिए। औपचारिकतावश भी मुँह से कुछ नहीं निकल रहा था।

"चलें बहिन।" वे उठ खड़ी हुईं, "आज मेरे जेठ की बेटी का छेका है। भोरे से दु बार बुलउआ आ गया। उंहा उ मेरे भरोसे बइठी होंगी, पर बहिन अब हमसे काम नहीं होता···इ देह खाली देखे भर का है, अच्छा···कभी फुरसत हो तो होने आइएगा।"

उनके चले जाने के बाद भी मैं उनके बारे में सोचती रही, उनका जोर-जोर से बोलना, हाथों को असभ्य ढंग से फेंकना, धम्म से बैठ जाना, यह प्रकट कर रहा था कि उनके पास गांभीर्य नाम की कोई चीज नहीं। अचानक कुरसी पर पड़े शॉल पर नजर पड़ी, शायद गलती से छूट गया। अब ? मेरे समक्ष विकट समस्या आ खड़ी हुई। उनके उग्र स्वभाव से मैं परिचित थी। इस शॉल के लिए वे मुझ पर बेधड़क

इलजाम लगा सकती थीं। उस मुहल्ले को छोड़े आठ-नौ वर्ष बीत गए, लेकिन उनका वह पूरी गली में चीखना-चिल्लाना आज भी याद है। ऐसी ही किसी छोटी सी बात पर सीना तानकर खड़ी हो गई थी और चुन-चुनकर किसी को गालियाँ दे रही थी। नि:शंक होकर अपना आक्रोश उगल रही थी।

सहसा ध्यान आया कि हनुमान मंदिर के रास्ते में इनका घर आता है। उधर आज जाना तो है ही, जाते हुए देती जाऊँगी। एक बोझा उतरता-सा महसूस हुआ।

काम जल्दी-जल्दी निपटाने की हर कोशिश के बावजूद देर हो गई। मुनेसरीजी का शॉल उठाया और निकल पड़ी। रिक्शा घर के सामने ही मिल गया। दोपहर ढलने लगी थी। सबकुछ ऐसे शांत था, मानो सुबह का कलरव एक छलावा था। जाती सर्दी का मौसम था। हवा कभी-कभी चल जाती तो ठंडक महसूस होती।

मुख्य सड़क से एक गली निकलती थी, उसमें उनका मकान था। गली पतली थी और एक तरफ से खुदी पड़ी थी। मुनेसरीजी के घर की रूपरेखा मन में धुँधली पड़ गई थी। वहाँ दो आदमी खड़े निर्विकार भाव से बातें कर रहे थे। उनसे पूछा, "ग्यारसी लाल का घर कौन-सा है?"

बेखयाली से एक ने उनके घर की तरफ इशारा कर दिया।

अपने रिक्शे को रोककर उनका दरवाजा खटखटाया। थोड़ी देर बाद भीतर से साँकल खोलने की आवाज आई। दरवाजा खुला तो देखा कि एक आसन्न प्रसवा लड़की सामने खड़ी है। उसके चेहरे पर दर्द की गाढ़ी परत है। आँखें माथे पर चढ़ी हैं और उन डबडबाई आँखों में मृत्यु का फीकापन है।

"मुनेसरीजी हैं?"

"नहीं।" उसने धीरे से कहा।

उसे शॉल देते हुए कहा, "इसे वे मेरे घर भूल आई थीं, लौटाने आई हूँ।"

तभी उसे पीड़ा का एक भयानक दौरा उठा। विदारक वेदना से उसका समूचा कलेजा जैसे मुँह को आ गया। उसे थामकर अंदर ले आई। अंदर आते बाहर का सारा शोरगुल एक झटके के साथ खट से बंद हो गया। कमरे में अँधेरा था। एक भुरभुरी-सी गंध थी।

वहाँ और कोई नहीं था। उसे एक बिस्तर पर, जिस पर बहुत मैली और धब्बेदार चादर बिछी थी, सुला दिया।

धीरे-धीरे उसकी पीड़ा की लहर कम हुई, पर वह बेसुध लेटी रही। उसके गले की हड्डियाँ उभरी हुई थीं। खून की कमी के कारण चेहरा पीला था। बेहद दुर्बल होने

पर भी वह सुंदर लग रही थी। उसे देखकर लगा, जैसे जाने किसी युग से और किसी निर्जन रेगिस्तान में थकी-प्यासी भटक रही है।

वेदना का दाह-चक्र फिर उठा। असह्य वेदना को चीरते हुए वह बुदबुदाई, "बचा लीजिए।"

"तुम्हें कब से दर्द है ?"

"कल से···" नव जीवन की उत्पत्ति के दबाव से फटती आवाज थरथराई।

ताज्जुब हुआ। इसकी सास सुबह मिली थी। उन्होंने तो जिक्र तक नहीं किया। वे जाने कहाँ-कहाँ घूम रही हैं और यहाँ यह अकेली निरावलंब पीड़ा के प्रबल झोंके में तड़प रही है। मैं बहुत कुछ पूछना चाह रही थी, लेकिन इतनी अधिक बेचैन लड़की से ज्यादा प्रश्नोत्तर करना भी उसे कष्ट ही पहुँचाना था। उसकी वेदना कुछ थमी तो उसने कहा, "अम्माजी, सुबह डॉक्टर बुलाने गई थी···अभी तक नहीं लौटी। ये भी दुकान से नहीं आए।" वह बोलते-बोलते थक गई। माथे पर पसीने की बूँदें उभर आईं।

मैंने आहिस्ते से नजर घुमाकर कमरे को देखा। सब अस्त-व्यस्त पड़ा था। भीतर के दरवाजे के पास दाल-सब्जी के सूखे कड़कड़ाए बरतन पड़े थे। एक अँगीठी राख से अँटी पड़ी थी। चारों ओर एक अजीब सा बासीपन छाया हुआ था। लगा कि इस घर में भावुकता के लिए कोई स्थान नहीं है। मुनेसरीजी की अनुपस्थिति में भी वहाँ उनके अस्तित्व की पूरी छाप थी।

कोई रहस्य खुलता सा लगा। मन में एक बात टकराने लगी, "कहीं यह साजिश तो नहीं ?"

अपने से संघर्ष कर उसने आँखें खोलीं और बोली, "हमको छोड़कर मत जाइएगा।" एक अनिवर्चनीय दीनता का भाव लिये मुझे देखने लगी और मैं अपनी मानसिकता को परिस्थिति के अनुरूप व्यवस्थित करने में लगी थी। इस स्थिति को न स्वीकार पा रही थी, न नकार पा रही थी। चाहकर भी तटस्थता का अनुभव नहीं कर रही थी।

उसकी आवाज की लाचारी मेरे भीतर गूँज रही थी। मैं अपने भीतर एक दबाव महसूस करती रही, जो क्षण-प्रतिक्षण बढ़ता ही जा रहा था। अंतर्मन और बाहर के यथार्थ से एक रिश्ता जुड़ा और समूची अनुभूति ने एक नया रूप धारण कर लिया। जैसे मुझे अपनी आत्म-शक्ति का बोध हो गया हो।

मैंने प्यार से उसे अपने पास सटा लिया। वह एक गहरी साँस लेकर रो पड़ी।

मन में करुणा हिलोरें लेने लगी।

मौजूदा हालात में उसे अस्पताल ले जाना बेहद जरूरी थी। अनायास ही मैं उसकी अभिभावक बन बैठी, "इसी वक्त मेरे साथ अस्पताल चलो, बाहर रिक्शा खड़ा है।"

वह एक आज्ञाकारी बच्ची की तरह उठ खड़ी हुई।

बाहर निकली तो लगा, किसी गहरे दमघोंटू तल से ऊपर आई। बाहर खड़े वे दोनों आदमी अभी भी वैसे ही निर्विकार भाव से बातें कर रहे थे। वहाँ जाकर कहा, "सुनिए, मुनेसरीजी आएँ तो उनसे कह दीजिएगा कि उनकी बहू जनाना अस्पताल में है।"

"अच्छा!" कहकर वे पुनः अपनी बातों में उलझ गए।

रिक्शे की आधी ऊँचाई तक ही उसके पैर उठकर रह जाते। मैं सहारा देने लगी तो रिक्शावाला भी आ गया। उसे बैठाकर मैं उसके बगल में बैठ गई। गिट्टी के टुकड़े पूरी सड़क पर बिखरे हुए थे। ऊबड़-खाबड़ रास्ते के धक्के उसे और पीड़ित कर रहे थे। सूरज डूबने ही वाला था। रोशनी घटने लगी थी। साँझ उतर रही थी।

अपनी बेहिसाब पीड़ा के बीच वह याचना भरी विकलता से मुझे देखने लगी। उस समर्पण से छलकती आँखों में जाने क्या था कि हृदय में उसके लिए कोमलता और ममता उमड़ी चली आई। पसीने से ठंडे उसके जिस्म को मेरे स्पर्श से उष्णता मिल रही थी।

सड़क के मध्य बने मंदिर पर कीर्तन के लिए लोग एकत्र हो रहे थे। मोटरों, बसों की अधीर घड़घड़ाहट, ठेलों की खटर-पटर के कारण रिक्शे की गति बहुत धीमी हो गई थी। उसकी पीड़ा की लहरों का अंतराल तेजी से घटता जा रहा था।

चढ़ाई पार करते ही जनाना अस्पताल आ गया।

न जाने कहाँ की अकंप साहसी स्थिरता मुझमें समा गई। कुछ था, जो मुझे सर्वथा ताकत दे रहा था, जैसे मेरे पीछे कोई चालक-शक्ति हो। अस्पताल की सीलन और दवाइयों की मिली-जुली गंध नाक में घुसी जा रही थी। उसे एक बेंच पर बिठाया, बेंच भी पुरानी थी। उसके पाये डगमगा रहे थे, न हत्थे न पीठ टिकाने का कोई सहारा। दो औरतें पहले से उसी डगमग बेंच पर बैठी हुई थीं। उनके साथ आए बच्चे वहीं भागम-भाग का मजा ले रहे थे।

एक नर्स जल्दी में चुस्त कदम उठाए ड्यूटी रूम की तरफ जा रही थी। मैं

उसके पीछे-पीछे ड्यूटी रूम पहुँची। वहाँ पहुँचकर ठिठक गई। लेडी डॉक्टर एक रिपोर्ट पर झुकी हुई थी। सिर उठाकर बोली, "शी हैज लास्ट हर केस कंप्लीटली।"

मैं उनके पास गई, अपनी मरीज का हाल बताया।

"आप उसकी कौन हैं?"

मैं उसकी कौन थी? क्या जवाब दूँ? "मैं···मैं···"

जवाब सुनने का उनमें धैर्य नहीं था। अधीर होकर आदेश दिया, "पेशेंट को लाइए।"

मैं भागती हुई गई और शरबिद्ध पक्षिणी-सी छटपटाती उस कोमल काया को किसी तरह लेकर आई। डॉक्टर ने उसकी पूरी परीक्षा ली और आक्रोश रंजित स्वर में कहा, "इतनी देर क्यों कर दी लाने में।" उनकी आवाज में उनका हुनर और रोआब प्रत्यक्ष रूप से विराजमान था।

नर्स उसे प्रसूति कक्ष में ले गई। मैं बाहर प्रतीक्षा करने लगी। वहाँ एक उलझा हुआ लथपथ शोर सुनाई दे रहा था। लेबर रूम में संघर्षरत दर्द भरी आवाजें आ रही थीं। मेरा दिल तेजी से धक्-धक् कर रहा था। अंदर से केरल की एक साँवली-सी नर्स ने आकर कहा, "बेबी का पोजिशन ठीक नहीं है।"

वे क्षण पता नहीं कैसे थे! बार-बार होंठों के ऊपर से पसीना पोंछ रही थी। पसीना था या वैसे ही उत्तेजनावश मुँह पोंछ रही थी। व्यग्र मन स्वत: प्रार्थना करने लगा, "भला करो भगवान्···"

वहाँ बैठी एक अधेड़ औरत पास सरक आई और पूछा, "तोहर बेटी ह का···?"

भावना के तेज बहाव से बहते-बहते भूल गई थी कि मैं उसकी कुछ भी नहीं।

"पहलौठी ह का···?"

"हूँ।" मैंने पटाक्षेप करते हुए कहा।

भीतर से आता आर्तनाद क्षीण पड़ता गया। एक मोटी नर्स बाहर आई, पर उसके चेहर पर कोई संकेत नहीं था। तभी भीतर से नवजात शिशु का क्रदन गूँजा—"को···आं···आं···यं···"

अंतर में कहीं संतोष का अहसास होने लगा···"को···आ···यं···" नव-संगीत से नवागमन की उद्घोषणा हो रही थी। एक अनजाने, अनभिज्ञ आवेग से मेरा हृदय स्पंदित हो उठा।

नर्स नन्हीं पोटली लिये बाहर निकली। मैंने एहतियात से लिपटी छोटी सी

पोटली में उसे देखा। नर्स ने कहा, "लड़की है। चालीस नंबर बेड पर ले जाना, उधर जनरल वार्ड में···।"

अंडे से फूटे नन्हे पांखी की तरह आँखें और चोंच खोलकर पूरी दुनिया को देख रही थी। मुलायम अबोध मुख पर अनुपम भोलापन दुबका था। नन्हीं-नन्हीं साँस क्रमबद्ध चल रही थी। मेरा स्पर्श और सघन हो गया। मैंने धीरे से, बहुत ही धीरे से उसके माथे को होंठों से छू लिया।

चालीस नंबर के बीमार बिस्तार पर उस लड़की को पहुँचा दिया गया था। उसके होंठों के बारीक कंपन के बीच एक छोटा सा कृतज्ञ बुलबुला फूट रहा था। उसकी मनोरम सेंक और आँखों का स्नेहार्द्र मुझे तरंगालोड़ित कर गया। उस कोमल स्पर्श को बिलगा देने की इच्छा नहीं होती। उसकी तरफ से पकड़े रहने का कोई आग्रह नहीं, पर अलग करने को जी नहीं चाहता। भीतर स्नेह का पुलक संचार हो रहा था। क्षुधातर अवयव अकुलाए—"को···आ···यं···"

उसे धीमे से उसकी माँ के बगल में लिटा दिया। माँ का चेहरा मासूम नरमी से पिघल गया। अपने समूचे अस्तित्व के साथ उसकी पूरी देह मुसकरा रही थी। एकाएक उसकी मुसकराहट खामोश हो गई।

मैंने पीछे मुड़कर देखा। मुनेसरीजी बिरजू के साथ चली आ रही थी। बिरजू बड़ा अजबक और बेवकूफ-सा लगा। माँ-बच्ची को देखकर एक अजीब सी हँसी का टुकड़ा उसके दाँतों पर चिपक गया। मुनेसरीजी को देखते ही मेरी दृष्टि लड़खड़ा गई। उनकी आँखों में क्या था ? तिरस्कार, उपेक्षा या बेशरमी ? लगा ये मुझे पहचानती ही नहीं। उन्होंने कोई प्रतिक्रिया जाहिर नहीं की। वह नकली अपनापन भी नदारद था। उस बातूनी औरत की चुप्पी भयानक थी। मुझे कुछ सूझ नहीं रहा था।

बिरजू भकुए की तरह ऐसे देख रहा था, जैसे उसकी समझ में नहीं आ रहा हो कि इस अहसास को कैसे झेला जाए। बुद्धू-सा जिधर देखता उधर ही देखे चला जाता। कुछ कहने के लिए एक बार हकलाया, फिर चुप हो गया। शायद सोचने लगा कि कुछ कहना भी चाहिए या नहीं ?

मुनेसरीजी की वह वाचाल प्रकृति, जो आज तक मैंने देखी थी, जाने कहाँ लुप्त हो गई। मैं धीरे-धीरे सारी बातें बताने लगी। वे वितृष्णा से सुनती रहीं। चेहरे पर एक भी शिकन नहीं उभरी। सुनने के बाद एक ठंडी और आवेगरहित मुद्रा में बंद होंठों से कहा, "हूँ उ उ।"

कहने के लिए कितनी बातें थी, पर उनकी व्यर्थता के आभास ने उन्हें बोलने

से रोक दिया। पल भर पूर्व ओस से नहाया मेरा मन जो हरे पत्ते की तरह थरथरा रहा था, सूख गया। सृष्टि के सम्मोहन का सारा जादू टूट गया। सारा बड़प्पन, सारी प्रसन्नता एक झटके से उड़ गई। वातारण में जहर फैल गया।

"हम त डॉक्टरनी ले के घर पहुँचे अउर उहाँ इ रानीजी गायब···"

मैं समझ रही थी कि इसमें कितना सच है, उनकी आवाज की तिक्तता को नजरअंदाज करते हुए कहा, "इसकी हालत बहुत खराब थी, थोड़ी और देर हो जाती तो···"

खीज उनके चेहरे पर अंकित हो गई। बात पूरी करने से पहले झुंझला उठीं, "इसकी जिम्मेवारी अपने ऊपर लेनेवाली आप कौन होती हैं?"

मन पर मानो कुल्हाड़ी की चोट हई। मेरे सारे शब्द गूँगे हो गए। बिरजू भावहीन–सा ऐसे खड़ा था, जैसे वहाँ हो ही नहीं।

"डॉक्टरनी कहाँ है?" स्वर से मुझे अंदाज लगाना कठिन लगा कि बात व्यंग्य है या सीधा सवाल।

"उधर ड्यूटी रूम में होगी।" बहुत चाहा था कि स्वर न काँपे, मगर काँप गए।

उन्हें कोई भीतरी दबाव नहीं था। एक अभ्यस्त क्रोध और तिरस्कार भरी भंगिमा में बिरजू से बोली, "बिरजू! डॉक्टरनी से इसकी छुट्टी करने के लिए कहे···" स्वर में ऐसी हिकारत और झिड़क थी, जैसे कोई नौकर को डाँट रहा हो। वह सिटपिटा गया और सिकुड़कर अपने कोटर में समा गया।

मैंने कहा, "अभी इसे दो–तीन दिन यहीं रहने दीजिए।"

उद्धत जवाब मिला, "राय देनेवाली आप कौन होती हैं?"

हतप्रभ रह गई। मैं यहाँ चिंता के मारे मरी जा रही थी और इनको···मेरा दिमाग बौखला गया।

वह निष्पाप लड़की सहमी नजरों से सास को देख रही थी। इसने इतनी प्यारी बच्ची को जन्म दिया, इतनी तकलीफ उठाई, दोनों जानें बच गईं, ईश्वर के प्रति अनुगृहीत हों तो···। बात मुँह पर आते–आते रह गई, आपकी यह देह क्या केवल अस्थि–पंजरों की खोल है? मोह–ममता जैसा कुछ भी नहीं इसके अंदर? लेकिन दबोच लिया अपने को।

उनकी आँखें जाने क्या देख रही थीं, वे आँखें मानो देखने भर का कोई यंत्र हों। उनके जबड़े सख्त हो गए थे। चेहरे की रेखाएँ अकड़कर ऐंठ गई थी। किसी औरत का चेहरा इतना विकृत भी हो सकता है, यह मैंने उसी दिन जाना। उनके पास लज्जा

नाम की कोई चीज नहीं थी, न अपने निर्लज्ज भावों को छिपाने की जरूरत समझी।

उधर जाकर एक दूसरी औरत से बड़बड़ाने लगी, "पता नहीं लोग क्यों जबरदस्ती करता-धरता बन जाते हैं?"

उस लड़की की आँखों में काली-काली छायाएँ तैर रही थीं, मानो कुछ था, जो उसके मन में घुट रहा था, पर वह कह नहीं पा रही थी।

"आगे से बाहरी लोगों से मदद लेने की कोई जरूरत नहीं।" यह चेतावनी बहू के लिए थी।

मेरा मन कटु हो गया। मैं फालतू-सी खड़ी रही। अचानक मुझे ध्यान आया कि बड़ी देर हो गई। अब मेरा चले जाना ही उचित है। वहाँ ठहरने का कोई औचित्य नहीं। पर यह लड़की? उसकी भोली स्मित खो गई थी। चेहरे पर एक उदास-सी निमग्नता घिर आई थी। छलकते आँसुओं को छिपाने का असफल प्रयत्न कर रही थी।

"आप जाइए...बहुत थक गई होगी" शब्दों में ध्वनित कड़ुवाहट से भीतर तक तिलमिला गई। स्थिति असहनीय हो गई। फिर मुझसे रुका नहीं गया। यंत्रचलित से मेरे हाथ जुड़ गए और मैं निकल पड़ी।

अँधेरा हो चला था। कब साँझ ढली, कब रात हुई, पता ही नहीं चला। एक अजीब सी अकुलाहट थी, और उससे कहीं ज्यादा भय। एक ठंडा भय पीठ पर लकीर की तरह रेंग रहा था। आकाश में बेमौसम बादल घिर आए। धीरे-धीरे पानी बरसने लगा। सड़क के किनारे एक बरगद का विशाल वृक्ष मौन खड़ा था। अँधेरे में सबकुछ निश्चेष्ट पड़ा था।

उस मासूम का देखना कैसा था। वह निरुपाय दृष्टि। आँखों के सामने से वे अबोध युग्म हट नहीं रहे थे। भावनाएँ घनीभूत होकर घुमड़ती रही। कितने जाहिल और जालिम लोग होते हैं दुनिया में।

उसके बाद अपने और उस दुनिया के बीच एक शून्य व्याप्त हो गया। उस तक पहुँचने का कोई सेतु नहीं था। रह-रहकर मन एक आशंका से सिहर जाता। शब्दहीन स्थिति रिसते जख्म की तरह हो जाती...अपरिभाषित रिश्तों के मुकाम ऐसे ही होते हैं शायद। यह जीवन बहुत कठोर है...सारी तड़प, पीड़ा और पुकार को अनसुना कर आगे बढ़ जाता है। लेकिन सोच रह जाती है। निरंतर चलनेवाली सोच!

□

उधार

आज मुझे किसी महत्त्वपूर्ण पत्र का इंतजार था। मेरे हिसाब से कल ही उस पत्र को आ जाना चाहिए था, पर नहीं आया। आज की डाक से तो जरूर आएगा। जानती हूँ, जवाब देनेवाला बहुत चुस्त है। वैसे आप इस पत्र के विषय में कुछ और मतलब मत लगाइएगा, उसकी तो एक अलग दास्तान है। खैर, मैं घर का काम तो कर रही थी, पर मेरा ध्यान और कान दरवाजे पर ही थे। तभी कुछ आहट हुई, ये आहट मेरी किसी संभ्रांत सहेली की नहीं हो सकती, जरूर डाकिया होगा। झट जाकर दरवाजा खोला। निराशा ही हाथ लगी। जूतेवाला था। हमारे घर के बाहर फुटपाथ पर पेड़ के नीचे दुकान लगाता है। बच्चों के टूटे जूते बनवाने के लिए इसी के पास जाती हूँ। मुझे बड़ा गरीब लगता है। अकसर मैं इसे इसकी मजदूरी से पचीस-पचास पैसे ज्यादा दे देती हूँ।

इसी कारण तो जब भी मैं इसके पास जाती हूँ, वह बड़ी तत्परता से मेरा काम करता है। किंतु अभी यह इस वक्त कैसे आया, पहले तो कभी नहीं आया। असमय ही बुढ़ापा-सा फटेहाल, जैसे वह कुछ कहने में असमर्थ हो रहा हो।

अंदर से बहुत जोर लगाकर उसने कहा, "मेमसाहब, मेरी घरवाली बहुत बीमार है। उसके लिए दवा चाहिए। बड़ी कृपा होगी, यदि आप मुझे बीस रुपए उधार दे दें।" इतना कहकर वह अपनी जेब से तुड़ामुड़ा डॉक्टर का एक परचा दिखाने लगा। बड़ी कोफ्त हुई। इन लोगों को दया दिखाने का यही मतलब है। दयालु स्वभाव का सूत्र थामे घर पर पहुँच गए। इसको दुनिया में कोई और नहीं मिला।

मैं एक अति महत्त्वपूर्ण पत्र की प्रतीक्षा में थी। अत: ऐसे समय में अपने द्वारा से किसी को निराश नहीं लौटाना चाहती थी। क्या पता इसी की दुआ लग जाए। मेरी माँ बराबर कहती थी, "गरीबों की दुआ-बद्दुआ लग जाती है।" इन्हीं सब खयालों के वशीभूत मैंने कह दिया, "बीस रुपए तो नहीं, दस रुपए ले लो।"

गिड़गिड़ाते स्वर में उसने कहा, "बीस रुपए दे दें मेमसाहब, दवा बीस रुपए की है। मेरी बीबी की हालत बहुत खराब है।"

"अच्छा पंद्रह रुपए ले लो, मैं उससे ज्यादा नहीं दे सकती।" मेरा स्वर स्वत: रूखा और खुरदुरा हो गया।

रुपए देते हुए मैंने सख्ती से पूछा, "कब तक वापस करोगे?" उसने धीमे स्वर में कहा, "तीन-चार दिनों में जरूर वापस कर दूँगा", और कृतज्ञता का भाव लिये लौट गया।

उसके जाते ही मैं न जाने क्यों बड़ी पछताई। कहाँ रुपए फँसा दिए? मैं उसको जानती ही कितना हूँ। यहाँ आए ढाई-तीन साल हो रहे हैं, तब से उसे बराबर देख रही हूँ। आज के जमाने में, इतने बड़े शहर में ऐसे उधार दिया जाता है कहीं, पर अब पछताने से क्या होगा? इसी बीच वह बहुप्रतीक्षित पत्र भी आ गया। उसका सारांश था—"आपका पत्र मिला। अत्यधिक व्यस्तता के कारण उस पर विचार नहीं किया जा सका है। विचार करते ही आपको सूचना दी जाएगी। विलंब के लिए क्षमा।" लटका दिया न बीच में। हाँ या ना, जो करना था, कर देता।

फिर वही इंतजारी। मन में कहीं यह भाव उग आया, उस गरीब को अगर पूरे बीस रुपए दे देती तो शायद⋯।

दिन भर बच्चों के ऊधम, होमवर्क और खाना बनाने के बाद जब कुछ स्थिर हुई, तो फिर रुपए का खयाल आया। आज मैं बड़ी भारी भूल कर बैठी। मन को समझाया, रुपया लेकर कहाँ जाएगा? यहीं तो बैठता है। कल मैं उससे रुपए वसूल लूँगी। मुझे कोई बीमारी-ईमारी नहीं सुनना। मैं भी माँ के किस जमाने की बातों में आ गई। कल तो मैं अपने पैसे ले ही लूँगी, मुझे कोई बहाना नहीं सुनना। यह बात मैंने किसी को नहीं बताई। जानती थी कि सब मेरी बेवकूफी पर हँसने के अलावा कुछ नहीं करेंगे।

दूसरे दिन काम खत्म करते ही मैं जूतेवाले की दुकान की तरफ भागी। पर वह जगह एकदम सूनी वीरान थी। उसका कहीं कोई नामोनिशान नहीं। भीतर से धक् से मन रह गया। जरूर मेरे पैसे लेकर चंपत हो गया। इनका क्या धंधा? कहीं भी चटाई और लकड़ी के दो बक्से रख लिये, हो गई दुकान।

एक चायवाले की दुकान फुटपाथ से लगी थी। उससे पूछा, "भैया, क्या आपको मालूम है कि यहाँ जो जूतेवाला बैठता है, वह क्यों नहीं आया?"

उसने कहा, "मालूम नहीं मेमसाहब, आज कुछ हो गया होगा।" मायूस होकर

लौट आई। दिल में जब ये बातें याद आतीं, जी उचट जाता।

रात को सविस्तार ये बातें पतिदेव को बताई। वे लापरवाही से बोले, "अरे दे देगा। कहाँ जाएगा। और अगर नहीं दिया तो क्या हुआ? समझ लेना किसी जरूरतमंद को तुमने मदद कर दी।" इन पर बहुत गुस्सा आया। जब भी कोई समस्या इनके सामने रखें, ऐसे ही उड़ा देते हैं।

दूसरे दिन मैं करीब दस-ग्यारह बजे के बीच वहाँ पहुँची। जूतेवाला नदारद। रोकते-रोकते भी चायवाले से पूछ लिया, "क्यों भाई, वह आज भी नहीं आया?"

चायवाले को उत्सुकता हुई। उसने पूछा, "क्यों मेमसाहब, क्या बात है? कल भी आप उसके बारे में पूछ रही थीं?"

"तीन-चार दिन पहले वह मुझसे पैसे लेकर गया था और कहा था कि दूसरे दिन लौटा दूँगा, पर वह तो नहीं आ ही रहा है।" मैंने कहा।

"पैसे वह जरूर वापस कर देगा, बहुत भला आदमी है। आप चिंता मत कीजिए।"

भीतर से मैं कुछ झेंप गई। क्या पंद्रह रुपए की खातिर में चिंतित दिख रही हूँ। चायवाला भला लगा। वैसे भी जब रात में इधर से गुजरती हूँ तो देखती हूँ, इसकी कालिख पुती छोटी सी दुकान में शंकर भगवान् के फोटो के आगे रात भर दीपक जलता है। भाग-दौड़वाले इस महानगर में भगवान् के प्रति इतनी आस्था।

दो-तीन दिन बाद मैं फिर मोची के अदृश्य अनाम स्थान पर पहुँची। हमेशा की तरह वह सूना पड़ा था। वहीं पर एक लड़का बैठा था। मैं इस लड़के की शक्ल से पहचानती हूँ। शायद इधर ही कहीं रहता है।

मैंने ऐसे ही पूछा, "क्यों भाई, जानते हो, यहाँ जो जूतेवाला बैठता है, क्यों नहीं आया?"

बड़ी तत्परता से उसने कहा, "नहीं मालूम मेमसाहब, मैं खुद सोच रहा हूँ कि वह क्यों नहीं आ रहा है, नहीं तो आँधी आए, तूफान आए, वह दुकान जरूर लगाता है।"

"तुम उसे जानते हो?"

"बहुत अच्छी तरह।"

यह सुनकर पता नहीं क्यों मन बहुत आश्वस्त हुआ। लगा कि कोई थके-हारे को बहुत बड़ा सहारा मिल गया।

उस वक्त तो मैं लौट आई। पर मेरे अंदर जैसे कुछ घुट रहा था। मन कर रहा

था कि जूतेवाला मिले तो खूब उसे लताड़ूँ, किसी से झूठ बोलकर ऐसे रुपया ऐंठा जाता है। क्या तुम सब इनसानियत को धोकर पी गए हो? क्या तुम्हारी आदमियत मर गई है? पैसा ही लेना था तो कर्ज कहकर क्यों माँगा? दो-चार दिनों में लौटाने का झूठ क्यों बोला? मुझें पता नहीं चला कि कब मेरा पश्चात्ताप क्रोध में परिवर्तित हो गया।

दिन यों ही निकलने लगे। पर जूतेवाले और रुपए का ध्यान आते ही मन खटक जाता। सोचती, चलो किसी करीब की मदद कर दी। गुस्सा तो इस बात का था कि उसने मुझे क्यों ठगा? सहसा एक विचार मन में कौंधा, क्यों न उस छोकरे के साथ जूतेवाले के घर कालकाजी चली जाऊँ। रुपए दे देगा तो ठीक है, नहीं तो उसे भला-बुरा कह अपने मन का गुबार तो निकाल लूँगी।

दूसरे दिन जूतेवाले की अदृश्य दुकान के पास कुछ देर खड़े रहने पर वह छोकरा नजर आ गया।

मुझे देखते ही कहने लगा, "देखिए न मेम साहब, वह आज भी नहीं आया। क्या बात है, आप रोज उसका इंतजार क्यों करती हैं?"

मैं झूठ बोल गई, "देखो न उसने मुझसे अपनी पत्नी के इलाज के लिए कुछ पैसे उधार लिये थे। मुझे चिंता लगी है कि उसकी पत्नी ठीक हुई या नहीं? अच्छा तुम मेरे लिए एक काम कर सकते हो, एक बार मुझे उसका हाल-चाल पूछने का मन है। मेरे साथ उसके घर चलोगे?"

उसने कहा, "जरूर चलूँगा। 510 नंबर बस जाती है। चलिए, चलते हैं।" बाल-सुलभ कैशोर्य की तरलता उस छोकरे की आँखों में तैर आई।

मैंने कहा, "आज तो नहीं, कल ग्यारह बजे मैं आ जाऊँगी, तुम यहीं मिलना।"

यह सब कहते हुए बिना इन्हें बताए मैं एक अनाम भय से पीड़ित थी, पर उस खूँसट जूते मरम्मत करनेवाले को अच्छी सीख देने की मैंने ठान ली थी।

दूसरे दिन नियत समय पर पहुँची, तो देखा कालकाली तक का हमारा हमसफर पहले से मेरी प्रतीक्षा में खड़ा था। संभवत: वह मुझे महान् समझने लगा था। मैं सोचने लगी, मैं जूतेवाले को लताड़ने जा रही हूँ या उससे रुपए वापस लेने जा रही हूँ या···या उसकी बीमार बीवी की खैर-खबर लेने?

बस में खास भीड़ नहीं थी। छोकरा कुछ-न-कुछ बराबर बोलता जा रहा था।

जूतेवाले से उसकी जान-पहचान की भी एक कहानी है, "मेम साहब, तब से मैं उसे काका कहता हूँ, जब मेरे पाँव में जंग खाई कील लग गई थी। मैं तो डर ही

गया था। मेरा एक दोस्त ऐसे ही धनुषटंकार से मर गया था। वो तो काका ने अपने औजार से मेरे पाँव की कील निकाली, पट्टी बाँध दी और कहा, जूत पहना करो। उन दिनों मैं काम नहीं करता था, बाबू से जूते के पैसे माँगता तो मार खाता था। तब मुझे काका ने ही पुरानी चप्पल बनाकर दी। ऐसी मजबूत कि क्या कहने, वह भी मुफ्त।

कालकाजी आ गया था। झुग्गी-झोंपड़ियों के बीच आगे-आगे वह लड़का और पीछे-पीछे मैं चलती गई। वहाँ काम करती औरतें, खेलते बच्चे, बैठे पुरुष सब ऐसे देखने लगे, जैसे मैं कोई अजूबा हूँ। एक छोटी सी झोंपड़ी में घुसते ही नाक में बदबू का एक भभका आया। वह एक बिस्तर पर लेटा था। मेरे अंदर कुछ पिघलने लगा। डाँटने या उससे पैसा लेने का मेरा हौसला पस्त पड़ने लगा। लड़के ने उसके पास जाकर कहा, "देखो काका, मेमसाहब आई हैं, तुम्हारा हाल-चाल पूछने।" तब तक बाहर कुछ औरतें-बच्चों का हुजूम जुट चुका था। आँखें खोलते हुए उसने मुझे अविश्वास से देखा।

"तुम्हारी बीवी कैसी है?" मैंने अटकते हुए पूछा। उसकी डबडबाई आँखों की कोर से आँसू ढुलक पड़े।

"आपसे पैसे लेकर जो दवा लाया, वह उसे खा भी नहीं सकी। मेरे लौटने के पहले ही वह मुझे छोड़कर हमेशा के लिए चली गई।" उसने आर्त स्वर में कहा। मैंने देखा, कैप्सूल की दो छोटी-छोटी शीशियाँ मेरा उपहास कर रही हैं।

वह धीमे स्वर में कह रहा था, "आप तो साक्षात् देवी हो, इस गरीब की कुटिया में आईं। मैं काम पर जाते ही आपके रुपए वापस कर दूँगा। माफ करना मेम साहब, मैं अपना वादा पूरा नहीं कर सका।"

"नहीं-नहीं, रुपए की कोई बात नहीं। तुम नहीं आए, तो मुझे फिक्र हुई, इसलिए इसके साथ हाल-चाल पूछने चली आई।" पर उस समय झूठ बोलते समय मेरे होंठ ही नहीं, आत्मा तक काँप गई।

□

अंतिम बिंदु

हरसुखलाल की गाड़ी धूल उड़ाती निकल गई। नंदू की माँ कमरे में लौट आई। खाने की जूठन मेज पर पड़ी थी। खाया कहाँ उन लोगों ने, सब ज्यों-का-त्यों धरा है। कल से इसी की तैयारी में जुटी थी। बेटीवाले आ रहे हैं, कोई ऐसे-वैसे तो नहीं हैं हरसुखलाल...शहर के नामी ठेकेदार हैं...लाखों का लेन-देन है। पर अपना नंदू क्या कम है...मजिस्ट्रेट बन गया है...अखबार में नाम क्या निकला, लड़कीवालों का ताँता बँध गया...उनका मन फूला नहीं समाता... ।

लेकिन अभी? बात जब लगभग पक्की हो गई तो वह क्यों अस्थिर-सी हो उठी है? उनके जाने के बाद भी उनकी गहरी प्रतिच्छाया मँडराती रही। एक अव्यक्त आवाज साँय-साँय करती रही। कोई बात दिमाग में इस तरह अटकती रही कि न तो उसे शब्दों में सोच पा रही है और न उससे छुटकारा मिल रहा है। क्या होने जा रहा है? क्यों इस तरह अकेला महसूस कर रही है, जैसे नंदू के बाबू के गुजरने के बाद... । अनाड़ी दुर्बलता के परिमंडल में मन चक्कर काटता रहा। इस नामहीन गूँगी अनुभूति को निगल जाने की कोशिश में असफल होती जा रही है, कोई कीड़ा लग गया है, जो आनंद को चूसता जा रहा है। बेटीवाले के सामने कितना प्रसन्न दिखना चाह रही थी, पर अंदर सूख-सूखा था, कहीं से खुशी नहीं फूट रही थी। कल ही से मन दो टुकड़ों में बँट गया था।

लगा हरसुखलाल का व्यक्तित्व फैलता जा रहा है और वह सिकुड़ती जा रही है। उनकी उपस्थिति में हमेशा एक घबराहट होती है। कहीं उनसे डरती तो नहीं? शादी में संबंधित कितनी बातें पूछनी थीं, पर उनके भाल और कनपटियों से बहते अधैर्य को देखकर मन के सारे प्रश्न पत्थर से पड़े रहे। उनके स्वर में आज एक उपेक्षा भाव था और आँखों में उनके कुछ न होने का बोध। उन्होंने माथे पर चुहचुहाते पसीने को अपनी सलवट पड़ी हुई साड़ी से पोंछ लिया। उनके सामने

अपनी साड़ी मुसी हुई, चुड़िया घिसी हुई और हाथ-पाँव खुरदरे लग रहे थे। भीतर के इस कोलाहल से वह बेचैन हो उठी।

बहुत सारे काम पड़े थे, लेकिन शरीर की सारी नसें खिंच गई थीं और हर कदम के साथ ताकत चुकती जा रही थी। अचानक चक्कर सा आया और पैर लड़खड़ा गए। वह घुटनों का सहारा लेकर वहीं बैठ गई। कहीं कोई उत्फुल्लता नहीं। मन को कई बार धैर्य बँधाया। नंदू के जीवनसाथी का चुनाव भावुकता में बहकर नहीं, खूब सोच-समझकर करना है। लेकिन अपने मन को नहीं समझा सकी। चेहरे पर एक उदास निमग्नता घिर आई।

नंदू कहीं जा रहा था। माँ पर नजर पड़ी, "माँ! तबीयत तो ठीक है?" उस स्वर में उष्णता और आर्द्रता दोनों थीं।

"हाँ बेटे! बिल्कुल स्वस्थ हूँ। बस जरा थक गई।"

"इतना काम क्यों करती हो?···आराम करो।"

वह धीरे से मुसकरा दी। योग्य, आज्ञाकारी पुत्र होने का गर्व उनके चेहरे पर खिल गया···। इधर नंदू का लंबा शरीर भर गया है और वह पहले से ज्यादा आकर्षक दिखाई देने लगा है।

पिछला सबकुछ धुँधला-सा उभरकर उन्हें कुरेदने लगा। वे दिन दुःस्वप्न की तरह बीत गए, इतिहास बन गए। याद पड़ने पर धूल का बवंडर आँखों के आगे ठहर गया। नंदू के बाबू के आँख मूँदते वह कितनी असहाय हो गई थी। तीन लड़कियाँ और नन्हा नंदू। अपमान···उपेक्षा···तकलीफ···बरसात की अँधेरी रात, जेठ की चिलचिलाती धूप और कंगाली। बंधक रखा एक-एक गहना महाजन की बही में बलि होता रहा···एक ही आशा में दीर्घ जीवन का एक-एक क्षण अर्पित होता चला गया। एक निराकार-सी प्रतीक्षा में जिंदगी खर्च होती चली गई। नंदू पढ़ने में तेज और होनहार था। एक दिन उनकी तपस्या सफल हुई। बेटे ने एक असंभाव्य को यथार्थ रूप दे दिया। वह मजिस्ट्रेट बन गया, खबर सुनते ही वह एक अलौकिक सुख में आकंठ डूब गई। तभी से चेहरे पर स्थायी रूप से एक गर्वीली मुसकान टँक गई। आखिर व्यक्तिगत युद्ध क्षेत्र में उनकी जबरदस्त विजय हुई थी। इतना सुख उन्हें पहले कभी नहीं मिला था।

एक दिन दोपहर बाद वह आँगन में सूखते कपड़े उठाने जा रही थी, नंदू से मझली बेटी मालती कह रही थी, "तुम नहीं कहोगे तो मैं कह दूँ माँ से···मेरी समझ में नहीं आता, जब तुम पुष्पा को इतना चाहते हो तो···"

पुष्पा के नाम से एक यौवन दीप्त रूप उनके सामने आ गया, जिसके सुघड़-सलोने चेहरे पर सदा एक सौम्य पवित्रता रहती है। पहले उनके मन में विचार उठा था कि नंदू के लिए यह लड़की``इधर ऐसा ही भाव पुष्पा के माँ-बाप की आँखों में भी देखा था, जिसे वह जान-बूझकर अनदेखा कर गई थी। तब तक नंदू की भीगी भराई आवाज सुनाई पड़ी, "नहीं मालती! मैं कुछ नहीं कहूँगा। माँ ने इतना कष्ट सहकर पढ़ाया है, अब वह जैसा चाहे करे। उनके कितने स्वप्न और मंसूबे मेरी शादी पर टिके हैं।"

वो अपने श्रवण कुमार पर मुग्ध हो गई। उन स्वरों के पिघलाव की आँच से वह भी पिघलने लगी, लेकिन अपना जी कड़ा किया और मन-ही-मन में कहा कि जैसा हम चाहते हैं, जीवन बिल्कुल वैसा नहीं चलता, उसे परिस्थितियों के अनुरूप ढालना पड़ता है। वह एक टूटी औरत है, जिसे किसी संबंधी से जुड़कर अपनी सार्थकता सिद्ध करनी है। उसे एक सामाजिक, आर्थिक, भावनात्मक सुरक्षा की तलाश है, जो हरसुखलाल से रिश्ता होने पर पूरी होती नजर आ रही है।

बहुत देर तक उनके अंदर दो आदमियों जैसा वार्त्तालाप चलता रहा। उन्होंने अपने को समझाया इस उम्र का प्यार, प्यार नहीं होता, महज पागलपन होता है, जैसे ही दूसरा आधार मिल जाता है, उन सबको भूलने में एक दिन भी नहीं लगता। वह जिंदगी की भट्ठी में तपी हैं, पीड़ा के प्रबल प्रवाह में बहने के बाद ही आज इस ठोस धरती पर खड़ी होकर अपने कुंठित अहं को तुष्ट कर पा रही हैं।

नंदू अपने कमरे से निकला तो कुछ कहते-कहते रुक गया। किंतु उसके चेहरे का भाव उनकी अनुभवी आँखों ने पढ़ लिया। ऐसा लगा, कोई बरसों वर्षा का इंतजार करे, काले, घने बादल आए भी, पर बिना बरसे निकल जाएँ। बेटे के लिए मन में ढेर सारी ममता उमड़ आई। फिर अपने को साधा अभी उमर ही कितनी है। इसे क्या मालूम, जीवन संघर्ष किसे कहते हैं? अधगढ मन``अधूरा स्वभाव``अपरिपक्व समझ``।

इस घर में तो जहाँ हाथ लगाओ, कुछ न कुछ टूट पड़ने या ढह जाने की संभावना है। इसीलिए तो हरसुखलाल के यहाँ``उनकी शातिर आँखों की रूखी लापरवाही से कनपटियों पर दबाव पड़ने लगा है। कहीं उस चतुर ने उनकी लालच भरी जिज्ञासा को भाँप तो नहीं लिया। दिमाग में ये बातें आते ही भीतर किसी नन्हीं सी चीज ने दम तोड़ दिया। मुक्त मन से अपने को खोल देने की प्रवृत्ति ने मन में खट्टा क्षोभ भर दिया। लड़की का छोटा भाई, जो चौदह-पंद्रह साल का होगा, घर

देखकर कैसे नाक-भौं सिकोड़ रहा था। हरसुखलाल सारे घर का मुआयना कर रहे थे। उनके चेहरे के बनते-बिगड़ते भाव को देखकर लगा कि उनकी पाँचवीं बेटी इस जर्जर घर में कैसे रहेगी, यही सोच रहे हैं। अपनी छत की ऊँचाई पर खड़े होकर दूसरों के आँगन में झाँकने की अभद्रता···"अब आपको रुपयों की चिंता करने की जरूरत नहीं।" अहसानों तले दब गई। समझ नहीं पा रही थीं कि इस स्थिति में कैसे बात की जाए, आवाज मानो अंदर कैद हो गई थी।

पहले-पहल आए थे तो कैसे दीन-भाव से मीठा-मीठा बोल रहे थे, उनके और उनके बेटे की तारीफ में प्रशंसा का पुल आर-पार तान दिए थे। सुन-सुनकर वह अंदर-ही-अंदर एक आह्लाद में तैरने लगी। यह आदमी विवाह का आश्वासन पाते ही धीरे-धीरे अपना रंग बदलने लगा। संबंध, स्नेह, सम्मान की झूठी झलक दिखाकर अब हम पर दया कर रहे हैं। उद्विग्नता में वह कुछ सोच-समझ पाने में असमर्थ हो गई। कुछ भी साफ नहीं था, सब स्थगित सा रुका पड़ा था। वह घुटन किस दिशा में प्रकाश पाकर मुक्त होगी? आत्म-तसल्ली के रूप में अपने आपको कुछ भी नहीं दे पा रही थी। हरसुखलाल की कोई हरकत अब स्वाभाविक नहीं लग रही थी। उनकी मानसिक अथल-पुथल···शंका···अनिश्चय···अनिर्णय की सैकड़ों आवाजें गूँजती रहीं, कहीं बेटे से ही वंचित कर दिया तो? कितनी कतर-ब्योंत कर गृहस्थी चलाई है, पैसेवाले बाप की बेटी इसका मजाक बनाए तो? बेटियों का मान-सम्मान न करे तो? अदब-लिहाज न करे तो? वह भयभीत-सी इस 'तो' के आगे नहीं सोच पातीं। किंतु वे सहमे हुए प्रश्न बीच में ही टँगे रहे।

वह अपने रामजी को सुमिरने लगी। कहने के लिए व्यक्ति एक होता है, पर वह हर क्षण, हर अवस्था में बदलता रहता है। चलते-चलते जिंदगी किस कोने से किन गलियों में मुड़ जाती है, पता नहीं चलता। मन के किसी कोने में अहं का अंतिम बिंदु था, जो जल रहा था, किसी तरह बुझना नहीं चाहता था। उनके शब्द हथौड़ियों की तरह लग रहे थे, "अब आपको रुपयों की चिंता···" सात्त्विक आक्रोश में हुंकारी, मुझे किसी का दया-विष नहीं चाहिए। किस मृगतृष्णा के पीछे भाग रही है···हरसुखलाल आज बड़े आदमी बने फिर रहे हैं···कल तक तो सड़कों पर मारे-मारे फिरते थे। दुनिया भर के जालसाजियों, दंद-फंद से लिप्त बेईमान, हृदयहीन··· इनकी धूर्तता और फरेब को कौन नहीं जानता। पर डर के मारे बोले कौन? क्या जमाना आ गया है। हिंसक सुधारक बने हैं। स्वार्थ और लोभ ने उनके विचार को पंगु बना दिया था···बुद्धि कुंद हो गई थी। उनका अंतर उनके बाहरी स्वरूप को लताड़ने

लगा। नए सिरे से अफसोस होने लगा। लेकिन अब तक वे काफी सँभल चुकी थीं, रूपांतरित हो चुकी थीं। "मैं भटक गई थी।" गहरा साँस लेकर स्वयं को उत्तर दिया, "हारा हुआ आदमी भटक ही जाता है।"

पर पछतावा कैसा? अभी हुआ ही क्या है? सगाई की तारीख तय करने की, उन्हें फुरसत कहाँ है? मैं तो कल ही खबर भिजवा दूँगी, "भाई हमें माफ करो।"

पुष्पा का वर्षों से जाना-पहचाना सलोना चेहरा आँखों के सामने आ गया। उसके लिए एक अनकहा प्यार मन की किसी दरार से सोते की तरह फूटकर बह निकला। नंदू-पुष्पा की राम-सीता सी जोड़ी...वह निर्णयहीनता के दौरे से निकल चुकी थीं। उनकी नसें ढीली पड़ने लगीं। सोचा-व्यर्थ इतना परेशान हुए। लेकिन व्यर्थ ही कोई परेशान नहीं होता, इन स्थितियों की यात्रा के इस निर्णय तक पहुँचने का अनिवार्य हिस्सा था।

नंदू बाहर से लौट आया। उसके आते ही कमरा हवा के शीतल झोंके से भर गया। उन्होंने प्यार से बुलाया, "नंदू बेटे!" मंत्रोच्चार जैसे पवित्र स्वर-स्पर्श सुनकर नंदू ने बेहद कोमल आँखों से माँ को देखा। लगा कि माँ उसे कोई बहुत अच्छी बात बताने जा रही है।

□

गुनहगारों के बीच

तब लगा था कि शायद कुछ वर्षों में सबकुछ सहज हो जाएगा, एकदम सामान्य। पर कहाँ हो पाया, बारह वर्ष बीत गए। एक अटका हुआ दर्द लगातार रिसता रहा। भीतर का खालीपन धीरे-धीरे इतना व्यापक होता जा रहा है, जिसमें सभी भावनाओं का अनुभव खत्म होता जा रहा है। लगता है, काल की अथाह खामोश गंभीर लहरों में निराधार बह रही हूँ और अब मेरी आयु के शेष दिन भी इसी तरह गुजर जाएँगे।

वे लोग कितने खुशनसीब होते हैं, जो खुलकर हँस लेते हैं, अपनी बात कह लेते हैं। मुझे तो खिलखिलाकर हँसे एक युग बीत गया। मुझे अच्छी तरह याद है, पिछली बार कब खिलखिलाई थी। ऊपर छत पर दीदी और हम बैठे थे। हरसिंगार के फूल झर-झरकर गिर रहे थे। हवा जैसे स्वप्न भरा गीत उड़कर ले आई हो। अविनाश भाई का घर पर आने का मन था, तो बहाना बना लिया कि "आभा! तुम्हारे लिए शेक्सपियर के नोट्स ले आया हूँ।" विभु दी का चेहरा अविनाश भाई के नाम से ऐसा उद्भासित हो उठता, जैसे कोई फूल खिल गया हो। वहाँ विभु दी बाद में कैसी शापग्रस्त राजकुमारी सी लगती थी!

तब मैं कितनी लापरवाह थी! विभु दी ही इसका कारण थी। मेरे कपड़े ठीक करना, मेज पर फैली किताब-कॉपियों को समेटना, माँ की मदद करना, सबकुछ तो वही करती थीं। रतन भैया तो हमेशा कहते थे, "माँ, विभा-आभा नाम तो तुमने बहुत मिलाकर रखे हैं, जरा गुण भी तो मिला देती।"

अविनाश भाई रतन भैया के मित्र थे। रतन भैया इंजीनियरिंग पढ़ने सिंदरी चले गए, पर अविनाश भाई आते-जाते रहे। दीदी उनसे बहुत कम बोलती थी, पर इस घर में बार-बार आने और कुछ भी कहते अविलंब पूरा करने के पीछे क्या राज था, यह हम दोनों बहनों से छुपा नहीं था। ऊँचे, गौर वर्ण के सुदर्शन अविनाश भाई की

मैं बहुत मुँहलगी थी। वे पढ़ने में बहुत तेज थे। बी.एससी. में पूरे विश्वविद्यालय में सर्वप्रथम आए थे। उन लोगों का जीवन-स्तर भी हमारे जैसा था—संपन्न, प्रतिष्ठित। अविनाश भाई का उज्ज्वल भविष्य उनके उन्नत ललाट पर झलकता था। पर वे दूसरी जाति के थे। विभु दी को पाने के लिए अविनाश भाई इतनी बड़ी खाई कैसे लाँघेंगे, इसी बिंदु पर हम दोनों आशंकित हो जातीं। तब हम दोनों बहनों का सुख-दुःख एक था। दीदी अगर सपने में अपने आपको अविनाश भाई की बाँहों में पाती होगी तो मेरे सपने में भी अविनाश भाई जीजा के रूप में गुदगुदा जाते थे। सोचा करती थी, कितनी शान से सहेलियों से कहूँगी, "देखो, मेरे जीजाजी को। मेरी विभु दी कितनी किस्मतवाली है। मेरे माता-पिता प्रगतिशील विचारों के हैं, उन्हें जात-पाँत में विश्वास नहीं है।" पर सभी सपने सच नहीं होते। सत्य कल्पना से कोसों दूर होता है। जीवन-पथ पर सब फूल ही नहीं बिछे मिलते हैं। अपने कठोर मितभाषी पिता के स्वभाव से हम परिचित थे। अपनी ऊँची शिक्षा, पद, प्रतिष्ठा के बाद भी वे घर में पिता कम और अधिनायक ज्यादा थे। माँ के लिए पिताजी परमेश्वर थे। उनसे विपरीत दिशा में वे सोच भी नहीं सकती थीं।

विभु दी अविनाश भाई के सामने बहुत कम बोलती थी। पर उनके अंदर का बेइंतहा प्यार उनके लुभावने चेहरे से टपक पड़ता। अविनाश भाई उसी रस में भीग जाते। जब जुबान नहीं खुलती है, तब आँखें बहुत वाचाल हो जाती हैं। और विभु दी की भावुक कँटीली आँखें तो जैसे पूरा प्रेम-पत्र ही लिख जातीं। एक दिन विभु दी की कॉपी में लिखा चोरी से पढ़ लिया था, "सम्मुख न वीक्षते तं तु विक्षिता बीडां दर्शयति।" (युवती कन्या सम्मुख बैठे हुए अपने प्रिय की ओर नहीं देखती, यदि उसे देखते हुए देख लेती है तो स्वयं शरमा जाती है।)

पर अब सब समाप्त हो गया। उसकी अंतिम दिनों की खामोश सुबकियों से मन आज भी काँप-काँप उठता है।

मैं सोम को कभी प्यार नहीं कर पाई, हम कभी प्रेम-पाश में नहीं बँध पाए। हमारे बच्चे मेरी नारी और उनके पुरुष के साहचर्य का परिणाम थे। तभी सोम की आहट हुई। आदत के अनुसार, वे अपनी सभी चीजों को जगह पर रखकर टाई की गाँठ ढीली करके मेरे सामने बैठ गए। चाय आई तो हम पीने लगे। सोम कहने लगे, "कल मैंने अपने एक मित्र को खाने पर बुलाया है। तुम्हें मिलकर खुशी होगी। बहुत खुले दिलवाला है।" यह सोम की पुरानी आदत थी। पहली मुलाकात में उन्हें जो भा गया, उसे खाने पर जरूर बुलाएँगे।

रात मेहमानों का खाना बनाकर मेज ठीक कर बैठी ही थी कि बाहर कार की आवाज आई। बाहर निकले दो मित्रों के अभिवादन की ये गूँज बैठक तक फैल आई। कमरे में पहले मित्र की पत्नी आई। सुंदर है, यही भाव उभरा मन में। तभी सोम ने अपने मित्र के साथ प्रवेश किया। मेरे पाँव क्षण-भर के लिए थरथरा गए। अभिवादन को उठे हाथ शून्य में ठहर गए और शब्द जैसे विलीन हो गए। अविनाश भाई।

कितने बदले-बदले लग रहे थे। बदन भर गया था। कनपटी पर दो-चार चाँदी के बाल उनके व्यक्तित्व को कुछ ज्यादा ही गरिमा दे रहे थे। उनकी आँखों में छोटी बहन का स्नेह उमड़ पड़ा, "अरे! आभा तुम!" उनकी वही ठोस कड़क मर्दानी आवाज, जो कभी हम दोनों बहनों की अति प्रिय थी, अंदर तक हिला गई। वर्षों बाद लगा, जो घटित हो रहा है, उसे मैं अनुभव कर रही हूँ। कहने लगे "यह तो मुझे मालूम ही नहीं था कि तुम मिसेज ठाकुर हो। अरे भाई, ठाकुर साहब! आपकी बीवी को मैं आपसे भी पहले से जानता हूँ। इसे एकदम छोटी बहन की तरह मानता हूँ।"

मेरी आँखों की चमक उनकी बातों की स्वीकृति थी। बहुत सी औपचारिक बातें हुईं। बेजान पत्थर पर अनुभूति का संचार होने लगा। किंतु सबकुछ क्षणिक था। धीरे-धीरे मेरी खुशी गहरे अवसाद में बदलने लगी। अविनाश भाई नकली लगने लगे। उनकी हँसी नकली थी, उसमें वह पहलेवाली गरमाहट नहीं थी। वहाँ केवल एक सर्द अँधेरा था।

रात को लगा, मुझे कुछ दबोच रहा है। उठकर देखा, कहीं कुछ नहीं था। सोम पास ही, बिल्कुल सटकर सो रहे थे। मैंने सोने की बहुत कोशिश की, पर नींद थी कि नहीं आई। थककर पूरी तरह आँखें खोल दीं। खिड़की के बाहर नीम की फुनगियों से सपाट सूनी लंबी सड़क तक जहाँ भी दृष्टि जाती, एक खामोशी भरी थी। केवल विभु दी का अस्पष्ट फुसफुसाता स्वर कानों में बज रहा था।

विभु दी बीस वर्ष की हो गई थी। तभी किसी ने सोमेश्वर ठाकुर जैसे योग्य वर का पता पिताजी को दे दिया। ऐसे ही पटना जाकर पिताजी सब पता लगा आए। बहुत खुश होकर लौटे थे। हम लोगों को सुनाते हुए माँ से बोले, "रतन की माँ! ऐसा सुंदर वर परिछने निकलोगी तो गर्व से सिर ऊँचा हो जाएगा।" हम दोनों बहनों के तो होश ही उड़ गए।

मैंने अविनाश भाई से बात की, अविनाश भाई जरा जल्दी शादी की बात कीजिए, दीदी के लिए वर ढूँढ़ने की तैयारी हो रही है। पर अविनाश भाई की कहाँ

इतनी हिम्मत थी कि पिताजी का सामना करते। बहुत राय-मशविरे के बाद यह तय हुआ कि इस काम के लिए अविनाश भाई के बड़े भाई अवधेश भाई को भेजा जाए। सुहृदय, सुशील अवधेश भैया इसके लिए राजी हो गए।

हमारे घर जब अवधेश भैया आए तो मैंने ही दरवाज़ा खोला था। कितने घबराए से लग रहे थे, जैसे छोटे भाई के लिए नहीं, अपने लिए रिश्ता माँगने आए हों! मैं भागकर उनके लिए पानी लाई, पंखे का स्विच ऑन किया और इधर-उधर की बातें करके उन्हें किसी तरह सहज किया। विभु दी तो जैसे कलेजा हाथ में थामकर बैठी थीं। उनके दिल की धक्-धक् मुझे साफ सुनाई दे रही थी।

अवधेश भाई ने पिताजी से धीमे स्वर से बात शुरू की। अचानक पिताजी का विस्फोटक स्वर सुनाई दिया। मालूम नहीं कि बात का आरंभ कैसे हुआ? पिताजी का क्रोध से काँपता हुआ स्वर पूरे मकान को हिला रहा था, ये सब क्या बदतमीजी है। ये सब अविनाश की बदचलनी है। यह लड़का ऐसा निकलेगा, पहले से जानता तो कभी घर में न घुसने देता।

अवधेश भाई का चेहरा अपमान और क्रोध से लाल हो गया था। उनकी आवाज जैसे गले में फँस गई थी। पिताजी गरज रहे थे, "कृपा करके आप अभी लौट जाइए और अपने भाई से कह दीजिए कि इस घर में आने की जुर्रत न करे।"

छिह छिह! किसी का ऐसा अपमान करते हैं। पिताजी पर मुझे कितना गुस्सा आया था। अवधेश भाई कितने मासूम लग रहे थे। इस बात को समझाकर भी तो कहा जा सकता था। इतना आग-बबूला होने की क्या जरूरत थी? अवधेश भाई के जाने के बाद माँ को भी खूब डाँट पड़ी। बेटियों को ठीक से नहीं देखतीं, कुछ खबर नहीं रखतीं। उस रात कोई नहीं सो पाया। सारी रात मुझे काली बिल्ली-सी भयावह लगती रही।

सुबह देखा तो विभु दी का खिली कुमुदिनी सा चेहरा अवसन्न हो गया था, जैसे उन्हें पाला मार गया हो। वे तो पहले ही कम बोलती थीं, अब जैसे किसी ने जबान छीन ली थी। आँखों में उजड़ा-उजड़ा खोयापन झाँकता था। लगता था कि वे लंबे अरसे से बीमार है। मन करता कि चिट्ठी लिखकर रतन भैया को ही बुला लें, पर इस वक्त उनकी वार्षिक परीक्षा सामने थी। फिर पिताजी के सामने उनकी भी क्या चलती।

पिताजी अब दीदी की शादी के लिए व्यग्र हो उठे थे। जल्दी-से-जल्दी दीदी के हाथ पीले कर देना चाहते थे।

□

चौदह-पंद्रह वर्ष बीतने के बाद वह रात आज भी याद है, उस दिन विभु दी तथा दिनों की अपेक्षा स्वस्थ और शांत लग रही थी। मैं मन-ही-मन खुश हो रही थी कि धीरे-धीरे विभु दी अपना दु:ख भूल रही हैं। सोने के पहले वे कहने लगीं, ''जरूरी नहीं कि सबकुछ यहीं पा लिया जाए। प्रकृति अपनी अबाध गति से अपना कार्य करती रहती है। उसे रोकना पागलपन है।'' उनकी बड़ी-बड़ी उदास निस्पृह आँखें बहुत बेचैन दिखती थीं, पर वे हँस रही थीं जैसे उन्हें आत्मज्ञान हो गया हो। फिर भी मैं कुछ नहीं समझ पाई। हाँ-हूँ करती-करती सो गई। मैं सदा से गहरी नींद सोती थी। सुबह-सवेरे नींद खुली तो देखा कि दीदी तकिए में मुँह घुसाए सो रही हैं। चादर इस तरह सिमट आई थी, जैसे कोई असह्य पीड़ा में मछली की तरह छटपटाया हो। तकिया उठाया तो दीदी उल्टियों के बीच निर्जीव पड़ी थीं। मेरे मुँह से चीख निकल गई। उसके बाद क्या हुआ, नहीं मालूम। विभु दी के पलंग के नीचे मच्छर मारने की दवा का खाली डब्बा पड़ा था।

अंत्येष्टि के बाद मैं फूट-फूटकर रो पड़ी। एक अपराध-बोध से मन भर आया। विभु दी अपनी मौत नहीं मरी, उनकी हत्या की गई थी। सभी का इस हत्या में बराबर हिस्सा था।

बाद में सोमेश्वर ठाकुर से मेरा रिश्ता तय कर दिया गया। बात तो पहले ही बहुत आगे बढ़ चुकी थी। बस, लड़की भर देखना शेष था। वहाँ बताया गया कि मेरी बड़ी बहन जन्म से रुग्ण और कृशकाय थी। वह लंबी बीमारी के बाद अचानक मर गई। मुझे देखने सोम की माँ और बहनें आई थीं। वे बहनें मुझे खींचकर अंदर ले गईं। कहने लगीं, "हमारे सोमेसर भैया बहुत शांत स्वभाव के हैं, पर जानती हैं, क्या कह रहे थे? कहते थे, लड़की सुंदर होगी, तभी हाँ कहना। बताइए भाभी, आपकी सिफारिश करने का क्या मिलेगा?" पर उनकी इस छेड़छाड़ ने भी मन में किसी तरह की उमंग नहीं पैदा की। बाहर सोम की माँ को कहते सुना, "जो चला गया, उसके लिए क्या अफसोस! फिर जन्म से जो बीमार हो, उसे तो जिंदगी ढोनी ही पड़ती है। उसका भी इसी में भला है कि उसे जल्दी उठा ले भगवान्।"

घर में भाग-दौड़ हो रही थी। इंतजाम हो रहा था, पर मन ऐसा निर्विकार था जैसे किसी से कोई सरोकार ही न हो। इतने हंगामे के बाद भी विभु दी के बिना घर एक भयानक सन्नाटे में डूबा लगता।

दीदी के लिए खरीदी गई साड़ियाँ, जेवर सब मेरी झोली में डाल दिए गए।

बासी, मुरझाए, रंगहीन। तब से झेल रही हूँ, इस अकथनीय पीड़ा को सोम के प्रेम में मैं कभी इतनी विभोर न हो सकी कि सारा सत्य उगल दूँ।

आजकल अविनाश भाई बराबर आते हैं। एक दिन अकेले पाकर कहने लगे, "तुममें, अब विभा की आँखें झलकती हैं।" विभु दी का नाम सुनते ही आँखें छलछला आईं। अविनाश भाई को भी पूरी बात मालूम नहीं है। वे तो बस यही जानते होंगे कि दीदी अचानक मर गई। पर मैं हर क्षण, हर पल अतीत के साथ चल रही हूँ और जब भी सोम और अविनाश भाई को साथ देखती हूँ, तो लगता है, ये भी गुनहगार हैं। विभु दी की हत्या के दोषी हैं। इन गुनहगारों के बीच लगता है, मैं डरावनी घाटी के नीचे उतर रही हूँ। चीखना चाहती हूँ, पर गला रुँध जाता है।

□

रेत की धारियाँ

नीम के पेड़ धीरे-धीरे अपनी पत्तियाँ गिरा रहे थे। मन पर भी पतझड़ जैसी हवाएँ चल रही थीं, शायद मेरी भावुकता ही हो। पाँच वर्ष तक दिल्ली रहे, वह अब छूट रहा है। मन में एक कसक-सी उठी, पर इस कसक को सहते जाने के सिवा कोई चारा न था। एक बेचारी-सी लाचार खीज के अंदर-ही-अंदर दहक उठी। कोई भी शहर रहते-रहते अपना लगने लगता है या हम ऐसा भ्रम पाल लेते हैं।

जब से स्थानांतरण का आदेश आया है, सुबह-शाम व्यस्तताओं में बीतने लगे। तारीखें बदलती रही और जाने का दिन सामने आ पहुँचा। काम की भाग-दौड़ में एक विचित्र सी बेचैनी छाई रही। कल बारह बजे दिन में ट्रक आ जाएगा। सारा सामान ट्रक से भेजकर हम कार से जयपुर के लिए रवाना हो जाएँगे। आज दिल्ली की आखिरी शाम है। बच्चे अपने दोस्तों के साथ टेबल-टेनिस खेलने चले गए और पतिदेव भी 'बहुत काम है' के चक्कर में जाने कब लौटें। मुझे बंगाली मार्केट से कुछ सामान खरीदने थे, तो मैं निकल पड़ी।

सामान लेकर लौटी तो ऑटोरिक्शा नहीं मिला। पैदल ही चलने लगी। चलते-चलते देखा कि कलावीथी के बाहर किसी चित्रकार की एकल चित्र प्रदर्शनी लगी है। अपने को मैं रोक न सकी और कला-दीर्घा में प्रवेश कर गई। वहाँ पहुँचते ही लगा कि मैं किसी दूसरी दुनिया में आ गई। कमरे की शांत शीतलता से मेरी थकान को बहुत राहत मिली। थोड़ी देर के लिए तबादले के सारे झंझट-झमेले भूल गई।

घुसने के समय मन में धारण थी कि पाश्चात्य रंगों में रँगे अमूर्त चित्र देखने को मिलेंगे, जो कलाप्रिय जन के लिए दुरूह पहेली बन जाते हैं। लेकिन पहली तसवीर देखने के बाद ही मेरी पूर्व धारण टूट गई। जैसे चित्रकार की रगों में बहता हुआ भाव रंगों के माध्यम से तसवीर में उतर आया हो। उसकी इस संवेदना की प्रक्रिया में कहीं

मैं भी शरीक हो जाती हूँ। चित्रों का विषय-वस्तु था—बचपन। और वहाँ वास्तव में एक पारदर्शी शैशव संसार था। चित्रों में एक खास पैटर्न था, मानो कलाकार उस खास माहौल से अभिभूत हो। कोई न भूलनेवाला क्षण उसकी रचनात्मक गिरफ्त में आ गया हो और अपनी आंतरिक दुनिया को अलग-अलग कोणों से रूपांतरित किया है। 'हमजोली' शीर्षक के अंतर्गत दो नन्ही वन पथिक एक-दूसरे के गले में बाँहें डाले घूम रही हैं।

'रिमझिम' में पानी की बूँदें और छोटी-छोटी लहरीली सलवटें, 'चमन' में आम, अमरूद, जामुन के सघन कुंज का काव्यमय वातावरण और बगुलों के झुंड नीलाकाश में उड़ते हुए। इन चित्रों को देखकर मेरा आकुल मन संवेदानात्मक वृत्तों में भटकने लगा। भीतर कुछ बिंब बन-बनकर बिखरने लगे। ये तसवीरें केवल चित्रात्मक न थीं, उन दृश्यों के परे कुछ था, जिसे मैं महसूस कर रही थी। चित्रों के समानांतर मेरे अंतर में एक सुरभिसिक्त परिधि की सृष्टि होती चली गई। मन की सारी लयहीनता समाप्त हो गई। मन के अतल केंद्र में एक शांति व्याप्त हो गई। अनजाने सुख की कोमल परत मेरी चेतना पर छा गई।

अचानक नजर कलाई घड़ी पर पड़ी, विचार-तंत्र को झटका लगा—साढ़े पाँच। बाबा रे! मैं द्वार की तरफ बढ़ने लगी। निकलते-निकलते नजर कोने में गई। वहाँ चित्रकार स्वयं बैठी थी। मेरी आँखों से झरती प्रशंसा को देखकर मुसकराई। बहुत मोहक मुसकान थी, जल्दबाजी में इतना ही कह पाई, "अद्वितीय, अपूर्व!" सच यदि समय होता तो जी भरकर इस कलाकार से बातें करती।

गनीमत थी कि बाहर ऑटोरिक्शा मिल गया। घर पहुँचकर रसोई समेटने, लेबल लगाने व सामान गिनती करने जैसे अनगिनत काम पड़े। आते ही काम में जुट गई। पर वे चित्र मन-मस्तिष्क पर छाए रहे, उस अनुभूति से मुक्त नहीं हो पा रही थी।

सोने गई तो अपना ही कमरा सामान हट जाने से खाली-खाली और अनजाना-सा लग रहा था। पोर-पोर में थकान समा गई थी। शरीर की सारी मांसपेशियाँ संवेदनहीन हो गई थीं। पता न चला कि कब आँख लगी।

जब मेरी आँखें खुली तो खिड़की के बाहर अंधकार था। पेड़ों और झाड़ियों के धब्बे नजर आ रहे थे। उद्भ्रांत-सी अनुभूतियों में डूबकर मन जाने कहाँ खो गया। पता नहीं मेरा स्वभाव कैसा होता जा रहा है, जब भी किसी को कुछ बनते या होते देखती हूँ तो मन आत्म-ग्लानि और आत्म-भर्त्सना बनकर कचोटने लगता है। मैं भी

कुछ ऐसा कर सकूँ, जो मेरे जीवन को सार्थकता दे सके। एक छटपटाहट प्लावन की तरह बह निकलना चाहती है। सदा एक असंतोष बना रहता है। यह मेरे जीवन की वास्तविकता है और समस्या भी।

आज मेरी नानी होती तो शायद मुझे देखकर खुश न होती। वे चाहती थीं कि उनकी निलांजना असाधारण बने, अनन्या बने। जिंदगी का आरंभिक सिरा अनायास ही इस मध्य रात्रि में हाथ आ गया। पटना में मैं नानी के साथ रहती थी। मुझे अपने पास रखने का कारण उनका मेरे प्रति अतिरिक्त स्नेह तो था ही (जिसे उन दिनों मैं उतना नहीं समझ पाती थी), पर दूसरा कारण भी था कि मेरे पिता के एक शहर से दूसरे शहर में तबादले होते रहते थे। उन छोटे शहरों में मेरी शिक्षा-दीक्षा, नृत्य, संगीत, चित्रकला का समुचित प्रबंध नहीं हो सकता था। इसलिए मुझे उनके साथ रहना पड़ता था।

मेरी नानी अपने समय की औरतों से एकदम भिन्न थीं। कला-संस्कृति में उनकी गहरी रुचि थी। वे अपने जमींदार पिता के कठोर अनुशासन में पली थीं। खाना पकाना या सीना-पिरोना जैसे कन्या-सुलभ गुणों को वे बिल्कुल महत्त्व नहीं देती थीं।

मेरी सुबह सितार वादन से शुरू होती थी। अल्लसुबह सितार मास्टर आ जाते। नानी की उपस्थिति में संगीताभ्यास होता। स्कूल से आने के बाद खाना खाकर डांस स्कूल भागना पड़ता और वहीं से ड्राइंग क्लास। सात बजे तक लस्त-पस्त घर लौटती तो नानी खुद किताब लेकर पढ़ातीं। फिर तो नींद ऐसे आती कि नानी से भी नहीं डरती। तब मेरी उम्र नौ-दस साल थी। अतीत जो महज बिंदु बनकर शेष रह गया था, आज इतने अंतराल के बाद याद आता चला गया।

मेरे पिताजी उन दिनों दयालपुर में थे। गरमी की लंबी छुट्टियों में मैं वहाँ गई। अपनी माँ और दो छोटे भाइयों के साथ मुझे बड़ा अच्छा लगता। पर उस बार वहाँ पड़ोस में आलिया मिली। मन के किसी कोने में शांत सोई आलिया अपनी मोहक मुसकान के साथ कूदकर सामने खड़ी हो गई। दो महीने का साथ आज भी मानस-पटल पर अंकित है। आज के कुंठा व तनाव के अहसास की सरहदों के बाहर तब बचपन तमाम बचकानी बातों से भरा था। हमारे खेल में ऐसी आनंदोर्मियाँ उठती कि उनका पुलक भाव आज भी वर्तमान में सजीव हो उठता है।

मेरी स्मृति की पहचान दौड़ रही थी। घर के सामने आम, अमरूद, जामुन का बड़ा सा बगीचा। बरखा की बूँदें, उड़ते बगुले, कोयल की कूक``सब याद है। तब

चिलचिलाती धूप भी हमें सूर्यमुखी सी खिली प्रतीत होती। सारा दिन सघन वन में गलबहियाँ डाले घूमते रहना, कच्ची-कच्ची अमिया खाना या खेलना। खेल होता एक्कड़-दुक्कड़ या फोटो-फोटो। फोटो-फोटो का खेल हमारा अपना बनाया हुआ था। अपनी कॉपियों से पन्ने फाड़ लेते और उस पर तरह-तरह के चित्र बनाते। पटना में अमूल दा से सीखी सारी चित्रकारी के गुर आलिया को बताती।

उमंगों के पंख हवा में फरफराते, प्रकृति भी हमारे साथ हँसती-गाती प्रतीत होती। वहीं का सारा व्यापार उत्सवमय था। दो महीने तक हमने सुबह-शाम, धूप, बादल, बरखा साथ-साथ आंतरिक रूप से अनुभव किया था।

पंख लगाकर कब छुट्टी बीत गई, पता ही न चला। पटना जाने के नाम से मन उदास हो गया। ऐसा पहले भी होता था। अपने जिंदादिल पिता, अपनी सरला माँ और छोटे-छोटे मुलायम भाइयों को छोड़कर जाने की इच्छा नहीं होती, लेकिन इस बार तो आलिया से बिछुड़ने का दुःख था। मेरा वश चलता तो आलिया को अपने साथ ले जाती या उसी के साथ रह जाती।

पटना आते पुराने कार्यक्रमों में बाँध दी गई। आलिया की बहुत याद आती। कुछ दिनों बाद उन लोगों की दयालपुर से बदली हो गई। उन दिनों भावनाओं को शब्द देना नहीं जानती थी, नहीं तो माँ से जरूर कहती, "माँ! तुम्हें तो आलिया का पता मालूम होगा, मुझे बताओ, मैं उसे पत्र लिखूँगी।"

उसके बाद आलिया कभी नहीं मिली। किंतु आज भी गरमी में जब भी कोयल कूकती है, अमराइयाँ सुगंध फैलाती हैं, बगुले के डार उड़ते हैं, तो मुझे आलिया याद आ जाती है। क्या उसके मन में मेरी याद शेष होगी?

अंधकार में टटोलते-टटोलते मुझे जैसे अचानक प्रकाश की एक क्षीण रेखा दिखाई पड़ी। अमूर्त, अवचेतन साकार और सचेत होने लगा। कला-दीर्घा में बैठी उस दुबली-पतली नारी मूर्ति में से आलिया का चेहरा उभरने लगा। उसके बाद वह चेहरा कई कोणों में घूम गया। वह आलिया ही थी। परत-दर-परत सब उघड़ता चला गया। वे चित्र न भुलाए जा सकने वाले क्षणों के साक्षी थे। मन में सागर उमड़ पड़ा, हिलोरें उफन-उफनकर दूधिया झाग छोड़ने लगी।

अनुभूति उद्वेलित मन बार-बार प्रश्न करता कि क्या सचमुच इतनी पात्रता मुझमें है?...क्या वह आज भी मुझे याद करती है? वहाँ जाना मात्र संयोग था या अंतर्प्रेरणा से प्रेरित? मैं समझ न सकी, "मैंने कभी नहीं सोचा था कि आलिया तुम्हें इस जिंदगी में देखना संभव हो सकेगा।"

अब इसके बाद न मुझे नींद आई, न मैंने सोने की कोशिश की। सवेरा होने लगा था और चीजें नजर आने लगी थीं। मैं उठ गई। जल्दी-जल्दी काम निपटाकर मुझे कलावीथी पहुँचना था। एक उल्लास भीतर-ही-भीतर तैर रहा था। मिलकर कैसा लगेगा आलिया को?...मिलन का वह मुक्त मार्मिक क्षण कैसा होगा?

अपने किशोरवय बच्चों को किसी तरह समझा दिया कि पच्चीस वर्ष पूर्व बिछुड़ी सहेली आलिया से मिलने जा रही हूँ। मेरा जाना सुनकर इनकी आवाज का सुर चढ़ गया "घंटे-दो घंटे में ट्रक आ रहा है और तुम..."

कहने के लिए बहुत कुछ था और सब बताने के प्रयास में मैं इन्हें कुछ भी नहीं बता पा रही थी। वैसे जानती हूँ कि इनकी सजग बौद्धिकता को यह भावकुता बहुत बचकानी लग रह होगी, पर मैं अभी प्रौढ़ा थी भी कहाँ? मैं तो वर्षों पूर्ववाली नन्ही नीलांजना थी।

कलावीथी पहुँचकर मन धक् से रह गया। कलवाला साइन बोर्ड सूना था। कल उस पर आलिया खान लिखा हुआ था। वहाँ के दरबान को कुछ मालूम न था। व्यग्रता में इधर-उधर टहलने लगी। साढ़े दस बजे वे सज्जन पधारे, जो इस विषय में कुछ जानकारी दे सकते थे। मैं बदहवास-सी उनसे आलिया के बारे में पूछने लगी। उन्होंने सुनकर धीरे से सिर हिलाया और बड़े तटस्थ भाव से बोले, "अच्छा! आलिया खान।"

इस वक्त उनकी तटस्थता मुझे फरसे की नोक की तरह चुभ गई।

"उनकी चित्र प्रदर्शनी तो खत्म हो गई। वे तो कल्चरल एक्सचेंज प्रोग्राम के तहत पाकिस्तान से आई थीं और मेरे खयाल से आज वापस अपने मुल्क लौट जाएँगी।" उसने कहा।

मैं क्या कहती? मुझे लगा, वह लफ्ज अभी ईजाद नहीं हुए, जो मेरे अहसास को अभिव्यक्त कर सकें। मेरे अंदर-बाहर बहुत कुछ छूट गया। कल्पित सुख के इतने छोटे पल, अतीत के रेशे-रेशे बिखरने लगे। वह वर्तमान से पुन: विगत बन गई, "आलिया! ऐसे अप्रत्याशित ढंग से तुम्हें पाकर खो देना सपना सा लगता है।"

उस तक पहुँचने के सारे रास्ते बंद हो गए। मैंने अपनी गीली आँखों को पोंछ लिया और सहज होने की चेष्टा करने लगी।

उस सज्जन में कुछ नरमी आ गई। नरमाई से उन्होंने कहा, "आलिया खान का पता आपको कौंसिल फॉरकल्चर रिलेशन से मिल जाएगा।"

एक कागज पर वहाँ का पता लिखकर उन्होंने मुझे दे दिया। मैं कागज हाथ में लिये कुछ पल वहीं खड़ी रही। घड़ी का काँटा निरंतर आगे बढ़ रहा था। मुझे जल्दी-से-जल्दी घर पहुँचना था। मन की लहरें उतर चुकी थीं, लेकिन पूरे किनारे पर रेत की धारियाँ सी पड़ी थीं।

□□□